ちくま文庫

刀

文豪怪談ライバルズ！

東 雅夫 編

筑摩書房

目次

刀

文豪怪談ライバルズ!

草薙剣は沈んだ

赤江　瀑

……爾ち速須佐之男命、其の御佩かせる十拳剣を抜きて、其の蛇を切り散りたまへば、肥の河血に変りて流れき。かれ其の中の尾を切りたまふ時に、御刀の刃毀けき。爾ち恠しと思ほして、御刀の前以ちて刺し割きて見そなはししかば、都牟刈の大刀あり。かれ此の大刀を取らして、異しき物ぞと思ほして、天照大御神に曰し上げたまひき。是は草那藝の大刀なり。

古事記・上巻・十八節より

1

とりたてて変ったところがあるわけではない。彼は、ごく傍目にはありふれた、普通の若い男だった。

　しかし物語の性質上、といっても、これは単なる恐怖のためのお伽噺でも、いわゆる怪談・虚幻・妖怪譚の類でもなく、昭和四十九年盛夏、つまり現在なお現実に進行中の話であるので、彼についての一通りの説明だけは、あらかじめ加えておくべきだと思われる。かりに名を、飯野駿太郎とでもしておこう。年齢は二十七歳。ある海産物会社G商店の受渡課に勤めている。勤続七年。中肉中背。独身の、どちらかといえば好男子の部類に入るやもしれぬ、いわばちょっと見に感じのよい、おとなしい青年だった。

　物語の性質上、と断るのは、読み進まれるにしたがって、彼、飯野駿太郎の精神状態にあるいは疑いをもたれるむきもあるかとも思われるので、一つには彼の名誉のため、一つには無論彼がいま遭遇しているある出来事のいわれのなさをより正確に理解していただくため、ここでまず冒頭に明記しておく必要があるからである。

　彼、飯野駿太郎は、決して精神異常者ではない。

　異常とはいわぬまでも、たとえば神経衰弱気味ではなかったか、という疑問もある。

「ノイローゼだよ、ありゃ」

　と、いう人間達もいた。

　もっともである。彼と同じ体験をして、神経衰弱やノイローゼにならない人間がいたら、その連中をこそ、精神異常者だとよぶべきであろう。

　確かに飯野駿太郎は、現在、自らの精神状態に自信がもてなくはなっている。

（やっぱり、おかしいんじゃないか……）

と、自分で自分を貶めたりさえ、したりする。

しかしそれは、彼が、あくまでもある出来事に遭遇したがために起こった自己不信であり、出来事の後にうまれた、いうなれば疑心暗鬼の体なのであって、彼の精神状態が異常だったせいでその出来事が彼の上におとずれたわけでは、決してない。

ここのところが、肝要である。

二十世紀も後半にある現代で、妖怪変化を目のあたりにしたなどといえば、それはひどくシニカルな言辞となるか、さもなくばもの笑いの種にしかされないだろう。

たとえばいま、『牡丹灯籠』の娘と乳母の亡霊がカランコロンと駒下駄ならして夜ふけの寝所にかよってきたとか、夜な夜な羅生門に出没したという鬼に昨夜出会ったとか、葛城山に歳古りたる土蜘蛛の精、はたまた安達が原や戸隠山なんぞに棲まいなす鬼女、物の化のてにたぶらかされたとか……とにかく、この種の話題をもし本気で口にする人間が、身のまわりにいたとしたら、どうだろう。

「エエッ?」

と、いくぶんかは、とっさに、あるいは猟奇の心をそそられたり、ことの座興にふとロマネスクな気分にくらいはひたるかもしれないけれど、結句、彼を正常な人間とは誰も思いはしないだろう。

迷妄暗愚な時代は去って、はるかに遠い現代なのだから。われわれは、二十世紀の現代人であるのだから。

……しかし、この物語もまた、実はその二十世紀の現代に、まぎれもなく起こった、としかいいようがない。

飯野駿太郎は、ごく平凡な、そしてごく正常な、現代人といわざるを得ないのだから。

彼の住所は、下関市阿弥陀寺町×丁×番地。岡山の人間だが、高校を出てすぐ下関のG商店に就職し、一昨年から寮生活をやめ、この阿弥陀寺町のアパートの部屋に移った。

阿弥陀寺町といえば、前を早鞆の瀬戸が流れている。早鞆の瀬戸といえば、無論、名にしおう関門海峡の急流である。

潮速、十ノット近く。一秒間に、四メートル以上も走る潮の瀬が、国道九号線越しに、アパートの窓からもつい目と鼻の先にみえる。

それはまた、寿永四年、三月二十四日……はるか歴史の彼方に過ぎ去った事件ではあるが、その日、平家壊滅の怨みをのんで逆巻いた壇ノ浦の激潮でもあった。

古の記録の上に、

『午の正より晡時に至る』

と、伝えられる死闘を刻んだ潮である。

午の正、すなわち正午より、晡時すなわち日ぐれ時にかけて、この壇ノ浦の早鞆の瀬戸は、その日、おびただしい血のりを流して朱に染まったと古文書は語っている……。

2

私が飯野駿太郎の話を耳にしたのは、今年の四月、桜が散って間もない頃のことだった。

行きつけのバーで、私は水割りを飲んでいた。まだ早い時刻だったので、客は私きりであったが、やがて三、四人連れだって入ってきた。ドヤドヤと彼らがカウンターにつくとすぐであった。

「厭(いや)アーッ」

と、素(す)っ頓狂(とんきよう)な声をふるわせ、それまで私と話していた店の女の子が、いきなりカウンターのなかで突っ伏すようにかがみこんでしまったのだ。

サッと血の気のひいた顔、一点にとまった眼、ひらいた口、眉間(みけん)にきざんだふかい皺(しわ)が、尋常ではなかった。不意を衝(つ)かれた、なにかはげしい恐怖の表情なのであった。

女の子は、顔をおおってかがみこんだまま息をとめている風だったが、それも一瞬の間(ま)のことで、やにわにカウンターの横口からとび出して、店の裏二階へかけのぼって行った。

カウンターについた客達も、おしぼりを蒸し器からとり出しかけていたこの店のママも、無論私も、一様にちょっとあっけにとられ、それから顔を見あわせた。

ガサリとかすかな音をたてて、そのとき、カウンターの上に這(は)い出してきたものがあった。

いや、這い出すというよりも、それは客の肘(ひじ)のかげで不意に長い足の先をそよがせて体をもちあげ、じきにまた石のように動かなくなった泥土色をした生き物だった。

「あらまあ、生きてる……」

と、ママが、驚いたように声をあげた。

「これかな……」

と、若い男の客は、その生き物を無造作に手のひらの上につまみあげた。

「これ見て、あの子、アワ食ったのかな」

客達はドッと笑った。

若い男の手のひらの上で、じっと足をたたんでいるのは、一匹の蟹(かに)であった。

「まさかア……」と、ママも、つられて笑いながら言った。「あの子の家は魚屋よ。蟹見て、あんた、アワ食っとった日にゃ、体がなんぼあったってたりゃあせんわよ」

蟹は、甲羅の長さが二、三センチ。長い足が七センチ見当、短い足が三センチばかり、おのおの二本ずつ甲羅の左右に並んでいて、不揃(ふぞろ)いのその足の感じだけでも、一見、不気味な奇形種を思わせた。

「あらそれ……」

と、ママは、おしぼりを並べながら、

「ちょっと見せて」

と、客の手もとを覗(のぞ)きこんだ。

「平家蟹じゃない、これ」

「そうだよ。一匹、百五十円」

「まあ、売ってるの、そんなもの。食べられやしないのに」

「おれもさ、生きた平家蟹見るのはじめてだよ。たいてい、土産物（みやげもの）になってるじゃない。加工してさ……」

「そうよ、そんなもの、生（なま）で売ったってどうしようもないわよ。すぐに死んじゃうのに……ほら見てよ。もう死にかけてるじゃないのよ、かわいそうに」

「いいのいいの」と、仲間の一人が、半畳（はんじょう）を入れた。「こいつ、蟹売りの盥（たらい）のなかから、これ万引きしてきたんだから」

「まあ、悪い人達ね……」

「だってさ、小銭の持ち合わせがなかったんだよ。聖徳太子出してさ、これ一匹くれってての、売ってる人にも気の毒じゃない」

「勝手なことといって、でも、どこでそんなもの売ってたの?」

「どこでって、阿弥陀寺（あみだじ）だよ。大道（だいどう）売りさ」

「道ばたで?」

「そうだよ。露店がズラッと並んでるじゃない……」

「ああ、そうか。今日は、先帝祭（せんていさい）だったわね……でもまあ、むごいことするわよね。こんな蟹売ってどうすんのよ。ちゃんと加工でもしてあればさ、そりゃ飾り物にもなるだろうけどさ」

「けど、ほんまにふしぎだよな。こいつ、どう見たって、人の顔をしてるもんな……」

「そうよ。その蟹はね、海に沈んだ平家の怨霊がとりついて、蟹に姿を変えたっていわれてるんだからね。見てごらんよ。恐ろしい顔してるじゃない……怨みに燃えて、嘆き悲しんでる顔だわよ。足も変形……弓矢つきて、手足をもぎとられた武将達の生まれ変りなんだよ。あんた達、祟りがあるわよ。こんな殺生してるとさ」

「おいおい、おどかさないでくれよ、ママ」

「だって、そうでしょ。その甲羅じっと見てると、やっぱりただの蟹とは思えないもの。壇ノ浦の漁師さんなんかね、あんた、いまでも、この蟹だけは決して殺生しないのよ。網にかかっても、必ず海に放してやるっていうほどなのよ。それにどうだろ、今日は先帝祭なのよ……この下関の海で、平家が全滅した日なんだからね……」

喋っているママも、冗談口をとばしながらそれにつきあっている若い学生風な客達も、無論、祟りや怨霊、因縁話を本気で口にしているわけではなかった。

けれども、その日が、なぜか先帝祭の中日であったということや、日頃下関に住んでいてもめったに話題にのぼってきたり姿を見かけたりすることのない一匹の蟹が、そのとき眼の前にいたりしたというようなことが、後から思えば、薄気味悪くもあったのである。

先帝祭という春の祭りは、下関では市をあげて行う賑やかな祭りで、現在では観光化され、今は昔、平家敗残の哀話をしのぶよすがもないが、源平雌雄を決した壇ノ浦の水際、阿弥陀寺町に建つ赤間神宮の大祭である。

昔、阿弥陀寺といったこの赤間神宮は、平家一門とともに入水されたという安徳帝を祀っている。

戦い敗れ、わずかに命生きのびた一門郎党の後日譚だが、漁師や女郎に身を落したかつての武者や女官達が、年に一度ひそかに集い、陰暦三月二十四日、一門滅亡の命日に、亡き幼帝に香華をたむけ、往時を懐かしみ悲嘆にくれたという故事に源を発した法会である。

一月遅れの*四月二十四日。上臈参拝の行事が、祭りのハイライトである。絢爛豪華な兵庫髷に裲襠衣裳、三枚高歯で外八文字を踏む五人の花魁が、先触れ、禿、供付を従えて、市中をねり歩く花魁道中をくりひろげ、万余の観衆の見まもるなかでやがて社殿に到着し、供養の法事をとり行う。いわば脂粉の香をまきちらし、妍を競って参宮する女郎達の、独特な法会と化している。

この祭りがやってくると、下関の春は、まさに爛漫、たけなわとなるのである。

社殿のすぐ眼の下をながれる海峡の、泥土の底に棲んでいるといわれる平家蟹が、ふかい苦悶や憤りや、怨みのはげしさをみなぎらせた人面相を、いまも変らずその甲羅に刻みつけていることと、思えばなにか対照的な、祭りなのである。

一匹の平家蟹は、せまいバーのカウンターの上で、ほとんど動かず、ひっそりとして、ママも若い客達も、もう別の話題に移っていた。人間どもからは忘れられて、蟹は、しかしいつまでも、同じ場所にじっとしていた。

土気色をした凄まじい異形の武者の死顔が、そこにはあった。

ほの暗い光につつまれて、ポッカリと人界に出現した、ときならぬ怪異をそれは想わせた。苦界に沈んで春をひさぐ女官達が、落ちぶれ果てた女郎の身を夜闇にまぎらせ、白粉やけの肌をかくして辿ったであろう阿弥陀寺の道が、ふと想い浮かぶ気がするのであった。

「まあ、あの子ったら……いつまで二階にいるつもりかしら……」

と、急にママが思い出したように言った。

「アッ子ちゃん」

と、そして、大声で呼んだ。

「変な子ねえ……どうしたっていうんだろうねえ」

ママはそれから、つと私のほうへ身を乗り出し、小声で言った。

「ねえ、先生。それとなく聞いてみて下さいません？ あの子、どうもここんところ……こう、落ち着かないんですのよ。なんだか、様子が変みたい……」

「そうだね。そういえば、口数が少なくなったな」

「そうでしょ。ほんとに、喋らなくなったんですよ、わたしとも。そんなことないって、自分ではいうんだけど……妙にぼんやりしてるかと思うと、急におどおどしちゃったり……いまだって、あれでしょ……まるでわけがわからないの……」

「いいだろ。聞いてみるよ」

と私は答えた。

つい先刻、女の子が見せたとつぜんのうろたえぶりや恐怖の表情は、やはり気になるものだった。

アッ子というその女の子は、私が高校で受け持った教え子である。活発な、明るい性格の子であった。

西尾明子。もう三年ばかり、この店で働いている。

その明子が、二階から降りてきたのは、やがて間もなくしてであったが、彼女は、おそるおそるカウンターの横のくぐり戸を押しあけてそっと顔を出し、その途端に、ふたたび小さな叫び声を発して、その戸をはげしく閉めたのである。

彼女の眼が、一瞬、カウンターの上の蟹へまちがいなく注がれたのを、私ははっきりそのとき見た。

3

西尾明子が、私の部屋に訪ねてきたのは、そんなことがあって一週間ばかりしてからである。

先帝祭の夜、遅くまで彼女とは話してみたのだが、結局、明子はなにも喋ってはくれなかった。

「あの蟹がきらいなの……とっても、いやなの。それだけです」

と、彼女は言った。

なぜそうなのかは、言わなかった。

「ただ、きらいなの。お願い。もう想い出させないで」

と、頭を振った。

私が現在受け持っているクラスにも、ナメクジを見て癲癇を起こす生徒がいたし、女の子達が蛇や蜥蜴に悲鳴をあげ、青くなってふるえていたりするのはしょっちゅうだった。グロテスクな甲羅を持つ蟹に、彼女が拒絶反応を示すのも、あながち不自然だとは言いきれなかったし、

「心配事なんて、ありません」

と、きっぱり言い切った彼女を、問いつめることもできず、気にはかかっていたけれども、そのままになっていた。

西尾明子は、夕暮れどきに、石だたみの坂道をのぼってきた。

二階から顔を出した私に、ペコッとおじぎをし、

「よろしいでしょうか、先生……ちょっとお邪魔して……」

と、彼女は言った。

「オオ、いいぞ。上がってこい」

彼女はしかし、上がってきても、べつに用向きがある風な様子もなく、二、三十分は、ぼんやり海を眺めていたり、ときどき私の話に気のない相槌をうったりして、過ごした。

私の二階の部屋からは、関門海峡は、かなり遠くに、市街地の建造物のはずれはずれを縫

いながら、見える。

「いいのか、店のほうは」

「あら、今日はお休みです。日曜日だから」

「そうか、そうだったな。いや、ちょっと顔出そうかと考えてたところなんだ。そうか、休みだったな……」

「先生、奥さんおもらいになったらいいのに」

「誰かいるか？　適当なのが」

「いますいます。わたしのクラスにだって、不可侵同盟があったんですもの」

「不可侵同盟？」

「はい、先生がその気になられるまで、絶対に抜け駈けまかりならぬっての……いまでも、成立してるんですよ」

「そうか、じゃ、ひとつその気になるかな」

そんなたあいもない話をして、ふと話題がとぎれたときだった。

「先生……」

と、彼女は、なにげない口調で言った。

「うん？」

「……先生はいつか、英語の時間に……小泉八雲をテキストになさったことがあったでしょ……」

「ん？」

「お持ちじゃないでしょうか……八雲の本。いえ、日本語に訳してある本なんですけど……」

「ああ、あるだろ。そこの本棚、探してみろよ。どっかに入ってるだろ」

私は、明子が小泉八雲の名前を口にしたとき、とっさに、やはりいつかの夜の平家蟹のことを思った。

　小泉八雲は、世に怪談作家として名声が高いけれども、たくさんのすぐれた随筆や紀行文を残している。私が以前、彼女達のクラスに使ったテキストも、確かその紀行文のなかの一章だったと記憶している。

　もう何年も昔のことだったし、近頃、八雲など思い出す機会もなかったので、手にとることもなかったのだが、日本語訳の作品集も二、三冊、あったはずだ。

　怪奇な甲羅を持つ平家蟹についても、『骨董』などの作品で、彼はふれている。

　私の書棚のどこかには、その『骨董』の入った本も、あるはずである。

　しかし私は、無関心の体をよそおった。ステレオの盤をとり替えたり、葉書を二、三枚書いたりした。その間、明子は、熱心に書棚のあちこちをあたっていた。

　かなり乱雑に積みあげたり、投げこんだりしてあるので、私が一通りあたるだけでも時間はかかるだろう。だが、わざと私は放っておいた。

「そこになかったら、むこうの押入れを開けてみろ。古いのは、そっちに入ってるかもしれないな」

「かまわんから、引っ張り出せ。そこは、上下、本だけだから」

ものの一時間ばかり、彼女は、押入れのなかに首をつっこんでいた。

やがて、彼女が見つけ出してきた本は、愛宕（あたご）書房版の『日本の面影』という、古い編纂（へんさん）本だった。戦時中に出た版で、粗悪な黄紙を使った簡易装本のものだった。

私は最初、おやっ、と思った。

確かその本に収められている作品のなかには、平家蟹が登場してくるものはなかったはずだ、と私は思った。

私は、彼女が『骨董』を探しているのだときめてかかっていたので、彼女が選んだ本が意外だったのだ。

「これ、お借りしてもいいでしょうか」

「いいよ。しかしまた、どういう風の吹きまわしだい？　君は、そんなの読むの、好きだったかな」

「いいえ……本なんか、めったに読んだことありません……」

「そうだったよな。君は……あれだよな……バレー・ボールかなんか、やってたよな」

「はい……」

「うん……」

私は、なにかを言ったものかどうか、ふとためらった。

そういえば、実際、本などまったく無縁な子であった。その明子が、小一時間もかけて、一冊の本を探し出した。しかもどうやら、その本を探し出すことが、私の部屋を訪れた目的のようでさえあった。

西尾明子と小泉八雲。

なぜかすぐに、「蟹」だ、と思い、私は簡単に二つのものを結びつけてしまったのだけれど、よく考えれば、それは奇妙なとり合わせであった。

小説など興味を持つはずもない女の子が、小泉八雲を探しにきた。これがなにか、最近話題になった本とか、目につきやすい流行作家のものだとかいうのであれば、まだ考えようもあった。

しかし八雲は、かりに小説好きの人間達の間でも、もはや歳月のほこりを浴びて、時代の彼方(かなた)に忘れ去られている著作家だといっていいだろう。

西尾明子と、つながりようのない人物なのだった。

平家蟹を見て、とっさにとり乱した明子の恐怖の表情が、また私の頭のなかをよぎった。

蟹でないとすると……と、私は思って、不意に、明子のほうへ顔をあげた。

「ちょっと見せてみろ」

と、ごくさりげなく、私は言った。

奥付(おくづけ)を見る振りをして、ついでにパラパラと目次もめくってみた。

「……そうか、昭和十八年の発行か。こいつは、東京の古本屋で買ったのかな……うん、荻窪の駅前だったかな……」

そんなことを呟きながら、私は、あかく黄ばんだ目次のページを、さあっと眼で追った。

一部は随筆風なもの。二部に、いわゆる小泉八雲が怪談作家といわれる類の、日本の古記録や伝承説話などに材をとった物語の題名が、十四、五編、並んでいた。

その物語編の二番目に、私が不意にたしかめようとした題名は、やはり載っていた。

『耳なし芳一の話……一八五』

私は、その文字を眼におさめると、ポンと彼女の前へ本を投げ返した。

「いいぞ、持って行け」

なぜ私が、そのとき急に『耳なし芳一の話』を思いついたのか、私にもよくはわかっていなかった。

平家蟹ではないとすると……と、考えて、ふと『芳一の話』が頭に浮かんだのだ。やはり、平家一門の怨霊にまつわる譚であった。

平家蟹──先帝祭──赤間神宮──

と、いう連想が、『耳なし芳一』、と結びついたのにちがいない。

そしてなぜだか、私にはそのとき、西尾明子が探していたものは、多分それだ、という気がした。理由もなく、そう思った。

盲目の琵琶法師が壇ノ浦で遭遇した、あやしいかなしみをたたえた怨霊譚である。

私の予感は、その日の夜、適中した。

明子を送って二階の部屋をおりるとき、市街地の家並みの彼方に、遅い春のもや立った日没が、関門海峡をうすあかね色に染めているのが、眼に残った。

4

西尾明子を尾行するつもりなどなかったのだが、結果的にはそうなってしまった。

細い石だたみの坂道をおりたところで、明子は、ふと立ちどまった。

そこからが、商店街になっている。

私は家の前に立って、そんな明子を、見るともなしに眺(なが)めていた。明子のほうでは、私がまだ見送っているなどとは、気がつかなかったのだろう。彼女は、ちょっと立ちどまってから、やがてその店先へ入って行った。

その店が、仏具店でなかったら、私も気にはしなかったはずだ。

坂の下から商店街へ折れるその曲り角の小さな店は、古いしもた屋風にみえるが、土間に入ると、十年一日のごとく、変りばえのしない仏壇や仏具一式がひっそりと飾ってある。いつもほこりをかぶっているような、奥の暗い店だった。

明子は、すぐに現われて、商店街の方へ出て行った。

急に私は歩き出していた。彼女がなにをしに入ったのか、それが知りたいと思ったのだ。

顔見知りの年寄りが、まだ店先にいた。

明子が買ったのは、一束三十円の、一番安い線香だと教えてくれた。

小泉八雲を借りにきて、線香を買って帰る……。なぜだか、妙な気分がした。

私はふだん着に下駄ばきだったが、気がついたときには、彼女の後を追っていた。

明子は商店街を抜け、表通りへ出て、タクシーを拾った。

私は、小銭入れに七、八百円しか持合わせがなかったが、小型をつかまえて、乗りこんでいた。

「連れが前の車に乗ってるんだ。あれについて行ってくれ」

運転手は無愛想だったが、正確に彼女の車を尾けてくれた。ものの五、六分、海ぞいの国道を走って、明子は車を捨てた。

赤間神宮の真ん前だった。

幼帝安徳天皇を擁して海底に沈んだ平家一族の菩提を弔うこの神宮の社前には、竜宮を模ったという巨大な朱塗りの水天門がそびえたっている。

日は落ちて、対岸の門司の灯が、海峡越しに強いきらめきを放ちはじめていた。

明子は、足早にその境内へ踏みこみ、石段を駈けのぼって行った。なにかに心せかされるような、また追いかけられてでもいるかのような、落ち着きのない足運びだった。

社務所にはまだ明りがついていたが、人影は見えなかった。明子は、まっすぐに社殿の奥へむかって急いだ。

宝物館のそばのあたりで、その明子の姿がふっと消えた。裏山の梢が、間近にくろぐろと社殿の上に迫って見えた。その森闇を不意に、杜鵑が啼いて走った。

一匹の平家蟹に悲鳴をあげるほどの怯えを見せた女の子が、まだ宵の口とはいえ、この薄闇のおりきった人気ない境内へ踏みこんだということが、少なからず私には驚きであった。

しかも、平家一門の菩提を弔う社である。社殿の奥みには、一族の墓地もある。天下掌握の栄華を手にしながら、都を遠く追い落された悲劇の一族の、いわばここは亡骸の本拠地である。平家蟹が、彼らの怨みを宿した蟹だというならば、一族首脳、額をよせて眠り合うこの社殿の境内は、晴らせぬ怨嗟のひしめき合う地だともいえるであろう。

蟹に怯えた西尾明子が、その境内の薄闇に自ら足を踏み入れたということが、私にはふしぎであった。

そして……と、私は先刻から、頭のなかでしきりに考えつづけていることを、また、思った。

この社殿の奥の森陰には、一つの小屋があるのである。

胡座を組んで琵琶を弾じる耳のない盲法師の、心持ち頭をもたげて、自らの曲の音に聴き惚れてでもいるかのような木像が、その小屋のなかには納まっているのであった。

私は、宝物館の横の細道へ身をすべりこませた。

途端に、かすかな線香の香をかいだ。

山裾（やますそ）の藪陰（やぶかげ）に、一かたまりの苔（こけ）むした墓石の群れが、うごめいていた。いや一瞬、うごめいているかに、それらは見えた。

闇の底に、物いわぬ板碑（いたび）と五輪塔の群れは一団の隊伍（たいご）を組み、おぼろにかすんで鎮（しず）もっていた。

俗に、平家の七盛塚（ななもりづか）とよばれる墓所である。

若い盲目の琵琶法師が、夜な夜な亡霊に誘い出され、平家滅亡の壇ノ浦合戦を悲曲にのせて語ったのも、この墓所である。

西尾明子は、その七盛塚の前にうずくまっていた。

いや、うずくまっていたというのは正確ではない。彼女は合掌を解いて、やにわに立ちあがりかけたところであった。その落ち着きのない身ごなしには、怯えきった小動物がやみくもに逃げ道をめざすときのような、必死のすばやさが見てとれた。まるで、一刻も早くその場を逃れ去ろうとでもするかのような、立ちあがり方であった。

実は彼女が恐怖にたえてこの墓地へ線香をあげにきているのだということが、その瞬間に、私には納得できた。

西尾明子は、立ちあがると、一目散に走り出しかけたのである。

そして、彼女は、私を見た。

驚かすつもりはなかったのだが、驚くなというほうが無理だったろう。

彼女は、小さな叫び声をあげて、その場に気を失った。

手に、八雲の本をしっかりと握っていた。

倒れている明子のすぐうしろに、小さな一つの堂はあった。覗きこめば、琵琶を抱えた法師の坐像が、そこにはひそんでいるはずであった。

杜鵑が、また不意に間近を一声啼いて走った。

5

ママの店へ抱えこむまで、明子は夢うつつの状態だった。

「ちょうどよかったわ……わたしも、いま帰ってきたところなの……」

ママは外出着のまま、濡れ手拭をしぼったり、二階へ床をとったりしてくれた。

「大丈夫よ、ママ……もういいの……」

と、明子は、ボックスのソファに背をあずけた格好で、しかししばらくは放心したようにぼんやりしていた。

「気つけには、ブランデーがいいっていうわよ。さあ、もう一口飲んでみたら……」

明子はいわれるままに少しなめて、やめようとしたが、急に乱暴に、残りを一気に喉のなかへ放りこんだ。

「アッ子ちゃん……」

「いいのよ……大丈夫……」

明子は、血の気ののぼってきた顔をしゃんと立て、今度はしっかりとした声で言った。言うと同時に、しかし両手で顔をおおい、はげしい泣き声をあげた。

「話そうと思ったのよ……なんべんも、思ったのよ……先生にも、ママにも、相談しようと思ったの……でも……できないわ……とても信じてもらえないもの……わたしにだって、信じられないもの……」

明子は、すがりつくような眼で、私を見た。

「先生……」と、そして言った。「耳なし芳一の話……あれは……伝説ですよね？　ほんとうにあった話じゃないんですよね？」

「そうだ。お話だ」

私は、彼女の思うままに喋らせたほうがよいと思った。

「小泉八雲が作ったお話なんでしょうか……」

と、明子は、少し落ち着いてからたずねた。

「いや、モトの話は江戸時代の読本に載ってるんだ……八雲はそれをタネにして、文学的な物語にしあげたんだ……」

「先生はどう思われます？　わたし、小泉八雲の小説が、どんな風に書いてあるのか知らないけど……お話だけは知ってます……毎晩立派なお邸から迎えがきて……そこへ琵琶を弾きに行ったたっていうんでしょ？　御殿のような立派なお邸で……着飾ったたくさんの人達がいて……芳一が歌う平家物語に、泪を流して聴き惚れたたっていうんでしょ？」

と、明子は、とつぜんなにかを振り払いでもするように、昂ぶったしぐさで頭を振った。

「立派なお邸なんかじゃなかったんですよね……お墓だったんですよね……安徳天皇の……お墓の前で琵琶を弾いていたんですよね……そうでしょ？　ね、先生……先生がいま……もし、そんな目に会われたら、どうなさいます？　いえ、どうしたらいいんでしょうか……！」

「西尾……」私は、息をとめた。

「いいえ」と、明子は首を振った。「わたしじゃありません……わたしじゃないけど……ほんとなんです……ほんとに、そんな目に会ってる人がいるんです……わたし……誰に相談したらいいのか……もうわからなくって……」

彼女は、ふたたび泣き崩れた。

「まさか……」と、ママが口の中で言った。

「飯野さん……じゃないんでしょうね？」

「そうなのよっ」と、明子は、いきなりママの体にむしゃぶりついた。「駿ちゃんなのよぅッ、ママ……」

「駿ちゃん……て？」

私はママのほうを見た。

「いえね、この子の……つまりカレなんですよ。おとなしい、いい人なんですよ」

「でも……」

西尾明子がその夜打ち明けた話は、確かに奇妙な内容のものであった。

「昨年の……夏のおしまい頃だったかしら……」と、明子は、言った。

店を済ませて、帰り道がそっちだから、少し迂回して阿弥陀寺町を通ったのだという。

飯野のアパートの部屋に明りがついていたので、明子は下から呼んでみた。

しばらくして、飯野は窓から顔を出したが、どこかふだんの彼とはちがった感じがしたという。

「……だって、窓を、ほんとに恐る恐る開いたのよ……そして、一言も口をきかないで、ただじいっと、わたしを眺めおろしてるだけなの……。なにを話しかけても、返事をしないの。わたし、なさけなくなっちゃってさ……変だとは思ったけど……腹も立ったのよ。『さよなら』っていって、通りすぎようとしたの。そのときだったわ。『アッ子ちゃん』って、たった一言、彼が言ったの。わたし、その声聞いたとき、ほんとに変だと思ったのよ。いえ、ちょっとゾッとしたの。彼はすぐに窓を閉めたわ。そして駈けおりてきたの。いきなりわたしの腕をつかんで、『きてくれ』って、言うの。とっても真剣な声なの。それに、必死なの。……そりゃ、男の人の部屋に、夜遅くあがり込むなんて……後から思ったら、顔から火の出るほど恥ずかしかったわ。でも、そのときは、なんにも考えてるひまなんかなかったの。うまく言えないけど……とにかく、そうなの。気がついたら、わたし……彼の部屋のなかにいたわ……」

飯野は、すばやくそのドアに鍵をかけた。

『飯野さん……』

明子は、信じられないといった風に、飯野を振り返った。

『そうじゃないんだよ……』と、あわてて飯野はさえぎった。『いるだけでいいんだ……夜が明けるまで、この部屋にいてくれ……おれにつきあってくれ……』

『そんなこと……できないわ』

明子は、憤然として言った。

『ばかにしないでよ。わたしは、そんな女じゃないわ。帰らせてちょうだい』

『ちがうんだよ……そうじゃないんだ……』

飯野は、なにかを言いかけたが、ふと、すなおに、『いいよ』と、うなずいた。

まるで、急に憑き物が落ちでもしたように、ふだんの飯野にかえっていたという。

思いつめた、なにか衝動のみなぎりたっていたような、一心な表情も、どこかへ消えてしまっていた。

『そうだよな。こんな時間に……そんなこと頼めるはずがないよな。どうかしてたんだ。すまなかった』

明子が、奇妙なものを見たのは、そのときだった。

それは、飯野のベッドの上にあった。いや、あったというよりも、ベッドに装備されていたとでも言ったほうがいい。ベッドの上下四隅の柵に、それぞれ頑丈に結びつけられている四本のロープであった。ロープの一端は、四本とも、ベッドの上に放り出されていた。

ちょうど人間がそのベッドに寝て、手足を大の字にひろげれば、それぞれのロープは、その人間の手足をベッドに固定させるのに役立つだろう。そんな具合に、四本のロープは、ベッドに装備してあった。

明子は、そのロープを眼にしたとき、一瞬奇態な想像にとらわれて、立ちすくんだ。なぜだか、ついいまし方まで、飯野駿太郎はそのベッドの上にいて、自らの手足をベッドに縛りつけたまま横たわっていたのではないだろうか、という気がしたのである。

飯野は、明子の視線に気づき、さりげなくではあったけれど、明らかに狼狽の色をみせ、仕切りのカーテンを引いて隠した。

明子は、いつも店にきて静かに酒を飲んで帰る飯野からは想像のできない、なにか密かな彼の影の世界を、垣間見る思いがした。

「なぜだか、わからないの」

と、明子は言った。

「あの人が、ほんとにわたしに……そばにいて欲しいと思ってるんだって、気がしたの。いえ、いてあげなくちゃいけないんだって気がしたのよ。時計を見たら、二時前だったわ。もう三時間もすれば、夜が明けるんだって、わたし、そう思ったの。あんなに真剣に……思いつめて、わたしに頼んだんですもの……それだけの事情があるはずよ。いいえ。事情なんかわからなくたってよかったの。とにかく、そばにいてあげようと思ったの……」

その夜明け前の三時間ばかりが、その後西尾明子に訪れた恐怖の生活のはじまりだったのであった。

飯野は、ぽつりぽつりと、ごく静かな口調で、話し出したという。

「あの人、ある晩、夢を見たんですって……白いもやが、体中をおしつつんでいて……苦しくて……息ができないんですって。自分では必死にあがいてるのに……手も、足も、動かなくて……胸がしめつけられるように痛むんだそうです。ふんわりとした、まっ白いもやのなかに、体は宙に浮かんでるのに……まるでローラーで踏みつぶされるみたいな……なにかとてつもない大きな岩の下敷きになってるみたいな、凄まじい痛みが、体中に襲いかかってきて、あの人を圧しつぶそうとするんだそうです。肋骨がぎしぎし鳴って……ちょっとでも息をつこうものなら、まちがいなくべりべり砕け折れて、こなごなに散ってしまう……それが、はっきりと自分でわかる……わかるけれども、声をあげることもできない。助けを呼ぶこともできない。でも、眼ははっきりと開いていて……あの人をつつんでいる真綿のようなもやの動きは、手にとるように見えるんですって。

渦を巻いたり、羽毛のようにちぎれて飛んだり、もくもく湧いて立ちのぼったり……サアッと風に吹き流されたり……そう、風が吹いて、あの人の髪の毛が逆巻いたり、パジャマの布地がはためいたりするのが、みんなわかったって言います……。

自分の力ではまったく動けないのに、あの人の体は、立ったり、寝たり、横向きにされたり、座っているかと思うと、うつ伏せになっていたり……してるんですって。

その間も、体中を圧しつぶすような痛みはいっときも休まらないんです。

その内に、あの人、ふっと、なにかを見たような気がしたんだそうです。気をつけて見ると、もやの薄い切れ間切れ間に、明りのようなものが確かに見える……あの人、そう言いました。

『街の灯』だと思った……って。

たくさん、チカチカにじんで光ってたんですって。前にも、後にも。光の帯のように。

そしたら、急に、汽笛の音が聴こえたんだそうです。

あの人、そのとき、とつぜんわかったって言うんです。

ここは、海の上なんだって。関門海峡の上なんだって。

そう思ったら、潮の匂(にお)いや、ざわざわ騒ぐ流れの音が、どこかでしきりにしてるのがわかるんだそうです。

そして……」

と、明子は、不意に瞳(ひとみ)をたゆたわせた。

「……白い、ゆれるもやのなかに……さまようような人影が見えたんです。見えた、と、あの人は言いました。近づいてくるような……遠のいて行くような……それも、一人や二人ではないんですって。ゆっくりと往き来したり……急ぎ足で通りすぎたり……かすかで、おぼろな人影だったが……見えた、とあの人は言いました。

ちょうど、そんなときだったそうです。

足の下のもやが、スウッと薙ぎ払われて、とつぜんまっ黒い海面が、見えたんだそうです。潮のうねりや、海流の方向や、小さな波頭のきらめきまでが、はっきりと見おろせて……その海面に、船が……漁船が一艘いたんですって。

一丁櫓の小さな漁船で……頭のはげた漁師が一人、艫に座ぶとんを敷いて、その上にきちんと正座しながら、右手で櫓をあやつり、左手で釣糸をたぐって……船を流していたんだそうです。

のばせば手のとどく位置だったって言います。カンテラの灯が波間にゆらぐのも、櫓の音も、漁師の着ている上っ張りの色も、座ぶとんの布地の模様も……みんな、手にとるように見えたんだそうです。あの人は、叫んだんですって。何度も……もう夢中で、ありったけの声をしぼって、叫んだんです。

『助けてくれっ』って……わめいたんだそうです。

でも……声が、出ないんです。

漁師の櫓船は、しばらくして、あの人の真下をゆっくりと通りすぎて行ったんです……」

「……そんな夢だったそうです」

と、明子は言った。

飯野駿太郎は、どろどろした不快な眠りのなかで目醒め、目醒めたとき、しばらくは寝返りをうつことさえできなかったという。首をまわし、手をもたげることもおっくうで、体の力は抜け落ちていた。

二、三時間、その疲労感は、彼をベッドから立ちあがらせることを許さなかった。
飯野は、その日、会社を休んだ。

どんなに気をふるいたたせても、精気が体に戻ってはこなかった。

彼は、ようやく午後になって、阿弥陀寺町のアパートを出ることができた。

足にも手にも力は入らなかったが、飯野は出かけなければならなかった。

昨夜見た夢が、どうしても彼の頭のなかを去らなかったのである。

さいわい壇ノ浦は、彼のアパートからは目と鼻の先にある。

彼は、まず、その壇ノ浦の船溜り（ふなだま）からあたってまわることにした。

関門海峡で一丁櫓の漁船をあやつり、一本釣をする漁師といえば、この壇ノ浦の漁師しかない。艫にきちんと正座して、右手は櫓、左手は釣糸。潮のたるみに船を流して行く漁法は、『平家の一本釣』といわれる、この土地独特の古い漁法なのである。

平家の末孫という気骨と、誇りを、いまもってこの壇ノ浦の漁師達は受け継いでいる。

戸数、三十四、五軒しかない漁業聚落（しゅうらく）だが、早鞆（はやとも）の激流ぞいに、一かたまりとなって、細長い海の上へ突き出るような間口のせまい漁家の軒並みを連ねている。

その一角に、古い石組みの防波堤に囲まれた船溜りがある。

飯野駿太郎がその船溜りに立ったのは、海峡が銀白色にぎらついている炎暑のさなかなのだった。

関門海峡には、潮の満干にしたがって、東から西へ、西から東へと、一日に四度、正逆方角を変える海流がある。この海流は、瀬戸の漁師の船どきを微妙に支配する。

飯野は、夏の盛りどき、昼前に帰ってくる船と、夕方五時近くから出かけて行く船とがあることを、知っていた。

午後三時前の日盛りに、彼が船溜りに立ったのは、この時刻なら、漁船のすべてが溜りに揃(そろ)っていると判断したためである。

彼は、四、五十艘(そう)はつながれている伝馬船(てんません)を一艘一艘たしかめるようにして、見て歩いた。

船は、みなどこかちがっていて、どこかまったく同種のものにも見えるのだった。

結局、彼は、漁家を一軒ずつ聞いてまわるしかなかった。

問題は、時間である。

彼が夢を見た時刻……すなわち、関門海峡の上空に飯野駿太郎がいた時刻は、夜である。

真夜中だといっていいだろう。

その日彼は、十一時過ぎには眠りにおちていたと、はっきり自分で断定できるから、この時刻から日の出の五時あたりまでの間、と考えてよいだろう。

とにかくそれは、闇(やみ)が、関門海峡の上空をくまなくおおっていた間の出来事なのである。

その時間に、出ていた船。

(その船が、あるはずだ)

と、飯野駿太郎は、考えた。考えはしたが、その時間に、船が出る潮どきが重なっているかどうかは、わからなかった。

しかし、その期待は、最初の漁家で、思いがけず満たされた。

「ああ、出るで」と、その漁師は簡単に言ってのけた。「暗いうちから出とるで、儂ら」

「暗いうちって……何時頃のことになりますか？」

飯野は、ふしぎな胸のはやりをおぼえながら、訊き返した。

「そうじゃのう……だいたい、夏場は、三時すぎにゃ、もう出とるの。漁は西流れちゅうての……瀬戸内から、響灘にむけて流れる潮の、この潮がいちばんよう食いがくる。儂ら、今時分じゃったら……そうじゃの、八時か九時頃までは、毎朝出とるで」

「そうですか。それじゃ、まだ暗い内に……海の上にいらっしゃるわけですよね？」

「ああ、暗いもなんも、海はまだ真夜中じゃあの」

「あの……今朝、その頃海へ出られた人達ってのは、たくさんいらっしゃるんでしょうか」

「さあの……よそのことは、ようわからんがの……二、三十は出たろうで」

「二、三十……」

飯野は、夢のなかで見た頭のはげあがった漁師の特徴を、記憶にある限り説明して、心当りはないか、尋ねた。

「さあての……」と、漁師は言った。「はげとるのも、おるにゃおるで。そうじゃの……十人はおろうで」

「その方達のお名前……わからないでしょうか」

漁師は、漁協に行って聞け、と、協同組合を教えてくれた。

飯野はそこで聞いた八人の漁師の家を、一軒ずつ尋ねることにした。

三軒目の、谷津という五十年輩の背の低い漁師に出会ったとき、一目見て、飯野は深いめまいをおぼえた。

肩幅の広い、ずんぐりした感じが、まさに見おぼえのある漁師なのだった。無論、その漁師は、飯野にとっては初対面の男であった。

かつて一度も出会ったことのないその男が、なぜ夢のなかに現われたりするのだろうか……。夢が、夢であれば、この漁師は、決して現実に存在してはならない人物なのであった。

飯野駿太郎は、口を開くのが恐ろしかった。

「そんなばかな……」

と、息をつめるようにして言ったのは、私よりも先に、ママのほうだった。

「ほんとうよっ」

明子は、私とママの顔を、必死に見返しながら叫んだ。

「ほんとうなのよっ。わたしも、その漁師さんに会ったんだから。会って、この耳で聞いたんだから！」

「そうよ」と、明子は、言った。「わたしだって、その話を彼から聞かされたとき、本気になんかしなかったわ。彼が、その漁師さんのところへ連れて行ってくれるまで、とても信じられやしなかったわ。でも、そうなのよっ。ほんとうに、彼が夢を見た日、その漁師さんは朝早く海へ出てたのよ。三時前に出たって言ったわ。海の上は、真夜中だったたって言ったわ。

そして、霧が……」

と、明子は、唐突にわななないた。

「霧が……海峡中にかかってたって言ったのよっ。深いところには近よらなかったけど……それでも何度か、霧のふところへ呑まれかけたって話してくれたわ。壇ノ浦の漁師には、昔から古い言い伝えがあるんですって。平家の滅んだ命日に、海で霧にまかれたら、なにも話すな。物音をたてるな。声を聞きつけて……霧のなかにいる人達が、船に災いをもたらすって……」

「霧のなかにいる人達……？」

私は、なかば独り言めいて、呟いた。

「そうよ。その漁師さんは、そう言ったわ」

と、明子は答えた。

「駿ちゃんが夢を見たのは、平家の滅んだ命日じゃなかったけど……でも、あの人も、もやのなかに人影が見えたって言ってるのよ。それだけじゃないわ。わたしは、その朝、漁師さんが船で敷いてたっていう座ぶとんも、見せてもらったわ。着てた上っ張りも、見たわ。駿ちゃんが、夢のなかで見た物と、色も模様も、寸分ちがわなかったそうよ。漁師さんから聞いたんですもの。駿ちゃんが、座ぶとんの図柄から上っ張りの継ぎの形まで、会った途端に喋りはじめたんで、びっくりしたって。だって、その座ぶとん、新しくとり替えたばかりの物だったんですってよ」

明子は、私を見るというよりは、どこか宙の一点を見すえるような眼で、そう言い放ったのである。

「そうなのよ。駿ちゃんは、まちがいなしにその夜、関門海峡の空中にいたのよ！　谷津さんの船が通ったとき、その上の霧のなかに、……駿ちゃんは、いたの！」

この漁師の一件は、後に私自身も、谷津という人に会ってたしかめた。

現実のことである。

6

私は、飯野駿太郎にも会った。

そのとき彼が話してくれたことは、すべて明子から聞かされていた話を裏づけるものだった。

飯野駿太郎は、ぽつりぽつりと、実直に話す男だった。

「その後、何度か同じ目にあったっていうのは……確かなのかね？」

「はい。最初のときほど、はっきりした記憶じゃありません。でも、なんべんか、白いもや、のなかに連れ出されています。それに、連れ出されたという記憶はなくても……朝、起きてみて、体が消耗しきっているようなことは、もっと数あります。……ほんとに、そんな朝は、なにもする気が起こらないんです。僕は、だから、……自分が、よぼよぼに年取って、老衰死するときの状態が、いま現実にわかります。たぶん、あんな感じなんだろうと、思うんです……」

　飯野は、むしろ穏やかにさえ見える、騒ぎのない表情で、ちょっと微笑した。

「いろいろと、やってみました。どうしたら、連れ出されずにすむか……。部屋には、毎晩電灯を全部つけっ放しにして寝ます。鍵も必ずかけておきます。友達にしばらく一緒に泊まってもらったこともあります。誰かが、そばにいれば、少しはちがうかとも思ったんです。でも、だめでした。その友達に、同じベッドで寝てもらうことも頼みました。しかし、まさか……一晩中、僕を離さずに抱きしめていてくれと言うわけにはいきません。……結局、自分でベッドに体をしばりつけておくことくらいしか、手はないようなんです」

「しばりつけて寝るようになってから、海の上には出ないってのは、ほんとなのかい？」

「ええ。そんな気がするだけかもしれませんけど……とにかく、白いもやや、関門の街の灯や、汽笛や……そんな情景を、夢として記憶しているようなことは、なくなりました。でも、起きて、クタクタになってる状態は、やはりときどきやってきます……」

「医者にも診てもらったそうだね？」

「はい。K大の精神科に、三度ばかり行きました。どこにも、べつだん異常はないそうです……」

　私が知っている医者にも、彼は精密な検査を受けている。診断は、やはり変らなかった。

「でも……異常がないってだけでは、やっぱりね……」と、彼は、いくぶん淋しそうに笑ったものだ。

「僕だって、生身の人間だから……じたばたすることもあるんですよ。考えると、本気で気が狂っちまいそうな……いても立ってもおられないようなときが……」

明子が、はじめて飯野のアパートの部屋にあがった夜も、そんなときだったと、飯野は述懐した。

「僕はうつらうつらしてたんです。僕を呼ぶ声で、ハッと眼が醒めて、覗いたら、彼女が立ってるじゃありませんか。……あのとき、僕ははじめて自覚したんです。この子を、愛しているんだなって……。そして、この子は女だ、って思ったんです。おかしいでしょ。彼女が女なのは、当り前のことですものね。……でも、僕には、それはとても重大なことに思えたんです。だって、彼女なら、一晩中、僕を抱いていてくれるように……頼むこともできるんだし……そう思うと、もう辛抱ができなかったんですよ……」

「で、抱いていてくれるんだろ？　彼女は」

「ええ……」

飯野は、そのときだけ、にわかに顔を赧らめた。少年のようなそのすがすがしい羞らいのさまが、私を逆に、いいようのない気の滅入りに突きおとした。

どうして、こんないい青年が、こんな目に会わされなければならないのか……。

何度も、思ったことである。そして、思うたびに、不可解な戦慄に見まわれねばならないことでもあったのである。

明子は言った。

「彼が、関門海峡を捨てない限り……いまの生活は、変らないわ。そして、彼は、捨てないわ。あの剣を見つけ出すまでは、決してこの海峡のそばを離れないわ」

「あの剣？」

私は、最初にそう聞き返したときの、得体の知れない驚愕と、むなしさを、いまでもそのときのことを想い出すたびに、胸の底でくり返し味わうのである。

「そう。剣なの」と、明子は言った。

「たった一本の……雲をつかむみたいなお話の、剣なの」

と、言えば、誰もがすぐに思い当りはする剣である。

西暦一一八五年。寿永四年。三月二十四日。

この関門海峡の沖合いで、安徳幼帝を奉る平家一族とともに、海底に没したものに、忘れてはならない物品がある。

世に、三種の神器とよばれる、歴代皇位継承者の伝え残さねばならぬ三つの神器である。

平家滅亡の根本原因は、いわばこの神器争いに帰すると言ってもよいであろう。

源平壇ノ浦の合戦は、この神器が導いた死闘であった。

奪う方も、奪われまいとする方も、死を賭しての決戦であった。

そしていま、世の記録が伝えている事実によれば、死出の海路に没し去ったはずの三種の神器は、一種を残して、二種は奪い返されたという。すなわち、『八咫鏡』なるものと、『八坂瓊勾玉』なる二種は、現在の皇居に無事安置されているのである。

残る一種、『天叢雲剣』、すなわち後に『草薙剣』ともよばれる神剣は、この日海に没したまま、杳として行方知れぬのである。

西尾明子は、言った。

「四、五年前のある夏の日のことだったんですって。駿ちゃんは、関門海峡の底で、一本の長剣を見つけたんです」

「なんだって？」

「確かに剣だったそうよ。貝殻や藻草が岩のようにまぶれついて、姿も形も見ることはできなかったけど、握り柄が剣にちがいないって……あの人は言うの」

「……で、どうしたんだ……」

「一度、手につかんだんだそうです。渦を巻いてる岩場の底だったんですって。まっ暗で、照明灯を頼るしかない深みだったんです……。最初、鉄屑か建材の部品かなんかだと思ったんですって。底の流れに足をとられて、思わず握ったのが、それだったんです。長剣みたいだと思ったはずみに、照明灯を渦に持っていかれて……あわてて、剣のほうも手からはなれてしまったんです……」

明子は、しばらく言葉をきった。

「その日からなんです。あの人が、剣探しのためにだけ潜るようになったのは……」

と、やがて、ぽつりと言った。

ちなみに、つけ加えておくほうがいいだろう。

飯野駿太郎は、アマチュア・ダイバー会員歴七年のベテランである。

「ほんとにただの……鉄の棒かもしれないのに……」

と、明子は、よく言う。

関門海峡、三、四十メートルの深みで、一人の若者が見たという剣が、たとえなんであれ、私には手のほどこしようもない、海での出来事である。

それが、八百年近くも前の剣かどうかは別にして、とにかく一一八五年、寿永四年、三月二十四日、この関門海峡で一本の剣が流れに呑まれ行方を絶ったことだけは、歴史の記述に残っている。そして、その剣は、今もって海からあがったということを聞かない。

平家一門が死出の身にひしと帯びて、藻屑と消えた剣であった。

今となっては、あがらぬことが、この歴史に没した滅びの一族の、ただ一つの面目といえることとなのかもしれぬ。

潮が、剣を護るのか……。

草薙剣は、沈んだ。

無論、この剣が模造剣であることは、広く一般に知れわたっていることではあるが。

『耳なし芳一』は、耳をなくした……と、ふと、私はいつも、明子や飯野駿太郎に出会うと、思う。思うしかない。芳一の耳をむしりとって行った平家武者の怨霊の手を、不意に思い起こすのだ。

そして、なぜか、ホッとする。彼と彼女の無事な姿に出会えたことに。

この次に出会うときも、そうであってほしいと念（おも）うのだ。

＊昭和六十年より上臈（じょうろう）参拝の行事は五月三日に変ったが、原稿執筆時は四月二十四日であった。

騒ぐ刀

宮部みゆき

一

　南町奉行所定町廻り同心内藤新之助は入り婿である。生来の小心者で、袖の下も取れない。同心の扶持など知れたものだから、暮しに困ることも度々である。そのうえに、義理の母が年明け早々からそこひを病んで、その治療費がまた馬鹿にならない。収支の支の方ばかりが脹らんで、とうとう腰に差した大小の小の方、脇差を質に入れた。十日間できっとうけだす、このことは他言してくれるなとかけあい、質屋の主人も承知した。天下泰平のしるし、なあにこういうことはよくありますよと、代わりの竹光まで用立ててもらい、成程それでさしたる不便もなかったので、十日の約束が二十日、三十日と過ぎてしまった。

　ところが、それから半月ほどして、ある商家に関りの事件が出来し、その引き合いを抜くために、そこの主人がいささか金をまいた。その一部が新之助にもまわってきた。自分一人のことではないので、安心して受け取れたのである。で、そうなると、やはり脇差のことが気になる。そこが生真面目なところだが、さっそくうけ出しに行った。ところが、質屋の親父は、新之助に輪をかけて意地悪なほど生真面目な性分らしく、彼の脇差はとっくに何処かに流れていた。

「やれ村正の正宗のというわけではあるまいし」と、主人は涼しい顔で言った。「ほかのものでもよろしゅうございましょう」

そういうわけで、新之助は無事、別の脇差を腰に帰って来た。一件落着である。

ところが、話はここで終わらない。新之助の手にしたその脇差は――いや、いや、ものを言った。

正確に言うならば、うめき声をあげるのである。毎夜九ツごろになると、荒れ寺の古鐘が陰にこもってものすごく無縁仏も叩き起こすというように、腹の底に響くような声でおうおうとうめき始める。四半刻もうめいてしまうとぴたりととまるのだが、家人は眠れたものではない。三晩も続くと、まず妻女が参ってしまった。夜はまんじりともせず、昼に時を盗んで寝るようになった。新之助はそうもいかず、赤い目をして頑張ってはみたが、眠りが足らないというのは、食べないよりも身にこたえる。妻女にしても、いささかうだつが上がらないとは言え仮にも八丁堀の旦那の奥方が、遊女のように昼日中ぐうぐう寝ているというのは外聞も悪い。困り果てた新之助は、まず質屋の主人にねじ込んだ。

「旦那、おたわむれを。なんぼなんでも、刀がものを言うわけはありますまいて」

もしもそんなことがあるならば、これからは私の代わりに鍋釜がここに座って帳面を付けますと、主人はしゃあしゃあとしている。いくらぼんやりしているとはいえ、新之助も同心の端くれである。主人の目の動き、わしっ鼻の頭に浮かんだ汗を見れば、実はこの主人、この刀がこういういわくつきの物と先刻承知のうえで、その処置に困って押し付けてきたのだと察しがついた。そうなると、これはもう駄目である。相手は知っていてしらを切っているのだ。あまりくどくど言えば、あの旦那はとんだ臆病者だぐらいのことを、逆に言い触らされかねまい。新之助はすごすごと引き返した。騒ぐ刀は腰に残ったまま、また夜のくるのを待っている。

「然るべき寺に頼んで供養をしてみたらどうだろう」

「それはそうでございますが」妻女は細い眉をひそめる。「それには、相応の金子を包まねばなりませんでしょう」

寂しい懐で腕を組んで、新之助は考えた。そして――

二

「それで、これを預かって来たというわけだ」

兄の六蔵が畳の上に置いたひとふりの刀に、お初はそっと手を触れてみた。

いる。

かれには、暇などめったにない。飯屋のほうは妹のお初と女房のおよしの二人で切り回して暇な時はいつも陣取っている場所である。もっとも、お上の御用をつとめる岡っ引きである日本橋通町の一膳飯屋「姉妹屋」である。ここの奥の狭い座敷は、この家の主人の六蔵が、

「これがその、ものを言う刀なんですか」

「内藤様もお気の毒に、また竹光を差しているそうだ」六蔵は首の辺りをかくと、

「これはどうも、お初やおめえの領分のようだぜ」と、弟に頭を振り向けた。

「なるほど、御前のお喜びになりそうな話だな」

問われた直次はそう答えた。かれが腕組みして問題の刀を眺めている様は、六蔵に泣き付いて来る前の新之助のしていた格好とよく似ていたが、違うのは、直次はこの手の話に慣れているということである。

「内藤様は、俺たちのことを御存知だったのかな」

「いや、そうじゃねえ。俺に頼み込んできたのはたまたまだ。あの御方は棒っ杭みたいに真っ直ぐで、だが棒っ杭なみに折れるってことを知らねえもんだから、岡っ引き連中の間じゃあ受けが良くねえ。俺は先の大増屋の件でちょいと関りがあったから、それで頼られたんだろう」

お初は刀を手に取って、しげしげとながめた。新しいものではなさそうだが、それほど使い込まれた様子もない。黒糸で巻いた柄にはへたった感じがない。黒蠟塗の鞘にも傷はなく、

ただし、何の飾りもついていない。確かに正式なこしらえではあるが、愛想もなければ華やぎもない。

「刃の方はどうだ」

六蔵に聞かれて、お初は鯉口を切った。

「刃文も直刃か。何か彫り物はねえか」

刃文というのは、焼き入れによってつく色々な文様のことである。大波小波のようだったり、らくだのこぶをつなげたようだったり、様々である。直刃はそれがほとんど一本の線のようになっているものを言う。

「何もないようよ」と、お初は答えた。銅の鍔にも飾り一つない。どこまでも無愛想につくられている。

いったい、元禄ごろからこっち、刀というものは本来の目的から逸れて、もっぱら鑑賞用・愛玩用・芸術品としてつくられるようになってきていた。武士だけでなく、豪商などが金にあかせて豪華なものをこしらえ、それを自慢しあう。刀身に不動明王や玉追龍を彫り込んだり、鍔にも蝶や千鳥を金や色金であしらってみたり、見事なものが現代でも残っている。これは、言うまでもなく天下泰平だったからで、だから幕末の黒船が現れるころになると、にわかにまた「武器としての刀」が復活するのだが、この頃はまだまだ呑気な時代である。

「妙だなあ。脇差だけつくらせたんなら、もっと手が込んでいそうなもんだ」

「やっぱり何処かに、脇差だけ竹光を差している御武家さんがいるんじゃないのかしら」およしが口をはさんだ。

「銘はどうだ？」

「それを見るには柄を取らなきゃならねえし、明日にしちゃどうかな？　とにかく今夜はこのまま置いて、一体どんな声でものを言うのか、聞いてみたいじゃないか」と、直次が言った。

「おう、それなんだが」六蔵は顎をひねった。「内藤様の話じゃ、えらく大きな声で騒ぐんだそうだが、何を言ってるのかは、さっぱり聞き取れねえそうなんだ」

「お初ちゃん、気をつけてよ、手を切るから」およしが声を高くした。お初は刃の上にそっと指をすべらせてみていた。

「義姉さん、半紙をくださいな」と、お初。銀色の刃には、お初の白い顔がぼうっと映っている。

およしからもらった半紙を二つに折ると、お初はその間に刀の刃をいれて、斜めに傾けて、そっと手前に引いた。子供が竹とんぼを作るのに使う小刀でも、これなら半紙はすぱりと切れる。

ところが――

半紙はびくともしない。刃の上をずずずと滑るだけである。縫い物に使う物差で半紙を切ろうとしているようなものだ。お初は気をつけて指を当ててみたが、これも結果は同じだった。障子の桟をいくら強く押しても指は切れないが、それと似たようなものだった。

とにかく、夜中にこの刀が何と言うのか、それを待とうということになった。

春につきものの、強い風の吹き荒れる夜だった。火事に弱い江戸の町は、風を嫌う。どの家でも神経を尖らす。枕をそばだてて、何処かで半鐘の音がしないかと、あまりのんびりとは眠れない。

姉妹屋でも、表の風を気にしていた。だが――

「おい」

船を漕いでいた六蔵がぬっと体を起こした。およしが座り直して訳もなく胸元をかき寄せ、後ろに寄り掛かっていた直次は柱から背中を離して乗り出した。

お初は、両手を口元に、内緒話を聞くような顔をしていた。

おおおおおおう――と、その声は聞こえた。刀は確かにうめいていた。一声、二声、雨の夜に野良犬の遠吠えするような、死んで行く者をよみの国から呼び戻そうと井戸の底に向かって呼びかけているような。耳を覆っても指の隙間から、懇願するかのように忍び込んでくる。

「これは一体何――」

六蔵がおよしの腕を摑んで黙らせた。

おおおおおお――う

四半刻どころか、一晩中のように長く感じられるほど時が過ぎたあと、震えながら長く尾を引いて最後に一声うめくと、刀は黙った。

狭い座敷の中が静かになると、表の風の音が急に耳を打った。何処かの掛行灯でも吹き飛ばされたのかばたばたという音がして、およしがまたびくりとした。

「お初――」

直次が妹に顔を向けた。お初は唇を半開きに、近所の誰かと誰かが駆け落ちしたとかの、びっくりするような噂話を聞かされたかのように、切れ長の目を見張っていた。

六蔵がしわの寄った額を拭い、太い息をはいた。

「……本当だわ、何も聞き取れやしないわね」およしが身震いした。

「ううん、聞き取れたわ。ちゃんとしゃべっているわ」お初が、ようやく我に返ったように言った。

「何と言ってる？」

「この声を聞きとどけたなら、木下河岸は小咲村、坂内の小太郎に伝えてくれ、虎が暴れている、虎が暴れている……そう繰り返しているわ」

三

翌朝早く、直次は、神田明神下にある質屋「まさご屋」に向かった。このまさご屋が、内藤新之助に例の脇差を押し付けた質屋なのである。主人の吉三は、土左衛門の狸のような腹れた顔の中年男で、愛想はいいが油断のできない感じだった。

直次は、兄の六蔵とは違い、御上の御用をつとめる者ではない。本業は植木職である。根岸肥前守とのつながりも本業を通してできたものだ。ただ、元来植木職というのは動き回る仕事である。方々に顔を出し、家の中まで入り込む。有名な「お庭番」という隠密集団もここからきているくらいだ。だから、そういう意味では直次はなかなか都合の良い立場にいるわけで、自然、下っ引き的な仕事はするようになっている。

下っ引きというのは、岡っ引きのそのまた下にいて、彼等を助けて働く者たちのことである。公職ではないにしろ、一応世間的に認められている岡っ引きと違い、下っ引きは、世間的には他の職業を表看板にして、下っ引きであることを隠している場合が多かった。

「実は、ほかでもない、内藤様の脇差のことで、ちょっと教えてもらいたいことがあってじゃましたんですよ」と、直次は端的に切り出した。

吉三は、ほうという顔になった。「内藤様？　はて」

とぼけあいで時間を無駄にすることはない。直次は、自分は内藤家に出入りの植木屋で、それで内々に例の脇差の処分を頼まれたのだと話した。

「内藤様はえらくお困りでしてね。この際、金のことはどうでも、あの脇差を元の持ち主に返してしまいたいとおっしゃってるんですよ。それならまさご屋さんにも損はかけないで済むわけだし、どうですかね」

吉三の狸顔が、もうひと回りぶっくりとした。

「本当ですかね」と疑い眼である。

直次は頭を振って笑い顔をつくった。長身で童顔の彼は、笑うとさらにあたりの良い感じになる。兄弟とは言え、こわもての六蔵にはできない芸当がこれである。

渋々ではあるが、吉三はあの脇差を質に入れた人物を教えてくれた。昌平橋のそば、湯島横町の長屋の差配だという。

「いつごろ質入れされたものなんです？」

吉三は、おっくうそうに帳面をくった。

「一月の、三十日でしたな」

「で、そのころからもう、ものを言う脇差だったわけで？」

「いんや。あの——おかしなことが起こるようになってからは、そうはたっておらんですよ。十日ばかりですかな」吉三はうんざりした口調だった。

直次は礼を言ってきびすを返し、門口を出るところで、ふと思いついたように立ち止まった。

「まさご屋さん、あの脇差が何と言って騒いでいるのか、聞き取れましたか？」

吉三はぶるぶるとかぶりを振った。

「さっぱりでしたな」

直次はうなずいて外へ出た。

ちょうどそのころ姉妹屋では、朝方の忙しい時間を過ぎて、店の方はおよしに任せ、お初は奥に引っ込んで、例の脇差を調べてみていた。

お初は両手をきれいに洗い、たすきをはずし、きちんと正座して、脇差を手に取った。慎重に鞘をはらい、明るい陽の光にかざしてみると、白刃は美しく輝いた。お初はもとより刀の目利きではない。使う刃物といったら包丁や肥後守ぐらいのものだが、それでも、この刀の美しさは理解できた。華美ではない。が、どこか気品が感じられる。

(こんなにいいこしらえの刀が、どうして……)

昨夜、お初のあとにこの刀を検めた六蔵は、切れる道理がねえ、刃が立てられてないんだと言った。

「こいつはなまって切れねえんじゃねえ。元々切れねえようにつくられているんだ」

柄を外して刀身を出してみると、刀銘は、

「安永七年二月吉日」

裏を返すと、「国信」とだけある。あっさりしたものだ。ここから読みとることができるのは、ざっと二十年ほど前に、国信という刀鍛冶が鍛えた刀だということだけである。

(この刀が、何故……)

下野国は小咲村、坂内の小太郎という人物に伝えてくれと頼んでいるのだろう。それも、虎が暴れているなどという、妙なことを。

お初は脇差を元通りにしながら、考え込んだ。しっかりした物言いや、くるくると店を切り回すところから、少し大人びて見られがちだが、お初はまだ十六である。若い娘が手にするには少し殺風景な脇差など抜きにすれば、こんな風にもの想いに沈んでいるところなど、恋わずらいとでも見られるかもしれない。

（虎が暴れている……）

この時代にしろいつにしろ、日本に虎のいたためしはない。屛風絵や蒔絵なら話は別だが、とんち話ではあるまいし、絵のなかの虎が抜け出して暴れ回ったという話など、聞いたこともない。

（それに……）

この声を聞きとどけたなら――ということに、お初はこだわっていた。今のところ、ほかには誰一人、刀のこの言葉を聞き分けた者はいない。お初だけなのだ。そこに、なにがしか責任のようなものを感じずにはいられない。

廊下の方へ背を向けて、お初は考えに沈んでいた。だから、何か表の方が騒がしいなと感じた時には、あわただしい足音と甲走った大声とが、もうすぐ間近にまで迫っていた。

どどどという足音と、「お初ちゃん！」というおよしの声とが同時に耳に飛び込んできた。お初はびっくりして振り返り、途端に、庭から裸足で駆け上がってきた男と鉢合わせして息が止まる思いをした。

男は十七、八、着物の前を乱し、髷も歪んで口から泡をふいていた。とっさにお初が見とどけたのはそれだけで、男が右手にしっかりと、まだ血糊の附いた匕首を握っていることに気がついたときはもう、相手は獣のような声をあげて、お初に飛びかかってきた。

その後のことは、お初にもどういう順序で起こったのかわからない。ただ、あっと思った瞬間に、膝の上にあった脇差が抜き放たれていた。お初にやっとうの心得はない。それなのに、柄はしっかりとお初の右手の中に、白刃は向かってくる匕首を、空に光る弧を描いてはっしと受け取め、跳ね上げると同時に匕首はぴんとあっけない音をたてて真っ二つになった。

狼藉男を追ってきた人達が座敷に雪崩込んできたときに見たのは、正座したまま膝も乱さず、ぽかんと口を開けて脇差の柄を支えているお初、折れた匕首を手に突っ立っている男。男は見る間に、がくがくと膝を崩してその場にへたりこんだ。

脇差をかざして、お初はようやくつぶやいた。

「切れた……」

昌平橋の長屋の差配はよく言えば実にてきぱきとした、悪く言えば因業な親父だった。あの脇差が差配の手で質入れされた事情をきいて、直次はいささか驚いた。

「店賃のかただと、そういうわけですか」

脇差の持ち主は、今年の初めまでこの長屋に住んでいた野島治憲とみさおという浪人ものの夫婦だった。二人とも、今はもう墓の下である。

治憲は、西国の小藩で小納戸役を務めていたが、五年ほど前、ふとしたことで藩金横領の疑いをかけられ、それがもとで人を斬り、敵持ちとなって江戸へ逃げてきた。妻のみさおも夫に従い、逃亡者ながら、しばらくはそれなりに平穏に暮らしていたらしい。それが一月前、とうとう追っ手の知れるところとなって、治憲はあえない最期をとげ、その際にみさおも一緒に落命したというわけだ。

「横領の疑いは、ぬれぎぬだったようです。野島様はなかなかしっかりした人柄でしたしな。が、店賃は店賃。溜めたまま亡くなられては、私も困ります。それで、残されていた家財道具やあれこれを質入れしたというわけで」

「それにしても、武士の魂を質入れとは、少しやり過ぎじゃないですかね」

差配はふんといった。「なんぼわたしでも、そこまではしとりませんぞ。私が質入れしたのは、奥方のものです」

「しかし、懐刀じゃない、確かに脇差だったでしょう」

「あのみさおという人は、元は武家の生まれではないのですよ。親は刀鍛冶だとか。それで、実家からでも持たされたんでしょうが、脇差をひとふり、あの奥方がもっていたんです。その話を以前に聞いてましてね、持参金がわりの刀ならたいそういい値がつくだろうと思ったんですが、あてがはずれましたな」

こいつは筋金入りの強つくばりだね。直次は呆れ返って差配と別れた。

（刀鍛冶の娘が親から託されていた脇差か――）そういぶかりながら一度姉妹屋へ戻り、そこで大騒ぎに出くわした。

姉妹屋に飛び込んできた若い男は、評判の悪い遊び人で、金に困って姉妹屋の近くの両替屋に押し入り、しくじって追っ手をかけられたあげく、行き掛かりで姉妹屋へ逃げ込んだのだった。お初に襲いかかってきたのは人質に取って時間を稼ぐつもりだったためらしい。知らせを聞いて飛び帰ってきた六蔵も交えて、無事を喜んだ後で、お初は例の脇差の不思議を語った。

「守り刀だ」

話を聞いた直次が言うのに、六蔵もうなずいた。「ああ、それなら俺も聞いたことがあるぜ」

守り刀とは、身を守る時にだけ刃をたてる刀のことである。心無い者の手に渡って、人を殺したり傷付けたりすることに使われないよう、力無い女や子供を武器を持った者の脅威から守れるよう。しかしそれには、名匠と称されるほどの刀鍛冶が心血注いで鍛えなければつくりあげることはできないとされている。

「あたしは何もしなかったし、何もできなかったけれど、刀の方が勝手に動いて、危ないところを助けてくれたのよ」

「こいつは、思ったより面倒なことになってきたぞ」六蔵が言った。

「直次、おまえはともかく、木下河岸小咲村に行ってみることだ。そこで坂内の小太郎という男を捜すことが先決だな」

お初は騒ぐ脇差と共に江戸に残り、脇差はその夜も同じようにうめき続けた。切迫の度合いを増しているようなその調子に、お初は心をせかされる思いをした。

(ねえ、何をそんなに伝えてほしいの)刀を眺めて問うてみる。

(坂内の小太郎という人は、どういう人なの。虎は何処で暴れているの)

刀は沈黙したままである。

ところが、翌日、姉妹屋の者たちにとりあえずは騒ぐ脇差のことさえ忘れさせてしまうほどの出来ごとが起きた。通町三丁目の雑穀問屋「遠州屋」が、一家皆殺しにあったのである。

四

遠州屋は、間口二間と店の構えこそ小さいが、近辺のあちこちに地所を持ち、そこから上がる地代と堅実な商いで、通町でも裕福なことで知られていた。それだから、知らせを受けた六蔵の頭に真っ先に浮かんだのは、押し込みの線だった。遠州屋はぼつぼつ六十に手の届く夫婦二人と年頃の娘が一人いるだけの所帯である。刃物をもった賊でも押し入れば、手向かいできるはずもない。六蔵も日頃からそのことは気にかけていたほどで、一人娘に早く婿をもらえと勧めていた。つい先頃、その婿取りが決まって、やれやれと喜んでいた矢先の惨事である。

早起きのはずの遠州屋さんが、往来に人が行き来するような時刻になっても雨戸も開けない。何かあったんじゃないかと踏み込んでみた、隣の煮豆屋の親父が見つけた。なかなか肝のすわった老人で、いたずらに騒ぎたてず、小僧を番屋に走らせて、自分は残って張り番をしていた。もっとも六蔵が駆け付けたときには、この親父も青くなっていたが。

「裏口にかんぬきはかかっていたかい？」と、六蔵は親父に尋ねた。

「へい、がっちりと。八兵衛さんは用心のいい人でしたから、そのへんはいつも怠りありませんでした。親分さんも御存知でしょう」

六蔵はむっつりとうなずいた。「で、あんたが鉈で木戸を叩き割ったんだな」

「さいです。何度声をかけても、戸を叩いても返事がありませんし、少し乱暴かとは思いましたが、今までにこんなことはございませんでしたから」

踏み込んだ親父が見たのは、きちんと片づけられた厨と、しんと静まりかえった廊下、そして、奥の座敷にぼんやりとともった行灯の光だった。親父の背中から照らす朝日の光に比べて、しまり屋のはずの遠州屋八兵衛が灯しっぱなしにしているその行灯の光は、何とも禍々しく、変事の起きたことを知らせていた。

震える膝を前へ押し出し、八兵衛やおかみ、娘の名を呼びながら奥へ進んで行った親父は、そこでこの先死ぬまで忘れられそうにないものをみつけた。座敷の敷居際に転がって見えぬ目で親父を見あげている、八兵衛の生首である。その向こうに、おかみと娘の無残な骸が、窓の格子にすがりつくようにして倒れていた。親父は足の裏がねばねばすることに気がついた。畳はじっとりと血を吸い込んでいた。八兵衛の胴体は、首からよほど離れた床の間の近くに、仰向けに、両手足を大の字に広げて倒れていた。

ほどなく検使の役人も到着し、細かな調べが始まった。六蔵の懸念とはうらはらに、この殺しは物盗りではなさそうな様相をていしてきた。戸締りはきっちりとしてあり、物色の様子もない。

「こいつは妙だな」六蔵は独りごちた。

外から人の踏み込んだ跡が見えない。三和土にはほうきのはき跡まで残っているほどで、履き物も揃えられている。もとより足跡も残っていない。座敷には蒲団が敷いてあり、おかみと娘は寝巻きに着かえている。ぐっしょりと血を吸っている夜具に刃物の跡があり、それが二人の体の傷ともぴたりと一致するうえ、体中に傷を負っているにもかかわらず腕や手に手向かい傷がないところをみると、眠っているところを襲われたのだろう。おどろいて必死に逃げ、寝床から這い出し、窓までたどりついたところで事切れたのだ。

それに反して、八兵衛一人だけはきっちりと着物を着込んでいる。胴と首が切り離されているほかには傷もない。

「こいつは、まるで無理心中じゃねえか」

六蔵が日ごろの八兵衛の人柄を知らなかったなら、すぐにもそう決め付けるところである。しかし、ついおとつい顔を合わせたときも、娘の婚礼の話ばかりをしていたあの八兵衛の顔からは、とてもそんなことは考えられなかった。

さらにもうひとつ、何よりもおかしなことは、これだけの凶事をしでかすのに使われた刃物が何処にも見あたらないことであった。包丁から裁ち鋏までくまなく調べてみたが、血曇りや脂の跡、刃こぼれのあるようなものは見あたらない。

「なあ、親父、あんたが踏み込んだとき、八兵衛は手に何か持ってなかったかい？」

煮豆屋の親父は首を横に振った。「何も見ませんでしたが」

あの八兵衛が、一体全体どうしたってんだ——戸板に乗せられて運び出される三つの骸を見送りながら、六蔵は繰り返した。何故だ。

戸板にかぶせられたむしろから、空をつかむように八兵衛の右手がはみ出している。その指は、何かを握りしめていたかのように、内側に曲げられている……。


そのころお初は、所在なげにまた、騒ぐ脇差に向き合っていた。なぜか落ちつかず、店に出ていても上の空のようになってしまい、手があけば脇差をぼんやりとながめてしまう。

お初の、自分でもよく分からない不思議な力があらわれたのは、この春に、初めて月のものがあったときだった。以来、他人には見えないものが見えたり、聞こえないものが聞こえたりする。御前様はそれを、入れ子のようになっている人の魂の、閉ざされた部分が開いたからだとおっしゃっていたけれど……

お初は溜め息をついた。

（もっともっと、わかりよくならないものかしら。見えるならいっそ、謎の一つもないように何でも見えるようになればいいのに）

そう思ってしまってから、ぞっとした。もしそんなことになったなら、生きていくのがどんなに恐ろしいことになるんだろう。それはごめんだ。

お初は手を伸ばして脇差に触れた。そして今日だけでも何度目になるか、刀の鞘をはらった。

銀色の刀身。動かすにつれて、跳ね返る光の角度が変わる。新しい反物に見入るように、お初は見とれた。

そのとき。

刀身の光のなかに、何かがふっとよぎったような気がした。目を凝らすと、なにもない。

（……？）

きらり、もう一度。今度ははっとさせられた。人影だ。いや、人だ。六蔵と同じぐらいの年格好の男が一人、辺りの様子をうかがいながら、小走りに行く。こすっ辛そうな目つき。右の口元に引きつれたような傷跡。火傷だろうか。腕に何か抱えている。――紫の風呂敷包み――いや、刀だ。この脇差か。違う、違う、よく似ているがこの刀ではない。なぜなら、なぜなら――焦点が合ったように、はっと思い付いた。

（この刀、鍔がないわ）

はっと身震いして、お初は我に返った。今のは幻――

恐る恐るもう一度のぞきこんでも、刀はただ冷たく光っているだけである。一瞬だけ、騒ぐ脇差がお初に見せた幻だったのか。

でも。お初は脇差を元に戻しながら、考えた。今の男、そして今の刀。ひょっとしたら、この脇差の叫ぶ「虎」と何かつながりがあるのかも知れない。胸に残るなんとも言えない不吉な思い、背中の冷たさがそう教えていた。あの男は一体誰だろう？　お初は幻のなかの男の顔を胸に刻みつけた。六蔵兄さんに話してみよう。

そしてあの鍔のない刀。

男があの刀を胸に抱えているところが、まるで蛇を抱いているかのように見えたのだった。

五

木下河岸は、利根川の中流にあり、下総国・常陸国でとれる魚類を江戸へ運ぶ重要な拠点である。またそれだけでなく、香取・鹿島・息栖の三社に参詣する人々を乗せる、茶船という乗客船も発着し、大変なにぎわいをみせる土地だった。

直次は、質屋まさご屋を訪ねた夜に江戸を立ち、江戸川から利根川の水路をとって、翌日ここへ着いた。ずらりとならぶ問屋場と、河面を行き交う高瀬船。たった今銚子から着いた船には、わらわらと人足たちがたかり、勢いよく荷が担ぎ出されている。

あの脇差のうめき声は、「木下河岸は小咲村」と告げた。しかし、木下河岸自体は、印旛郡竹袋村内にある。この辺りで土地に詳しいといえば、参詣客相手の茶屋の主人ぐらいのものだろうと見当をつけて尋ねてみると、

「小咲村なら、もっとずっと北になるねえ」

「どのくらいありますかね？」

急な脇道がうねうねと木立の中に消えていく、北側の山を見あげてきくと、

「たっぷり日暮れまではかかろうかね。山を一つ越さなならんよ、あんた」

茶屋の主人の口ぶりは、何の用であんな所にいくんだねという、いぶかるような調子があった。

「実は、人を捜しに行くんですがね」

万が一ということもある。たとえばあの「坂内の小太郎」というのが、土地で知られた侠客なんぞだったら、大いに手間が省けようというものだ。が、

「坂内の小太郎？」主人はうなるような声でそうおうむ返しに言うと、首を横に振った。

「知らないねえ。小咲村といったら、木こりと炭焼きしか居らんようなところだし」

直次はあきらめて山道を登りにかかった。

茶屋の主人の言った通り、緑の木立がようやく途切れ、狭い開墾地にぽつぽつと粗末な板葺きの掘っ立て小屋が見かけられるようになったころには、もう陽は大きく西に傾いていた。それでも、直次は足を止めて、思わずほっと息をついた。ここまでのぼる道そのものも、まるでけもの道である。すれ違う人など一人もなかった。姿の見えない野鳥が、頭の上や木立の何処かで鳴き交す声や、時々まつわり付くように飛んでくる羽虫ぐらいがお供とあっては、本当にそんな村があるんだろうかと疑いたくなるほどだったのだ。

辺りに薄い煙が漂っているのは、近くに炭焼き小屋でもあるのだろう。確かに人気のある証拠だ。元気づく思いで先を急ぐと、右手の方で水音がし、まもなく、板葺きの上に重しがわりの石を乗せ、その石の重みでひしゃげてしまっているような小さな小屋が見えてきた。気がつくと、この辺りから、足もとの登り道にも丸太が埋め込まれ、気持ち程度には歩きやすいようにしてある。

その丸太の最後の一本に足をかけ、直次が開かれた平らな所にでた時に、ちょうど、さっきの小屋から女が一人出てきた。背中に乳飲み子をくくりつけ、まげもゆわずにぞんざいにうなじで纏めただけの髪である。直次が立ち止まると気がついたらしく、こちらに顔を向けた。野良猫のような眼だった。

小咲村はここかと尋ねても、返事がない。もう一度同じことを繰り返すと、

「あんた、何者だい」

「江戸の者でね」直次は努めて愛想よく言った。「ちょいと野暮用で、人を訪ねてきたんだが」

探るような眼が、彼を上から下まで眺め回した。

「人捜しだって？」ようやくその言葉が返ってきた。

「ああ、そうだ。おかみさん、ここにいるのはあんただけかい？　御亭主は？」

「男連中はみんな、山にいるよ」女ははっと顎を引っ込めた。「でも、もうすぐ戻ってくる。みんな」念を押すように付け加えた。「大勢いるんだよ、男衆は」

直次は苦笑した。怪し気な振舞いに及ぶとでも思われたらしい。

「そうか。それで一つ、教えてもらえないかね。ここの男衆の中に、小太郎という名前の男はいるかい？」

女の険のある眉が寄った。「小太郎？」

「ああ、小太郎、坂内の小太郎という男なんだ」

女はしばらく、上目つかいに直次をにらんでいた。それから、それが開けっ放しの敵意に変わり、女はわめきだした。

「あんた、何者なのさ？　一体何しに来たんだい？」

「坂内の小太郎という男を捜しにさ」直次は努めて落ち着いた声で答えた。

「坂内の小太郎か、笑わすじゃないのさ、坂内の小太郎を訪ねて、はるばる江戸からここへやって来たなんて、誰が信じるもんか。本当のことをお言い、何しにきたんだ？」

こいつはきりがない。直次は見切りをつけて、「村長は？」と訊いた。女は返事をしなかったが、この掘っ立て小屋の向こうへ目が動いた。見ると、ここよりははるかにましな、少なくとも家と呼べそうなものが一軒だけぽつりと建っている。そちらに足を向けた。背中にいつまでも、女の、あまり気持のよくない視線が張り付いているのを感じながら。

それから半刻ほどして、直次はまた山道を登っていた。ただし、今度は行き先がはっきり見えている。村長が、そこへ行けば坂内の小太郎に会えると教えてくれた場所である。そこは、村の背後に広がる山の頂き近く、姉妹屋の座敷ほどの広さしかない、狭苦しく寂しい墓地であった。

「坂内の小太郎をお訪ねに」直次の問いに、村長は、考えぶかそうに幾度かうなずいてそう言ったのだった。

「心当たりがおありですか」

まだ一人うなずき続けていた村長は、はっとして、相手のいたことを今思い出したというように、今度は直次に向かって大きく顎をうなずかせた。

「あります、ありますよ。国信（くにのぶ）さんも、いつかきっとこういうことがあると言っていたが……」

「国信？」それは、あの騒ぐ脇差（わきざし）に銘打たれていた刀鍛冶（かじ）の名前である。

「一昨年の冬でしたか、道に迷ってこの村にたどりついた男で、年も年でしたが、ひどく病で弱っていましてな、私の所で世話をして、最期（さいご）も見とってやったのです」

「その国信というのは、刀鍛冶じゃありませんでしたか」

村長は驚いた。「そうです。もとは摂津の方で、藩主お抱えになろうかというほどの腕前だったそうで……しかし、どうしてそんなことを。わたしだって、あの男がいよいよいまわの際（きわ）になって、やっと聞かされたのですよ」

自分の命が尽きることを悟った国信は、村長を呼び、手厚い看護に礼を言った後で、驚くようなことを話し始めたのだった。

「……国信は、摂津の国でも指折りの刀鍛冶に、十二の年から弟子入りしたのだそうです。一つ年上の兄弟子に、国広という男がいて、数多い弟子たちの中でも二人は抜きん出て優秀で、相競い、相鍛える仲だったそうです」

貞享のころ、摂津の国には国輝という名高い刀工がいた。大坂刀工界の第一人者であり、のちに伊勢守にもなっている。国信の弟子入りした師匠も、もとをただせばこの国輝の門下につながる人物であったという。ただし作柄は師匠筋に似ず、刃文は直刃が多く、脇差、平作り脇差をよくした。それはそのまま、国広、国信の作柄へと受け継がれている。二人には、実の兄弟のように親しいものが通っていたのだ。だが、国信は、兄弟子と自分と引き比べて、こういう言葉で表わした。

「わたしの腕は石、国広は玉でした」

そして、石は自分もいつかは玉になれる時がくると信じて修業を積んでいたのだと言ったという。

それに対して、生まれながらに玉である国広は、旅慣れた者が足弱の連れを振り返り振り返り、けれども足取りは緩めずに先を行くように、天性のものに磨きをかけることに打ち込んでいた。ところが――

「年ごろになった国信と国広は、同じ娘に恋をしたのだそうです」

その娘とは、師匠のひとり娘の佳代。国信とおないどしの、城下でも評判の美人だった。

「刀鍛冶の生活というものは、それは厳しい世界ですから、あまり潤いのあるものではなかったそうです。あたりまえの若者たちのようには、町娘たちと若さを楽しむこともできなんだ。それだけに、一度胸に抱かれた思いがどれだけ強かったかは、お若い方、あなたにも察しはつくでしょう」村長はそう言って直次を見やると、微かに口元をほころばせた。が、すぐに真顔に戻ると、

「この恋の行き着いた先が何処だったか、それを申し上げないとなりませんな。佳代という娘は、結局、生涯を共にする男として、国信を選んだのでした。そして、父である師匠もそれを許し、国信を後継者として公けに認めたのです」

臨終の床にあっても国信は、そのときのことを語る時には、瘦せこけた頬が緩んだという。

「……佳代がわたしを選んでくれたとき、わたしはもううれしさに目がくらんで、ほかのことは何も考えられないほどでしたよ。ただ、不思議でたまらなかったのは、佳代が何故わたしをとったのかということでした。当然でしょう。玉よりも石を選んだその理由を、わたしは佳代に尋ねました」

すると佳代は、こう答えた。「わたくしは、国広が恐ろしいのです――あの人も、あの人の鍛えた刀も。あの人の手で生まれた刀は、鞘に納められていても抜き身のように冷たく感じられるのですわ」

佳代の父である師もまた、国信に語った。

「国広の鍛える刀には、確かに魂がある。意志がある。しかし、何よりもなくてはならぬ慈悲というものが欠けている。それがない限り、国広の刀はどんなに美しかろうと、鋭かろう

と、この世に置かれる価値がない」

国広は、意外とも言えることのなり行きにも、大して気落ちしている様子は見えなかった。しかし、目には見えぬ病が内から広がっていくように、彼の内部で何かが少しずつ崩れ始め、それを塞ぎ止める堤が切れたときに、さながら鉄砲水のようにすべてを押し流し破壊しつくす力となってあふれ出た。

「石は傷がついても石のままでいられるが、玉は、ひとたび傷がついてはもはや元の玉ではありえないのですよ」

国信は村長にそう言ったという。

それは、国信と佳代の婚礼の晩だった。とどこおりなく盃がすんだところで、自ら鍛えた脇差を引っさげて、国広が踏み込んできた。

「五人斬られたそうでした」村長は重い口調で言った。「師匠と、花嫁と、国広がその脇差を鍛えるのを手伝って先手を勤めた弟子が三人。命を取り留めたのは花嫁の佳代だけで、しかし右の頬に、一生消えない傷を負わされたのだそうです」

錯乱の国広は、そのまま惨劇の現場から城下へ走り出た。知らせを受けて追っ手がかかり、町はずれを流れる川のほとりで、とうとう取り囲まれたのだが、折から降り出した篠つく雨の中、暗い河面を背に、血の気が引いた顔に目ばかり炯々として、斬り捨てた人の血と脂に濁った刃をかざして、国広は吠えた。追っ手のなかに交じって駆け付けた、国信に向かって叫んだのである。

「いいか、覚えておくがいい、俺の命は絶えてもこの刃は残る、残って天の下に留まり続け、俺と相容れなかったこの世の全てに、全てのおのれのような輩に禍いをもたらし、血を流し続ける。おのれはこれから、それをその二つの目でとくと見て、もがき苦しみながら生き続けるがいい」

その呪いの言葉を最後に、右手の刃をさっと肩にかつぎ上げ、獣の牙のように白く鋭い白刃をうなじにあてがうと、一声高く笑って、我と我が首を斬り落とした。二つに分かれた首と胴、それに右腕にしかと握られた脇差が後ろ向きにどうっと川に落ちて行ったしばらく後までも、その声はあたりに尾を引いて漂い、そこにいる者たち、大の男ばかりの追っ手の背筋を凍りつかせた。

「後になって川底をさらってみると、二つの眼を見開いたままの国広の首と胴が見つかったそうです。ところが、国広の使った脇差は、どうしても見つけることができなかったそうで」

惨事の後、それでも国信は刀鍛冶としての暮らしを続けていた。一年ほどして娘みさおが生まれ、その産後の肥立ちが思わしくなく、佳代は二十一歳の若さでこの世を去った。そしてその喪も明けぬうちに、城下で奇怪な辻斬り事件が起こったのである。物盗りでなく、互いに何の関りあいもない三人の人間が相次いで惨殺されるというもので、ほどなく、ある屋敷の中間が下手人として捕えられた。それによって、使われた刀が、あの国広の脇差だったことがわかったのだ。ただ、どういう経路でその中間の手に入ったものか、詳しいことはわからなかった。捕えられてまもなく、かれの気がふれてしまったからである。

そして、更に不思議なことに、押収されたはずの例の脇差は、まもなく何処かへ忽然と消えてしまったのだった。

「この事件で国信は、国広が死に際に残した言葉の意味を悟りました。それがどれほど恐ろしいことであるのか——そして、残る自分の人生を、国広の残した災いを防ぐために捧げようと決意したのだそうです」

そのために、国信はまず、半年近くの時間をかけて、ひと振りの脇差を鍛え上げた。その作業は恐ろしいものだったらしく、新しい刀を捧げて現れた彼は、餓鬼のように痩せ細り、目だけが輝いていた。ただ、その目の輝きは、狂ってしまった国広のそれとは違っていた。

「これはこの子の守り刀となるでしょう。そして、この子もまた、この刀を守るのです」まだ乳飲み子のみさおを預かることになった遠縁の者に、国信はそう言った。

「今の私の力では、守ることだけしかかなわない。しかし、この子に、言い聞かせてください。これはおまえを国広の影から守ってくれるだろう、だから、おまえもまたこの刀を世に残し、守り通すようにと。そうすれば、私はいつか必ず、守るだけでなく、国広の呪われた力を封じることをかなえてみせましょう。そしてそのときこそ、私の——石の腕前でしかない刀鍛冶の力の足らないところを助け、補ってくれる遣い手を、この刀自らが捜し当てることでしょう」

野島みさおは、騒ぐ脇差を鍛えた刀鍛冶の娘だった。

「こうして娘に別れを告げ、国信はあての無い修業の旅に出ました。そして、ようやく二十年かかって、国広の呪われた刀を封じる方法を捜し当てたというのですよ。国信はすでに五十の峠を越えていました」

「その方法というのは？　国信はそれを言い残していったんですね？」

村長は静かにうなずいた。「それが、坂内の小太郎なのですよ。小太郎がそれを知っている。だから、いつかきっと、小太郎を訪ねてくる人がいるだろうと、ね……」

「小太郎は何処に？　どういう人物なんですか」

「村にはおりませんよ——夜にはいつも、国信の墓を守っているのです。どういうものなのかは、直接にあって確かめられるのが早いでしょう」

こうして、直次はこの寂しい墓地へやって来た。山の頂きに近いので、木々の背も低く、枝が長く地に這(は)うように伸び、昼間ならそれなりに春の若葉が美しいのだろうが、提灯(ちょうちん)の明りを頼りに手探りで歩くこの夜には、顔や腕にがさがさとあたるだけの邪魔ものである。国信の墓は、ただ丸石を積んだだけの、ごく粗末なものだった。縁の欠けた茶碗(ちゃわん)が一つ、夜目にも白い。

最後の一歩を踏み出したとき、直次の足の下で何かがぱしりと折れた。枯れ枝のようだった。その微かな音が消えるか消えないかのうちに、国信の墓石の傍(かたわ)らで、何かがはっと起き上がる気配があった。

新月の夜である。満天の星は、どれほど美しくても足許(あしもと)を照らす用はなさない。提灯を地面すれすれに落としているので、辺りを包む闇は肌に感じられるほどに濃かった。

「坂内の小太郎か」直次は闇の奥に向かって呼びかけた。

「おまえを捜して、江戸から訪ねてきた者だ。おまえの主の国信がおまえに託していったことで、おまえの力を借りにきた」

闇は静まり返っている。

「聞いているか、小太郎。国信の鍛えた脇差がおまえを呼んでいる。虎が暴れていると伝えてくれってな」

ひそやかに、ごく柔らかに、土を踏む足音がした。こちらに近付いてくる。直次は提灯を上げた。

ほのかな黄色い光の中に立っているのは、一匹の犬だった。

六

直次がようやく坂内の小太郎を捜しあてることができたその夜、江戸では――

遠州屋の事件は、どこをどうつついてみても、主人の八兵衛が妻と娘を何らかの凶器で斬り殺し、とどのつまりに我と我が首を斬り飛ばした、というふうにしか解釈のしようがなくなっていた。

自分で自分の首を斬ることができるものなのか、六蔵は手刀をつくってあれこれ試し、結局、刀を肩の上に担ぎ上げるようなやり方で可能になると納得がいった。

検使の役人の見たところでは、傷口の様子から、使われた凶器は大刀もしくはそれに類するもので、包丁や短刀の類いではないという。ところが、遠州屋には刀など影も形もない。

六蔵は、それらのことがはっきりした後、遠州屋に関わる者の中のたった一人の生き残りとも言える男、後ほんの何日かで、死んだ娘のお夏の婿になるはずだった、達吉という若者に会ってみることにした。達吉は数えで二十四、通町の老舗の蕎麦屋の次男坊である。遠州屋とは親の代からの付き合いで、お夏とも幼馴染みの間柄だった。そして、達吉の方は、もの心つく頃からずっとお夏にぞっこんだった。

それだけに、彼の傷心はたいへんなものだった。ようやく惚れた娘を嫁にとれるという矢先に、よりにもよってその娘の父親の手で全てを亡くされてしまったのだ。六蔵が訪ねて行ったときも、まるでふぬけのように座り込んだままで、名前を呼んでも返事もしない。店の者たちの話では、知らせを受けた時にはまったく本気にせず、代わりに遠州屋まで走った者が間違いないと悲報を確かめてくると、それきりそうして座り込んだままだという。

六蔵はしばらくの間、そういう達吉を見おろしていた。それから、つっと立って行って、大きな柄杓に水をいっぱいくんでくると、それを達吉の頭からぶちまけた。

達吉は首を縮め、ぐいと目をむいて起き上がろうとした。今度はそこを、六蔵の手が突き飛ばすようにして座らせた。

「おい、よく聞けよ」と、六蔵はどら声を出した。「死んだお夏のことを思うなら、いつまでも聞き分けのねえ餓鬼みてえな真似をしているんじゃねえ。いったい何処のどいつがあんな惨いことをやらかしたのか、目串を刺すためにはおめえだけが取っ掛かりなんだ。そこんところをわきまえて、これから俺のきくことにしっかり答えろ、いいか？」

まだ顎の先から水を滴らせながら、達吉は上目使いに六蔵をにらみ返した。と、その顔がくしゃくしゃに歪んで、彼は嗚咽し始めた。

「なあ、おめえの気持ちも分からねえじゃねえ」六蔵は、一段声を和らげた。「だがな、俺の言ってることは、嘘やごまかしじゃあねえぞ。お夏の仇を打ちてえなら、手を貸しちゃあくれねえか」

「それでも、――お夏は親父さんの手にかかって死んだんでしょう」達吉は切れ切れに言った。「無理心中らしいって、お役人様も言ってたじゃありませんか。仇を打とうったって、どうすりゃあいいんです」

六蔵はしゃがみこみ、達吉と目と目を合わせた。「そうだ。俺も、八兵衛が女房と娘を斬ったことには間違いないと思ってる。あげくに自分で自分をばっさりやりやがったんだ。だが、なあ達吉、遠州屋の親父が何でそんなことをやらかしたのか、解せねえとは思わねえか？」

達吉は目をぱちぱちさせた。

「解せないですよ、そりゃあ」目に生気が戻った。「てんでわけがわからないですよ。それでも、お役人様が八兵衛がやったに違いないって――それに、それに」

「それに、何だい？」

「親父さんは昔、十年以上も前の話だけれど、商いがうまくいかなくて、借金がかさんだとき、一度は一家心中をしようとまで思い詰めたことがあったって、話したことがあったもんで」

遠州屋も、昔から今のように裕福だったわけではない。六蔵も知っているが、かなり身代を傾けて、危なかったことが確かにあった。

「そのときは、お夏の寝顔を見ているうちに思い留まったんだって言っていましたよ。思い留まって本当に良かった、こうしてお夏の花嫁姿が見られるんだからって。親父さんは泣上戸だったけれど、それだけでなしに、涙ぐんで話してくれたんですよ」

だから、と、達吉は腕で顔をぬぐった。「ひょっとして俺の知らない何かがあって、親父さんはそういう思い詰める人だから、また魔が差したようになって、それでやっちまったのかって――」

六蔵は、がっちりした顎をきっぱりと横に振った。「何でそれを早く言わねえ。そんな親父が、今さら何があったからって、娘を心中の道連れにするもんかい。それともおめえ、親父が心中まで思い詰めそうな、その何かに思いあたる節でもあるのかい？」

ないと、達吉は答えた。

「それじゃあ、今までに遠州屋で、そうさな、大刀でも脇差でもいい、そういう類いの物を見たことがあるかい？」

　達吉はかぶりを振った。そうか……と顎をひねる六蔵に、しばらくして、ただ、と頭をかしげながら、

「そういえば、お夏が、おとっつぁんがここ二晩ぐらい夜中にうなされてるって、心配してたっけ……」

「そりゃ、いつごろのことだ」

「あれは、親父さんが砂村の弔いに行って、その一日か二日ぐらい後だったような気がしますから、もう十日は前のことです」

「砂村で弔い？」

「はい、ほら、先の大雨で、あっちの方では川の堤が切れて、大水が出たでしょう。親父さんの知り合いも亡くなったそうで――あ、そうだ！」達吉は起き直った。「そのあと、砂村から親父さんを訪ねてきた人がありました。そいつが、何か刀がどうこう言ってたな……」

　達吉はその人物を、年の頃は四十ぐらい、良い身なりをしていたけれど、こすっ辛そうな目つきが気になったと話した。

「口元に、火傷の引っつれみたいな傷のある奴で、そのせいで口のきき方が何か妙なんですよ。店の裏口で、親父さんと何やら押し問答していたんです。あんたがあんな鍔のない脇差を持ってたってしょうがないだろうとか……うん、確かそうでしたよ、結局親父さんが追い返したんですが、何処の誰ですかときいたら、何でもない、つまらん古道具屋だって――」

　達吉からそれを聞くと、六蔵は煮豆屋に取って返した。どうやら遠州屋には、鍔のない脇

差があったらしい。それが今は見あたらない。そして、八兵衛のあの指の形を見れば、何かを握っていたことは明らかだ。刀は一人歩きするはずもなく、ということは、番屋の者たちが駆け付けるまであの場に一人でいた煮豆屋の親父が怪しいということになる。人は見掛けによらないものなのだ。こいつはうんと締め上げねえとと、六蔵は顎を引き締めた。

が、煮豆屋の親父は、何も締め上げることもなく、鬼瓦みたいな顔で戻ってきた六蔵を見ただけでぺらぺら話した。というよりも、誰かがそれを聞きただしてくれるのを待っていたという様子でさえあった。そのうえ、ひどく怯えていた。

「昼間、親分にお話ししたときは、何故あんな嘘がつけたのか、自分でもわからんくらいです。だまそうなどという気持ちはありません、わっしがしゃべっていたんではなくて、ほかのもんがしゃべっているのを脇で聞いているような心持ちでした」

煮豆屋の親父は、八兵衛が砂村の弔いに行った日、奇妙な、鍔のない脇差を抱えて帰ってきたのをたまたま見かけた。一体それはなんだねと尋ねると、八兵衛は、自分でもよく分からないが、無性にこの刀を手にしたくなって、どうしようもなかったんだと答えた。そして、家の者に言うとうるさいから黙っていてくれとも頼んできた。煮豆屋の親父は、八兵衛さんにしては珍しいことだと思いながらも、承知した。そして、二、三日すると、八兵衛を訪ねて一人の男がやってきた。八兵衛はその男を追い返したが、彼はその後も数日の間に二度やってきて、二度目の時の帰りぎわに、煮豆屋に声をかけ、自分は砂村で古道具屋をしている者だが、もしも八兵衛さんが気が変わって、あの脇差を売るなどと言い出したら、すぐに教えてくれと言い置いて帰って行った。

「それで、八兵衛の手にあの脇差を見付けた時に、とっさに隠しちまったというわけか」六蔵が言うと、親父はぶるぶると震えた。

「それでも、あの場に踏み込んだときは、わっしも気が動転しているし、そんなことはすっかり忘れとったんですよ、本当です。それが、あの脇差が――」

煮豆屋の親父は、頭を抱え込むように両手を上げた。「わっしの耳のなかに、何やらものを言ってきたんですよ。何と言ったらいいか、自分を持って逃げるように、隠すようにとね……わっしのまだ若いころ、岡場所の女が声かけてきたときのような、もっともっと、思わず魔がさしてしまうような声で」

そうして脇差を隠しておくと、あの古道具屋がやってきて、買い取って行った。無論、他言無用と念を押して。

「そいつは、口元に引きつれ傷があったろう」

親父はうなずく。

「いくら払っていったんだ」

「二十両で」

十両盗めば首が飛ぶ時代である。

「砂村の、井筒(いづつ)屋という店でした」

小さくなっている親父からそれを聞くと、六蔵は飛び出した。

六蔵が戻らないので、お初はその晩一人だった。およしもいない。実家で祝いごとがあって、その手伝いに駆り出され、今夜は泊まりである。

お初は火鉢の縁に頬杖をついて、ぼんやりとした。

あの幻のなかの男と、鍔のない刀。

（どうしてあの脇差に、あんなものが映ったのかしら……それに、あの鍔のない刀は、そのことを除いては、騒ぐ脇差にそっくりだったわ）

まるで、最初から対につくられたかのように。

（でも、そう考えてみたら）お初は頭を起こして首をひねった。（刀の鍔というのは、いったい何の為に付けてあるものなのかしらね？）

武家の奥方の持つ懐刀には鍔はついていないし、匕首もそうだ。だとすると、刃物には必ず要るというものでもないのだろう。それなのに大刀や脇差には必ず鍔があって、そして――

（鍔がないと、どうしてあんなに空恐ろしい、薄気味の悪い様子になるのかしらね……）

そのときだった。何処かでかたりと音がした。お初は六蔵が帰ってきたのかと、戸口の方へ首を伸ばした。

「六蔵兄さん？」

返事なし。

また、かたり。そして、かちり。

お初はだんだん横座りになって、家の中の気配に耳をすませた。

かたり。

行灯の明りは丸いので、部屋の隅々、廊下の端、そういう四角い所には、とどかない暗がりが残される。一人でいると、心の中にもそういう暗がりが広がってくるようで、

「六蔵兄さん？　それとも、義姉さんが帰ってきたの？」

お初はそろそろっと立ち上がりかけ、すると突然、その背中に何かが打ちかかってきた。驚きのあまり声も出せずに振り返ると、それはあの脇差、六蔵の陣取る場所の後ろ、形ばかりの床の間に置かれていたものが、何の拍子にか倒れ掛かってきたのだ。お初は大袈裟に息を吐いて、刀を手の中に受け止めた。すると——

脇差は始め、お初の手にずっしりと重かった。こんなに重かったかと驚くほどに。そしてお初の手は、まるでそれが重くて堪らないからしっかり支えようとでもするかのように、お初の意志にかかわりなく、右手は柄、左手は鞘、しっかりと握っていく。手は小刻みに震えている。

（いったいどうして……何をさせようというの）

お初の両手は左右に動き、ゆっくりと刀の鯉口を切り、鞘を払い、きらめく白刃が現れた。刀身の反りをなぞって一筋の光が走り、切っ先に宿って高く輝く。そして、呆然と見守るお初の目の前で、刀は見る見る刃を立てていく。

（ああ、わかった、小太郎に何かあったのね！）

稲妻のように閃いた直感が、お初にそう教えた。それは極めて明瞭に、初めから承知していることのようにお初の頭に閃いたのだった。書かれている物を読むのにも似ている。

お初は逆らうことを止めた。手は震えなくなった。すると、それを待っていたように、お初の手の中で刀は重さを失い始めた。薄紙を一枚ずつ取り除けていくように、ひらりひらりと軽くなる。現身だけをここに残し、魂だけは何処かに飛び去って行く。守るべきものがある何処かへ。

お初は白く輝く刀身に額をあて、静かに待った。

夜の山道は、漆黒の迷路である。直次は小太郎を先に立て、その迷路を足早に下っていた。

小太郎は、ごく当り前のように直次の足のすぐ先に回り、山を下る道をひたひたと歩き始めたのだった。後ろから追って行く直次の目には、小太郎の銀色に光る背中の毛並みが、ぼんやりとした提灯の明りに浮かんで見えた。

小太郎は、成りは小さな犬である。ただ、ぴんと立った耳と、頭の上に黒い毛の交じるところが、気性の強さと勇猛さをうかがわせる。

直次の呼びかけに答えて出てきた小太郎は、しばらくのあいだ、まるで秤にかけているかのように彼を眺めていた。それから、納得がいったとばかりに不意とまた姿を消し、国信の墓の後ろ辺りをしきりに掘り返す。そして、古びた皮袋を一つくわえてもどってくると、直次を促すように歩きだしたのだった。歩いて行く間には、その皮袋が何なのか、何が入っているのか、直次に触れさせようともしなかった。

(妙なことになってきたな……)直次は考えた。

(この小太郎を連れて帰って、それでどういうことになるか……子供の遣いみたいなことにならなきゃいいが)

そのとき。

ぴたりと小太郎が。まばたきするほど遅れて直次が足を止めた。

痩せた雑木林を夜風が渡っていく、それと違う微かな風の音がする。

足音か。

申し合わせたように人と犬とは耳をそばだてた。

風。

木々がざわめき、静まる。

今度ははっきりと足音。数人の。息づかいさえ耳にはいる。病葉を踏むうかつな音。直次は頭をかがめ、提灯の明かりを動かさずに、一息に吹き消した。

闇が下りる。

小太郎が低くうなり、それにこたえるように、足音が前方に乱れ出た。四、五人はいる。一呼吸遅れて背後にも。無防備に音をたてるようすから、たぶんあの連中だろうと察しはついていた。あの無愛想な女が「たくさんいる」と言った「村の男衆」――何の用があるのか知らないが、どうやら数を頼みにきたらしい。直次はゆっくりと後退りしながら、ちらりと後ろに目を走らせた。闇の中で、粗末な野良着の衣ずれの音がする。

小太郎はまだうなり続けている。

「こんな時分に何の用だい」

ど素人が闇討ちをかけようというときには、音頭取りはたいてい前にいる。先陣を気取ろうというわけだ。直次は前方の闇にそう問うた。

間。

「てめえに用はねえ。用があるのは小太郎の方だ」背後からがらがら声がかえってきた。

なるほどな。すり足でゆっくりと、雑木林を背に向きを変える。こんなときは、後ろを固める奴の方が危ない。雑木林の下は斜面、それ以上は下がれない所まで下がると、

「何故小太郎に用があるんだ」

「その犬を連れていかれちゃ具合が悪い」

ほう。

当の小太郎は、例の皮袋をしっかり噛みしめたまま、姿勢を低く、ほとんど地面に這いつくばるようにして、相手の出方をうかがっている。すったもんだには慣れている直次だが、味方が犬というのは初めてだ。

「何で今さら、こんな野良犬に用がある？」

「うるせえ、てめえこそ、なんだってそんな野良犬を捜して江戸からわざわざ来やがった。

そいつはあの変わり者の爺さんの犬だったんだ」

「しこたまためこんでいやがったんだ」と、別の声。

ははん、それで合点がいった。ここの連中が無愛想なのは、別にはにかんでいるわけではない、余所者はすべて、山の兎や鹿と同じく獲物でしかないからなのだ。

「あんたら、どうも小太郎のくわえている皮袋が目当てらしいな」

無言。図星の印である。

「ところがな、残念ながら、おおせのとおり俺が江戸くんだりからこんな所までやってきたのも、この小汚い犬と、その皮袋に用があるからなんだな――わるいけどよ」言いながら、あさっての方向に向かって提灯を投げ出すと、ざっと入り乱れた音が走った。

両手が自由になると同時に、直次は頭の上に張り出した枝に飛びついた。一瞬支えてくれればそれでいい。反動をつけて前を固める連中の真ん中に飛び降りると、その勢いで二人なぎ倒し、組み付いてきた一人を背中越しに投げ飛ばし、折り重なったその即席の人垣を盾に、

「小太郎、逃げろ！」

背後の追っ手も迫っている。退路を断たれる前に逃げるのが上策だ。多勢に無勢、おまけにこちらはいかんせん土地カンがなさ過ぎる。突っ走る直次の横を小太郎も駆け抜ける。

次の瞬間、さく裂音がして直次の右手が焼けた。勢い余って飛びつくように行く手の立ち木にぶつかり、そこで我にかえった。飛び道具か。

「小太郎止まるな、行くんだ！」下り坂の向こうに向かって怒鳴り、撃たれた右の二の腕を

押さえて手近の藪に身をかがめた。

かすり傷だったが、(うかつだったぜ——それにしても、こうも欲しがるような何が、あの皮袋に入ってるんだ……?)

運良く、直次は風下にいた。火薬の匂いが流れてくる。次第に強く。直次は懐を探り、武士が大小を帯びるように肌身離さず持っている仕込み杖をつかんだ。仕込み杖と言っても、そう名付けているだけで、刃はない。代わりに、柄をつかんで一振りで肘の長さに伸びる樫の杖の、先端に鉛の重みがつけてあるのだ。これなら、狙い所を間違えなければ、相手を殺さず傷付けず、当面動きを封じることができる。

火薬の匂いは、ますます近い。追っ手は余りいい猟師ではなさそうだ。息づかいが闇に響く。直次は左手に、その息づかいがそばにくるのを待って、息づかい目掛けて振り出した。この際、手加減は抜き、顎が割れるくらい我慢してもらおうか。

また一発、銃声が響いた。

火花が見えた。とっさに伏せ、何か甲高い音を聞いた。弾丸があたって、跳ね返った音。

(何に?)

仕込み杖だった。

(まさか、いくらなんだって)

ぐずぐずしてはいられなかった。詰め替えられた次の弾丸が飛んでくる。それでも、直次は一瞬棒立ちになった。左手に握った杖が、次第次第に重くなっていく。腕が下がるほどはっきりと。

銃声！

跳ね上がるように左手が上がり、杖に火花が走って跳弾が斜め後ろの木の幹にあたった。

跳ね返してるってのか？

唖然とする直次の左手を引っ張るように、杖はぐいと銃声のした方向を向いた。信じられないことに、杖は白く輝きはじめていた——まるで、姉妹屋に残してきたあの脇差のように。その白刃が空を斬る。わっという声がして、真っ二つに切れた火縄銃が後ろの斜面を転げ落ちていった。直次と同じくらい呆気にとられた追っ手の二人は、開いていた口を閉じると、それでからくりの仕掛けが動きだしたように、転げ落ちる銃の残骸よりも遠く逃げ去った。

直次だけが、依然として呆然と取り残された。

背後に、柔らかな足音がした。

小太郎だった。二つの目が燃えている。

「あの——守り刀が」直次は頭を強く振って、水からあがった犬と同類のような顔をした。「小太郎、おまえは知ってたんだろうな、このことを」

もとより、答えが返るはずもない。犬はゆっくりと向きを変え、とんだ邪魔が入った、さあ急ごうというようにひたひたと下り始めた。皮袋はしっかりとくわえたままである。

その後を追いながら、直次は思った。

（あの連中は、おおかた、死んだ国信が小判でも隠して、それを小太郎に守らせていたぐらいに思っていたんだろう——ただ、何処にあるかわからないんで、手が出せなかったんだ。でも、本当に、あの中身は何なんだ？）

その答えは、ようやく山を下り、木下河岸で帰り船を待っている間に、ようやく得ることができた。夜明けの薄明りの中で、小太郎は促すように直次に皮袋を差し出し、開けて見た彼は、あの闇討ちの連中にはとんでもない期待はずれ、そして、姉妹屋に不思議な脇差を待たせている直次にとっては誠に意味深重な、ある物を見つけた。

それは一枚の刀の鍔だった。

七

翌日、もう一度砂村に向かう六蔵に、お初もついて行った。

煮豆屋の親父から聞き出したことを元に、六蔵は手下を連れて、昨夜のうちに井筒屋に乗りこんだ。乗りこんだはいいが、とんだ空振りだったのである。

井筒屋の主人もしたたかだった。決して逆らいも、いいわけもしない。自分は遠州屋など知らない、そんな鍔のない脇差など見たこともない、家捜しならどうぞやってくれ、怪しいものなど何もない。その一点張りである。

結果としては、六蔵の負けだった。脇差はなかった。そうなると、いくら達吉や煮豆屋の親父の証言があったところで、まだ無理押しはできない。六蔵は何人かを見張りにつけて、歯噛みしながら姉妹屋に帰って来た。

そこで、お初が幻の男と鍔のない脇差の話をしたのである。

六蔵は、最初の頃はともかく、今ではお初の不思議な力に全幅の信頼をおいている。

「おまえが見たその引っつれ傷の男は、間違いねえ、井筒屋だ」

お初はきょとんとした。「でも……でもどうして、遠州屋さんの事件にかかわる人が、この脇差に？」

いよいよもって井筒屋からは目を離せなくなってきた。そこで、六蔵は一計を案じたのである。

「ひとつからめ手からいこうじゃねえか。井筒屋の野郎も、てめえの道楽で二十両も出そうはずがねえ。もっと高く買おうという買い手がきっといるはずだ。その辺からさぐってみるさ」

砂村は、俗に「十万坪」と呼ばれた埋立地（現在の深川一帯）の南側にあたる。この辺りは享保のころから埋立てが始められた。それ以前は富岡八幡宮（現在も門前仲町にある）が海中に突き出るような格好になっていたのだが、その海を地面に変える為に使われたのは、大江戸の町が毎日吐き出す塵芥——ごみである。

そういう新しい土地であるし、足元に埋まっている物が物である。埋め立ては今も続いているし、古道具屋と言っても、井筒屋はどうみても素性のよろしい店とは思えない。ことによると、ごみの中から適当に物色しては、怪しげな細工ともっともらしい口上をくっつけて売り飛ばすような、いかさまなことをやっているんじゃねえかと――葱畑の畔道を歩きながら、六蔵はそんなことを言った。

途中、目立たぬように気を配りながら、元八幡近くの井筒屋の前を通り、六蔵は張り込みの手下と繋ぎをとり、お初は主人の顔を確かめた。

古道具屋というより骨董屋のようなこぎれいな店にも驚いたが、

「本当だわ、あれは……」確かにお初が幻で見た顔だった。

「あの騒ぐ脇差には、まだまだたまげることがありそうだ」六蔵は難しい顔になった。「直次が気になるな……」

「あたしも心配しているの」お初の顔も、ちょっと曇った。だが、すぐに気を取り直すように、「だけれど、あの脇差はたぶん――ううん、絶対に、小太郎と小太郎を訪ねて行った直兄さんを守りに行ってくれたんだと思うわ」

昨夜、あの刀は、しばらくするとお初の手の中で重さを取り戻し始め、まもなく元通りになってしまった。刀身の輝きも失せた。それだけに、一瞬の不思議はお初の胸をいっそうどきどきさせたのだった。

二人は先を急いだ。井筒屋に張り込んでいる手下とは、何かあったらすぐに、これから六蔵の訪ねていく先に知らせにくるよう、手筈を決めてあった。

その行き先とは、砂村を縄張りにしている松吉という岡っ引きである。この男は、もとをたどれば十万坪の埋め立てをお上から許された三人の町人につながるとかで、

「まあ、氏素性のことはほかに知るもんがねえからなんともわからねえが、この辺のことにかけちゃあ生き字引なことには違いねえ。信用のおける爺さんだよ」俺も、御用のことで二、三度、助けたり助けられたりしたことがある。

松吉の家は、女房の名前で湯屋を商っている。下働きの女の子に用向きを話すと、すぐに座敷に通された。松吉は、よちよち歩きの孫娘と張り子の犬を転がして遊んでいるところだったが、六蔵の顔をみると喜んで迎えてくれた。

「見てのとおり、すっかり隠居をきめこんでいてなあ」

六蔵より二回りほど年上の松吉は、すっかり白くなった頭を撫でて笑った。

「近頃じゃあ、御用の向きは佐介に任せっきりの始末さ」

「倅が後を継いでいるのかい、そいつは頼もしいな」

「なあに、そううまくはいかねえ、あいつじゃあ、まだまだ腰が座ってねえ。うちの子分に助けてもらって、どうにかこうにか十手の重みによろめかずにすんでるぐらいなもんよ」そう言いながら、松吉の顔はまんざらでもなさそうに笑っている。

「今日邪魔したのは、松吉さんにちょいと力を借りたくてね」

ほう、そりゃあまたと、松吉は軽く座り直した。

「こんな爺のかな。何だい、ひょっとしてそっちのお初ちゃんの縁談かなんかかね」と、お初を見やる。「あんた、お初ちゃんだろう？　子供の頃の面影があるよ。いい娘になったもんだ。こんなにべっぴんになるんだったら、佐介の奴をもう少し待たせておいて、あんたを嫁にもらう算段をするんだったよ」

　そんなやりとりのあとで、六蔵が「実は古道具屋の井筒屋のことで……」と切り出すと、にわかに松吉の眉が曇った。

「井筒屋？　ああ、あれはいけねえ」と、言下に手を横に振る。

「主人の弥三郎は、元は素性もわからねえ流れ者だし、ろくでもねえ野郎だ。俺もせいぜい目を配って、何度か尻尾は捕まえかけたんだが、そのたびにうまく逃げられちまった。蛇みてえに抜け目ないし、金に汚ないことにかけちゃ、もう——」

「相当危ねえ橋でも渡る野郎かい？」

「いや、てめえでは渡らねえのさ。人を唆して渡らせて、お宝だけを頂戴し、その橋を落して尻に帆かけて逃げる野郎だ。あの野郎がもし、金のためにてめえのお袋の骨を売りさばいたって、俺は驚きゃしないねえ」

　松吉はさらに、

「井筒屋の商っている物の中には、墓荒らしで盗られた物もあるって噂だ。俺のにらんだところでも、まず間違いねえ。だが、どうにもこうにも決め手がねえ。それで煮え湯を飲まされてきたってわけさ。佐介にも、井筒屋から目を離すなときつく言ってある」

　先の大水の時もと、松吉は、続けた。

「実はあの大水で、堤の近くの重願寺の墓場が荒されちまってな。えらい騒ぎになったんだ」

ちょうど半月前の大雨は、菜種梅雨などという生易しいものではなかった。日本橋川でもぎりぎりまで増水した。まして、土地の低いこの辺りでは、堤が切れればそれは即死人も出るような大事につながる。

「あのときも、井筒屋が、火事場泥棒ならぬ水場泥棒で何か掠めるんじゃねえかと気になったんだが、三日続きの大降りで、ひょっとすると抜かりがあって、弥三郎の奴にひと儲けされたかもしれねえ。おまけに、大水がやっと落ち着いたかと思った途端に、今度は妙な事件が起きてな、佐介のやつも井筒屋どころじゃなくなっちまったんだよ」

松吉は渋い顔になった。「ことが起こったのは、川っぷちの掘っ立て小屋に暮らしていた、やぶという男の家でね、こいつは地捜しで、この辺でも鼻つまみもんだったんだが、大水のおさまった三日後の夜、一家皆殺しにされちまったんだ。下手人はまだあがってねえ。佐介も躍起になって調べ回ってるんだが、何とも解せねえことばかりの事件でな。もちろん、物盗りじゃねえ。やぶのところに金目の物なんぞあるはずがねえことは、この辺の人間ならみんなよう知ってる」

お初がはっとして兄の顔を見ると、六蔵は目を険しく、声を低くしてきいた。

「そのやぶという野郎は、首を斬り落とされて死んでいたんじゃないかい」

六蔵の問いに、松吉は手にしていた煙管を落とすほど驚いた。「ああ、そうだ。どうしてわかる？」

「それで、やぶの首を斬ったり、一家の者を殺すのに使われたらしい刃物は何処からも出てこなかったろう？」

松吉は何度もうなずいた。

「ああ、それを佐介も気に病んでる。それに、どうも怪しいのは、やぶ一家の殺された晩、事件のあったらしい時刻のすぐ後で、やぶの小屋の辺りで井筒屋の姿を見かけたという知らせがあったんだ。まえまえから、やぶは地捜しで見つけたものを井筒屋に売りこんでいるという噂もあったし、佐介もこれで井筒屋の尻尾をつかんだと張り切ったんだが」

「なぜ井筒屋をお縄に出来なかったんで？」

「やぶの小屋で、女子供が騒いでいるような声を、近所の者が聞いている。それがちょうど、亥の刻の鐘を聞いたばっかりの頃だったというんだ。何でそのとき様子を見にいかなかったとは聞かねえでくれよ。やぶのところは、まあ、貧すれば何とかってやつでな、女房子供も揃って出来そこないときている。怒鳴るわわめくわ物は投げるわの大騒ぎには、大抵慣れっこになっていて、放っとくことにしていたんだ」

「それはわかった。で、どうして井筒屋の疑いが晴れたんだい？」

「その時刻、井筒屋には客が来ていた。それもただの客じゃねえ、廻船問屋の近江屋を知ってるかい？」

「もし知らねえと答えたら、松さん、あんたは俺の気がふれちまったと思うだろうな」

松吉は笑った。「そうだ。あの近江屋よ。言っちゃあなんだが、公方様が急に亡くなっちまっても、お江戸の町は痛くもかゆくもねえ。だが、近江屋孝兵衛がはやりっ風邪で寝込んだだけでも、食うに困って死人が出るぜ」

「その、孝兵衛が井筒屋に来てたのか」

「ああ。近江屋孝兵衛は仏の孝兵衛、おまけに坊さんが間違って商いをしてるんじゃなかろうかと思うほどの石部金吉だ。だがな、たった一つの道楽がある。何だと思う？」

六蔵とお初は、しんと黙った。やがてお初が恐る恐る――

「もしかしたら、刀ではないですか？」

松吉はぽんと膝を打った。「ほう、何でわかるね？ そうさ刀よ。なんでも近江屋の屋敷には、刀だけをいっぱいに納めた豪勢な座敷があるそうだ。金に糸目は付けずに買い漁っているって噂で……」

ああ、大変だ――お初は思わず手で顔をおおった。

「ねえ兄さん、わかったわ、理由はともかく、あの鍔のない脇差が『虎』なのよ！ だってそうだわ、暴れているじゃないの。殺されたのは遠州屋一家だけじゃないんだわ――そして、井筒屋はその虎を近江屋さんに売るつもりなのよ！」

「鍔のない脇差？」今度は松吉が問い返した。「そんな物が何か関わりがあるのかい？」

「おおありなんだ、だが、その話は後だ。松さん、すぐに俺と一緒に井筒屋まで走ってくれ、野郎が近江屋と繋ぎを取らねえうちに、何とか押えねえとえらいことになる」

松吉は、老いてもさすがに素早かった。家の者に佐介に知らせろと指図すると、六蔵と一緒に飛び出し、六蔵を追い越すほどの勢いである。六蔵は息を切らしながらも手早く、遠州屋の一件と井筒屋との関わり、そして鍔のない脇差の話をして聞かせた。

「遠州屋の事件と、地捜しのやぶの事件とはそっくりだ。使われたのは、井筒屋が持っているその鍔のない脇差に違いねえと、俺たちはふんでるんだ」

ところが、二人の岡っ引きが井筒屋に着く前に、同じ道を反対がわから、韋駄天走りに走ってくる男と出くわした。六蔵の手下の伍助だった。六蔵に捕まって改心するまでは腕っこきのすりだった男で、張り込みをやらせたら右に出る者がいない。その伍助が血相を変え、

「親分、たった今、廻船問屋の近江屋から井筒屋に遣いが来やした！」

「おう、そいつはおあつらえむきじゃねえか、そっくり押えてやるってもんだぜ」

六蔵は勢い込んだが、伍助は千切れそうなほど首を横に振った。

「それがそうじゃねえんです。確かに近江屋の遣いは金を持って来たんだ。そういう点じゃあっしの目に狂いはねえ。歩き方のあの感じ、懐に五十両はあるはずですぜ。でもそれだけじゃねえ、あっしは聞いたんだ、『昨日お約束の残りの半金をお持ちしました』って」

「馬鹿野郎、何でそれを先に言わねえ！」

六蔵は怒鳴った。

松吉はうなった。「そうさ、通町の。近江屋の身代なら、百両や二百両、右から左だ。脇差は昨日のうちに売られちまってたんだ——」

六蔵と松吉は辻駕籠をつかまえ、近江屋へと走りに走らせた。何としても今度の惨劇は食い止めなくてはならないと、歯を食いしばって。

しかし、間に合わなかった。

八

一足先に姉妹屋に戻ったお初は、直次と小太郎が戻るのを待った。虎の正体が知れた今では、小太郎を待つのは苦しいほどにじれったいことだった。早く。お初は願った。早く。これ以上何も起こらないうちに。遠州屋の、近江屋のような惨劇が。

近江屋では、悪いことに寄り合いのさなかだった。そこにいて助かった者の話では、主人孝兵衛は、厠に立つような何でもない様子で座敷を出、戻ってきた時には刀をさげていた。そして、全く無表情に、いちばん下座にいた、孝兵衛自身にとっては甥にあたり、日頃から孝兵衛との不仲を取り沙汰されていた分家したばかりの店の主人から斬って捨てた。あとはもう、気がふれたようなありさまで、たまたま近くにいて駆け付けた定町廻りの同心に斬り殺されるまで、何と八人を斬っていた。そして、鍔のない脇差は、また煙のように失せていた。

近江屋に駆け付けて、手遅れだったことを知った六蔵は、姉妹屋に使いをよこして、事情を伝えるのと同時に、脇差が見付かるまでは動き回るなと言ってきた。必ず見つけてやる、同じことを繰り返すわけには、俺の面子にかけていかねえと、伝言にも六蔵の憤りぶりがあらわれていた。

直次の戻ったのは、もう夜になってのことだった。それでも急げるだけ急いできたことは、疲れの見える顔色で分かったが、まずは驚きの方に気をとられて、

「おまえが小太郎……」

お初が立ちすくんでいると、あの皮袋をしっかりとくわえたままの小太郎もお初を真っ直ぐ見上げかえす。すると、お初の頭のなかに、声が聞こえた。

（急いでください）

「木下河岸までこの犬を連れに行って来たっていうことなの？」

およしが仰天した声をあげている。その声にかぶって、また、

（さあ、早く。あの脇差を手に、私に尾いてきてください。私の声を聞き届けたあなただけしか、虎を倒す力を貸せない）

「……誰か……何か言った？」お初はつぶやいた。微かな寒気がする。いつも、他人には見えないものが見えたりするときと同じだった。

「いや」直次が答えた。ただごとではないお初の様子に、およしを手で制してこちらを見ていた。

「その犬が小太郎だよ」

お初はうなずいた。「一緒にきてくれって、そう言ってる。あたしじゃなくちゃだめだって」

「この犬が？」およしが及び腰で訊いた。

お初は座敷に戻り、あの騒ぐ脇差を手にした。ずっしりと重い。それを胸に抱くようにして戻ると、

「さあ、行きましょう」

そのころ、さすがに憔悴した顔で、六蔵は八丁堀の組屋敷近くを歩いていた。少し前を、やはり疲れた足取りで進んで行くのは、そもそも六蔵に例の騒ぐ脇差を預けた張本人、南町奉行所同心の内藤新之助その人である。

「全くもって、因果なことになったもんです」六蔵は、悔しさを噛み殺しながらそう言った。

ほんの少しの差だったのだ。六蔵が近江屋に駆け付けたときは、斬り殺された者の体がまだ暖かかったほどだ。狂ったように刀を振り回し暴れていた近江屋を斬ったのは、定町廻り同心の佐田主水、そのとき一緒に市中見廻りにあたっていたのが、偶然、内藤新之助だったというわけだ。

ことの成り行き上、六蔵は、あの騒ぐ脇差から始まって今回の近江屋の惨殺事件に至るまで、詳しく新之助に報告した。旦那が近江屋の現場に居合わせたというのも、こいつは何かの因縁だ、俺も何としてもあの脇差を見付け出して、相応のやり方で始末しないではいられねえ、お手柄にもなることです、どうぞ気張っておくんなさいと、ひるんでいる新之助を励ますことも忘れなかった。それが効いたかどうかは、相変らず青白い新之助の顔色からは読み取れないが、今夜は夜通し捜索を続けるという六蔵に、それならせめて、簡単な夕餉ぐら

いをわたしと一緒にどうだ、組屋敷ならすぐ目と鼻の先でもあるし、時間はとらない。そう申し出られて、やはり疲れていた六蔵は、喜んで承知したのだった。

それにしても……前を歩いて行く新之助の引きずるような足音を聞きながら、六蔵は頭の中をさらい直して考え込んだ。

(例の鍔のない方の脇差は、確かに恐ろしい力を持っているらしい。近江屋ほどの人物を狂わせるんだ。それでも、今までの事件でも、刀一人で雲隠れしているわけじゃあねえ。砂村新田のときには井筒屋が、遠州屋のときには煮豆屋の親父が、それぞれ理由は違うが自分たちの手で脇差を隠している——てことは、今回もそう考えていいってことだ……)

しかし、今度は誰が？　六蔵は今までのことが頭にあったから、近江屋にいた人間は全て疑ってかかった。同心も例外ではない。ただ、幸い、例の脇差には鍔がない。事件の後、その場に足を踏み入れた同心のなかには、鍔のない刀を腰にさしているような者はいなかった。だいたい、そんななりでいたら、たとえ六蔵が見落としても、必ずほかの誰かが気がつくはずで、そういう意味では漏れはないと考えた。あとは、生き残った店の者や、座敷になだれこんだ医者、番太郎たち、それに野次馬。それらを調べる一方で、近江屋が道楽で集めていた刀の方も、抜かりなく全てを調べ尽くした。これについては砂村の松吉の言った通りだった。座敷いっぱい、まさに刀の山である。その一本一本を、六蔵と新之助、あとは町役の者まで駆り出して調べまくった。

鍔のない脇差は出てこない。

（雲を霞と……いや、いけねえ、今度こそはそうはさせねえぞ）

六蔵が心に言い聞かせたとき、四ツの鐘が聞こえ始めた。

一つ、二つ……捨て鐘を三つ突いて、それから四つ……暮れ四ツは亥の刻、そういやあ、砂村の事件も、遠州屋も……

ちゃりん。

六蔵の足許に、何かが落ちた。いぶかりながら提灯の明りを近付ける。

「旦那、何か落とされませんでしたか――」

刀の鍔だ。

ひやりとするような一瞬に、六蔵は悟った。懐の十手に手をやりながら飛び下がると、新之助がゆっくり振り向く。一度棺桶に納められた死人が生き返ってきたかと見まがうほど、その顔は精気が失せていた。空ろな目線が六蔵の喉の辺りを漂い、目はそのままに、闇の中で手探りするようにもがきながら、鍔のない脇差がゆっくりと抜き放たれた。と思うと、もう白刃が六蔵の頭の上にきていた。これが生きたものの剣でないのは、打ちかかってくる速さでわかった。間がない。間合いがない。この剣は生きていない、息をしていないのだ。

横っ飛びに逃げた六蔵は、勢い余って近くの立ち木にぶつかった。白いひらひらしたものが雪のように降ってくる。満開の桜の木だった。飛ぶように起き上がったところへ次の一撃が降った。刃は桜の幹に食い込み、新之助の上にも花びらが降る。それを薙ぎ払いながら六蔵を追ってくる。頭を狙ってくる刃をかろうじて十手で跳ね返すと火花が散って、体ごとどうと地面に倒れた。はずみをつけて横へ転がると、道端の溝に転がり落ちた。

さあ、どうする。組屋敷まではまだ距離がある。いや、たとえ声が届いても、近江屋の事件の後だ、いるのは女子供、かえって――

新之助の足音が、ずるずると近付いてくる。息を切らしている。生き物でない刀が、生きている人間をあやつっている。

道は狭く、暗い。それなのに、闇は六蔵の道をふさぐばかりで味方とはならなかった。今の内藤様は、この暗闇でも目が見えるのか？

雄叫びが六蔵の耳をついた。内藤様があんな声を出してるってのか？

そうじゃねえ、あれはあの――

（脇差の声だ！）

六蔵は溝から飛び出した。狂った刃が今彼のいた所に振り下ろされた。そして、足を踏み間違えて手をついた六蔵の背中目がけて空をきる。また十手から火花が散る。新之助は跳ね返り、勢いで十手も六蔵の手から弾き飛ばされた。

（しまった！）

獣の吠え声と共に刃が向かってくる――ちくしょう、と歯嚙みして、六蔵は思わず目をつぶった。

鈍い衝撃がはしって、六蔵は地面に倒れた。が、生きていた。信じられないことに、地面で顔を擦り、ひりひりするくらいだ。目を開けると――

犬がいた。背中の毛を逆立て牙をむき、六蔵にかわって新之助と相対している。これは一体どういうことなんだと、霞む目で辺りを見回すと、

「直次……お初！」

直次が駆け寄ってくると、傷付いてない方の腕で六蔵を助け起こし、肩を貸して立たせた。

「間に合ってよかったよ」

お初は、一人だけ少し離れた所に、騒ぐ刀、国信の脇差を捧げて立っていた。目は小太郎の動きに釘付けになっていた。小太郎は新之助をじりじりと追い詰め、一声吠え、ゆっくりと半円を描きながら距離を縮めていく。同心は小太郎をにらみ据え、擦り足で後退りしていく。隙を見て踏み込もうとすると、小太郎が食い止める。

「国信……」新之助の食いしばった歯の間から、血が滴るように言葉が漏れた。

「ありゃ、何だ」六蔵が青ざめた。「お初が——おい、お初が」

「しっ、大丈夫だ」それでも油断なく身構えながら、直次が制した。

「ここはお初でなきゃ駄目なんだ。お初と、国信の二人の」

お初は震えていた。小太郎はどうするつもりなのか、今のお初の耳にはまだ何も聞こえない。

明らかに、国広の脇差は、それに斬られる者だけでなく、それに操られる者をも害するのだった。同心は一度に病人のように弱ってしまっていた。青眼につけた脇差がふらふらと揺れている。小太郎はそれに向き合ったまま、じりじりと間合いを詰めて回り込む。

　お初は脇差の柄をしっかりと握り締め、小太郎の動きを見守っていた。ここまで、小太郎に引きずられるようにしてやって来た。小太郎は、国広の脇差の在処を知っていた。見えていた。闇夜に灯台に導かれる船のように、まっしぐらにここまでお初を引っ張ってきた。お初の頭の中に、小太郎のしようとしていることが、言葉で告げられたように分かってきたのだ。お初に告げるその声は、ひょっとすると、気がかりを小太郎に託して逝った国信の声だったかもしれない。お初が最初に騒ぐ脇差の声を聞き分けたときと同じ、

（この声を聞き届けたお人よ、あなたでなければ果たせない――）

　新之助が獣のようにうなり、不意に凶刃が閃いて振り下ろされ、小太郎の左の耳が削げた。それでもひるまずに頭を屈め、隙をうかがう。

「小太郎！」

　お初の声に、新之助が目を上げた。お初を認めた。口元に惚けた笑いが刻まれている。どくろが笑えばこんなようだろう。目は暗がりに向かって開けられた節穴のようだ。ただ空っぽで、真っ暗で、それでもその闇の向こうに何かがいてとらえこまれそうだ。

　しかし、それが新之助に隙をつくった。小太郎が大きく飛んで動き、おりた所は新之助の影の上、月明りでくっきりと地面にしるされた、狂った脇差の落とす影の上だった。今までずっといたずらに動いていたのではなかった。これこそが狙いだったのだ。

　何かが破れたような声で、新之助がうめいた。動けないいんだとお初は気付いた。これが小太郎の力、国広の残した狂気に相拮抗できる力なのだ。

ちゃりん、と音がした。今度も鍔の落ちた音、しかしそれは、小太郎がくわえていたあの皮袋の中の鍔を落としたのだった。それと同時にお初の頭に声が響いた。

（さあ、早く！）

あたしが？　人を斬る？　人を斬るなんて？　ためらい、声のない悲鳴をあげて、それでもその刹那、手にした国信の脇差に引っ張られるようにお初は前に出た。踏み出したとき、新之助の姿が掻き消え、代わりにそこに立っているのは、血走った目に口を歪めた幽鬼のような男――その姿目がけてお初の脇差は討ちかかり、まぶしさにお初は目を閉じ、喉の張り裂けるような新之助の悲鳴と、脇差を握った手に激しい手応えを感じた。

まず国信の脇差が、お初の手を離れ短い銀の弧を描いて地面に落ちた。そして新之助の手にあった国広の刃は、あおられたように天高く弾き飛ばされ、この世を離れる断末魔の叫びが耳を聾し、地上の三人と一匹は、天を仰いで立ちすくんだ。どさりと音がして、新之助がうずくまるように倒れた。

やがて――

再び空を斬る音がして、釘付けされたように動けないでいるお初たちの真ん中に、いやそれだけでなく小太郎の真上に、皮袋から落とされた鍔の真上に、国広の脇差が落ちてきた。犬はそれを待ち受けていた。避けようとも、逃げようともせず。今度はお初が悲鳴をあげた。

小太郎！

しかしその声が終わらぬうちに、小太郎を貫き通して刃が地に突き刺さり、柄がかすかに左右に揺れて止まった。

　小太郎の姿は消えていた。

　お初は息を殺し、それから思わず泣き声をあげてそれに近付いて行った。柄に手をかけようとしてはっとした。錆がついている。握ってみる。地面からは簡単に離れた。ひどく軽い。軽くて、簡単に持ち上げられ、そしてなんて鈍い光なのだろう。どんどん曇っていく、どんどん。

「あ」お初はぽかんと口を開けた。「錆びていくわ……」

　誰の目にも、今やそれははっきりと見えた。国広の禍いの脇差が、錆びていく。それを呆然と目で追いながら、お初は、刀身に巨大な、そして不気味な双頭の虎が牙をむく姿が彫り込まれているのを見た。

　そうか、これが虎なのだ。

　その双頭の虎もろとも、国広の妖刀はもろく変じていく。切っ先から、鎬まで、そして錆びていく順に、赤い鉄粉となって風にさらされて行く。頰には暖かいが決して弱くはない春の風が、桜の花びらと一緒に怨念の刀を散らしていく。しまいにお初のつかんでいる柄だけが残り、それもまた見る見るほころびて、手に支えきれないほどになっていき、やがて細かなほこりになって失せていく。残された茎も錆びて消えていく。そのまえにちらりと、お初は「国広」の銘を見た。しかしそれもまた空しく、風が運んで行く……

　お初の手には春の夜の風だけが残った。まだ微かな震えを抑えかねているその手に、置きみやげのように桜の花びらが一枚。

「ぼろぼろだ」

直次が、国信の騒ぐ脇差を拾いあげた。

「ひどい刃こぼれだよ。もう使い物にはならないだろう」

役目が終わったんだもの。小さくそうつぶやいて、お初は改めて小太郎を捜した。犬は消えていた。

いってしまったのだ。小太郎もまた、役目を果たして。それとも、小太郎などという犬は、最初からいなかったのだろうか。いたのはただ、刀鍛冶の国信の魂だけ。

不意に涙があふれてきて、お初の目がぼうっと曇った。

「ありがてえ、内藤様は大丈夫なようだぜ」六蔵が明るい声を出した。

「やれやれ、命拾いしたぜ、全く」

九

井筒屋は、地捜しのやぶ一家が殺された晩、刀を奪いに行ったことだけは認めた。

「あれは、お察しの通り、先の大雨で重願寺の墓地から流れだしたのを、やぶがかすめてきたんですよ。一度はやぶの方から、あれを売り付けにきたんです。そのときに近江屋さんも居合わせて、何がそんな気に入ったのか知りませんがね、すぐに買い受ける話がまとまってたのに、こんどはどういうわけか、やぶの方がしぶりだしやがって、やっぱり手放せねえとたわ言を言いましてね、持って逃げ帰ってしまいました。私としちゃあ、そんな勝手はさせられませんし、矢の催促をしたのに、やぶの奴がいつまでたっても刀を持ってこない。それでこっちから出かけて行ったんです。あんなありさまになっていて、どぎもを抜かれたのは私だって同じですよ。ところが、そうやってやっと手に入れた刀を、まだ近江屋さんに渡さないうちに、知り合いの弔いに来た帰りだとかいう——そうそう、遠州屋とかいってましたっけな、そのお人が、まるでかっさらうように買っていっちまって、こちらは大変な迷惑をしましたよ。私は手荒なことは嫌いですからね、何度も話し合いに行ったんだが、らちがあかなくて。あとは旦那がたが御存知の通りですよ」

結局、ほかのことではいくら疑いをかけても裏付けが見つからず、やぶの刀を盗んだということだけで、井筒屋は江戸ところばらいになった。来たときと同じように、行李ひとつを担いで。

「しかし、何だって、あの井筒屋だけは、あんな腹黒い奴だけが何で、国広の脇差に取り憑かれなかったんだろう」

不思議がる六蔵に、松吉が言った。

「本当の妖刀というのは、触れるものは皆斬るというんではなくて、ああいう井筒屋のような奴をうまく利用して、人から人へと渡っていくのかもしれねえな……何せ、頭の二つある虎だ。一つの頭で獲物を喰らいながら、残る頭で逃げ道を捜していたんだろうよ。おっそろしい話じゃないか。国広という刀鍛冶は、よっぽどの腕前だったんだろう。惜しむらくは、国広という人間より先に、その腕前だけが走っていっちまったんだな。考えてみりゃ、憐れな話かもしれねえ」

また松吉は、重願寺の墓地の記録を調べ直して、国広の虎の脇差が何処にいつごろ埋められたものだったのかを調べていた。昔のことで調べははかばかしくなかったが、先代の住職の時に重願寺の寺男をしていた爺さんの息子というのが、わずかだが、父親のしてくれた思い出話の記憶を保っていた。

「少なくとも十五年は昔のことで、はっきりしたことは覚えてないと言うんだが、ただ、何処かの旗本の用人から言いつかって、密かに墓地のはずれに埋めたようなんだ。寺男が理由を訊くと――」

用人は、真剣なまなざしでこう答えたという。

「この刀は、人の心の底の、自分でも気づいていない、あるいは忘れてしまっている悪心を掘り起こすものなのだ。だから、めったなことで外へ出してはならないのだ。自分だけは大丈夫だなどと思うなよ。悪心は誰の中にもある。ただ、いつもわしたちは、そういう悪心を知らぬ間に心で矯めて、表に現れないようにして暮らしているだけだ。この刀はそれを煽ってそのかすのだよ……。わしの主はこの刀を見てそれを見抜かれて、世の為にならぬこの刀を封じる為にこうされるのだ。このことは、決して他言してはならないぞ。この刀には、一目みただけで人の心を虜にする怪しい力があるのだからな……しかも、この脇差には、本来あるべき鍔がない。鍔のない刀は、くつわを嚙ませていない馬と同じだ。ひとたび暴れだしたら、止めることは難しい。とても難しい」

　そうやって、白布できつくぐるぐる巻きにした脇差を、深く掘った穴の底に埋めたのだという。

「まあ、その旗本の用人がどうしてそれを手に入れたのか、今となっては知るすべもねえが、そうしてくれたお陰で、少なくともその十五年間は、虎は封じられていたってわけだな。永久にってわけには、いかなかったんだがね……」

「ふさいでおるようだな、お初」

　事件の数日後、遣いが来て、お初は御奉行の役宅に参上した。お初の通される座敷はいつも決まっており、どうやらここは、御奉行様が直に召し抱えたり使っている者たちの専用の部屋らしいと、お初は察している。

「話のあらましは直次から聞いたが、小太郎という犬には、憐れなことだったの」

「消えてしまいました」

　おおせの通り、お初は元気がでない。

「死んだのなら、小太郎の体は残るでしょうに、何も残さず消えてしまったんです」

　根岸肥前守は、書き物机に肘を付け、たいそうくだけた様子で座っていた。そして、お初の方に少し乗り出すと、

して、

「私も少し、調べてみたのだがな」

国信という刀鍛冶が、放浪の旅の間にどういう修業を積んだのかはわからぬが、と前置きして、

「小太郎はおそらく、午年生まれの犬だったのではないかと思うのだよ」

易経では、虎・戌・午と揃うと、三合といって、それぞれの持つ意味が失せて、全く違うものになるのだそうだ。

「国信は、そういう犬を捜していたのだろう。坂内というのは、北の、山深い所の土地の名でな、そこは山犬の血をひいた勇猛で気の勝った犬が多く生まれることで、知られているそうだ。何、これも人から聞いた話だが」

あるいはそれとも、国信の魂が、小太郎という犬の姿を借りてこの世に留まっていたのかもしれぬ。生涯をかけた役目を果たして、今は安堵していることだろうよ……御奉行はそう言って、穏やかな目でお初を見やった。

「そうかもしれません」お初も答えて、少し、気持ちが楽になった。

「御前様は、今度のことを、どのようにお書き残しになられるおつもりでございますか」

そうさなと、肥前守は白髪まじりの頭をかしげた。

「騒ぐ刀、とでもしておくかの」

花の眉間尺

皆川博子

油煮えたぎる釜のなかに投じられたのは、三つの首。肉は爛(ただ)れ融け、底に髑髏(どくろ)が残った。

〈肉の融け混じった油は、さぞ、美味しくなったんでしょうね〉

そうさ。だからこの油を、壺におさめ、王女は毎夜、床に就く前に一匙ずつ服んだというよ。美味なだけじゃない、不老長寿、若返りの効果もあったという。わたしは長寿はいらないけれど、若返りはいいね。父であった王の肉と、父王を仇と狙った若者の肉と、もうひとりが、得体の知れない男の肉なのだけれどね。

〈男ばっかりか。女の肉もまじったほうが、おいしいんじゃないかな〉

王女には、合い挽きより、純粋な男肉のほうが、好ましかったことだろうよ。正常な性嗜好をもった女性であれば、当然だ。

〈首では、肉の量は少ないでしょう。臀(しり)とか太股にくらべたら〉

いいえ、脳もとろけているのだもの。そりゃあ珍味さ。おまえ、猿の脳を食べたことがおありだろう。ない？ 気の毒な。生きたままの猿の手足を縛り、身動きならぬようにして、頭蓋を鋸で挽き切り、かっぽりとはずすのだよ。そのとき、脳を傷つけてはいけない。しゃくう匙は錫と決まっている。富裕なものなら金だの銀だのを使おうとままだが、錫が、古来の作法にかなっているのだよ。なぜ、金銀より錫かって？ 理屈を言ってはいけない。昔から決まっていることなのだから。脳の舌触りは、鮟鱇の肝とよく似ている。それをいいことに、ごまかす手合いがいるのだよ。鮟鱇の肝を猿の脳と称して料理し供する悪徳店が。料理してしまえば、区別がつかないからね。肝だって、貴重ではあるけれど、高価なのは脳のほうだ。だから、ごまかしてはおりませんという証に、生きているやつの頭蓋を、客の目の前で、押し切って、かっぽりと開けてさしあげるのだよ。これなら、ごまかしはいっさいきかない。先に殺しておいたら、脳のいきが悪くなる。生きたまま、少しずつしゃくって食う。活き作りの刺し身、白魚の踊り食いと同じさね。伊勢海老なんざ、おまえ、殻をはがれ、身をきざまれても、ひげと尾は生きて動いている。その執念のすさまじさ。猿だってねえ、頭骨の蓋をはずされて、脳をしゃくられながら、悔しい、恨めしいと、涙ぐむ。それが、かくし味になるのだよ。

〈猿もいい気分だったんじゃないでしょうか〉

脳をしゃくられて、なにがいい気分なものか。どんなマゾヒストだって、恍惚となりはしない。

〈マゾヒストでなくても、恍惚となる可能性はあります。脳のその部位が、快感を感じる箇

所であれば、どんな刺激でも、快く感じられるんです〉

　ほんのことかえ。

〈仮説です。わたしのたてた〉

　どうせ、全部しゃくうんだから、快感部位だけではすまない。快感をおぼえる所があるのなら、痛みや、憎しみや、不快や、妬みや、そねみや、怨みや、苦しみや、憤りを感じる箇所もあるのだろう。

〈マイナス面ばかりならべたてましたね。どうして、プラス思考にならないんだろう。暗いですねえ〉

　闇から産まれ闇を生き、闇に帰るのだもの。どこにプラスがあるものか。

〈しゃくるたんびに、ちがうところを刺激されて、猿は、泣きながら笑い、笑いながら激昂し、疲れるでしょうね〉

　いまは、いい刃物があってね、医者が使う電気メスの一種といえばよいか。小さい円盤に柄をつけたようなものとお思いな。おまえ、足の骨を折ったことはないか。

〈いいえ〉

　ギブスというものがあろうが。

〈ギプスっていうんです、正確には。ギブスは、訛りです〉

　生意気を言うんじゃない。足を折ったこともないくせに。ギブスをはめて固めるだろうが。

〈あれは、石膏末を含ませた包帯ですから、はめるんじゃなくて、巻くんです〉

見たこともないくせに、一々言葉咎めをおしでない。やがて折れた骨がくっついたなら、ギブスを……。

〈プです。ブじゃない〉

うるさいねえ。わたしゃ、ギブスと言い馴れているんだから。そのギブスをさ、はずすのに、切るだろ。そのとき使う刃物だよ。電気をいれると、ウィーンと音をたてて、ギブスを切るのだけれど、怖いよ、ぐいと押しつけて切るのだから、手加減をちょいとまちがえたら、肉が切れる。

〈年取りましたね〉

だれが。

〈年取るとね、話が、一直線にいかなくなる。あっちこっち寄り道して、寄り道からさらに枝分かれして、そのうち、混乱して、本題が何だったか忘れてしまう。肉入り鍋の話だったでしょ〉

ちがう。猿の脳を食べるのに、まず、頭蓋骨を切る。その刃物の話だろ。

〈ギプスを切断する刃物で、頭蓋骨も切れるんですか〉

石膏が切れるくらいだ。おまえの頭蓋骨など、わけもない。

〈ぼくの骨、石膏より軟弱？〉

だろうが。

〈やはり、話が無駄な経路をさまよっている。年だ〉

そして、その、猿の脳よりも、肉のとろけた油は美味だったと、ちっとも混乱してはいない。明快なもんだ。さまよわせるのは、おまえだ。

扨、ことの次第を語ろうなら、昔、呉の国に、王がいたとお思い。

剣をつくれと、刀工干将に命じた。

刀工は、精魂込めて、刀を作った。名刀を打つには、よい鋼が必要だが、それにもまして、よい火が要る。よい火を得るためには、よい燃料がいる。あれこれ燃やしてみて、妻の莫耶の髪が、もっともよいとわかった。

〈奥さん、丸坊主ですか〉

つくりあげるのに、三年もかかった。

〈そりゃ、そうでしょう。髪の毛なんて、あっという間に燃えつきます。薪に混ぜたんでしようね。それにしたって、一本、二本ずつじゃ、いれないも同じだ。一摑みずついれたとして……丸坊主一回分では足りませんね〉

生え揃うまで待って、また丸刈りにしたんだろうさ。一々、理屈で考えるんじゃないよ。そうですか、と、おとなしくお聞きよ。三年かかったのは、刀工が、剣を二振りこしらえたからなのだよ。雌剣と雄剣さ。

〈シケンとユウケン？　一振りは、テスト用なんですか。ユウケンは、権利を有するわけですか。試験用と権利保持用……〉

メツルギとオツルギ。

〈雌と雄？〉

刀工が二振りの剣をつくりあげたとき、妻は身ごもっていた。

〈だれの子を？〉

刀工の子にきまってるじゃないか。

〈三年かかったんでしょ、二振りの剣をつくるのに。その間、精進潔斎とかいうの、しなかったんですか。ああ、一本作り終わって、もう一本をつくりはじめる、その間隙を縫って、欲望をみたしたのか。いや、それだと、計算があわない。一本に一年半ずつでしょ。二本目を作りおわったときにみごもっていたとなると、十五カ月以上も胎内に……。最初は慣れないから二年二カ月以上かかり、二本目は熟達して短期間でつくれた。そう考えればいいんだな〉

男は、仕事に没頭するんだから、いいよ。邪念をはらうとかいって、女房をよせつけない。そのあいだ、女房はどうする。フリンしたら怒るだろ。

〈なにかに没頭したら……〉

趣味を持つとか、なんとか講座にかようとか？　だけど、女が自分の仕事に没頭している最中に、男が刀を一本つくり終えて、さあ、床入りなんて言うの、勝手だよ。そして、身ごもっちゃったら、女は仕事に没頭できない。不公平だ。

〈アメリカなら夫が夜の床をともにしないというのは、離婚の理由になります。日本でも、昨今、それはフリンの公明正大な理由になると、週刊誌に書いてありました〉

オトコなんて、トコに敬称をつけただけなんだからね。主体は女にあるのだよ。女にとって、男はお床。トコの役に立たないオトコは、存在理由を失う。なんの話をしていたっけか。

〈やっぱり年だ。くだらない駄洒落の迷路で出口がわからなくなるなんて。男は身勝手だって話です。ちがった。刀工が、二振り剣をつくったって話です〉

そう。雄剣と雌剣。

〈猥褻だなあ〉

どこが猥褻だえ。おまえの精神が淫らなんだよ。はしたない。刀工は、雄剣を裏の山の一本松の根方にある石の下に埋めた。妻にだけ、その秘密の隠し場所を教えて、そして、言った。「私は雌剣だけを王に献上する。しかし、王はかならず、私を殺すにちがいない」

〈ちょっと、待ったァ。なぜ、殺すんです〉

剣の完成があまりに遅れたから。一振りつくるだけでも大変なのに、二振りつくったのだから。

〈王様が命じたんでしょ、二本〉

いいや、王はただ一振りの名剣を望んだ。しかし、刀工は、二振りつくることにした。

〈納期が遅れたら殺されるとわかっていて、なぜ、二本つくったんです〉

これからそのわけを話すところじゃないか。茶々をいれずに、黙ってお聞き。刀工は、雄剣を裏の山の一本松の根方にある石の下に埋めた。妻にだけ、その秘密の隠し場所を教えて、そして、言った。「私は雌剣だけを王に献上する。しかし、王はかならず、私を殺すにちがいない」

〈そこは、さっき喋ったところです。それで、なぜ、殺すんですか、と質問した〉

「剣のできあがるのが遅くなったからだ」と、刀工は、妻に言った。「おまえの産んだ子供が男子であったら、成人の後、雄剣を掘り出し、王のところに行け。そして、雄剣をもって王の首をはね、父の仇を討て」

〈無茶苦茶だ。まったく非論理的です。完成が遅くなったから、王に殺される。なぜ遅くなったか。一本だけでいいのに、かってに二本つくったからだ。一本献上して、一本はかくしておく。なぜ、一本を残したのか。息子に父の仇討ちをさせるためだ。そういう展開ですね。矛盾してます。自家撞着です〉

『捜神記』という書物に、そう書いてあるんだからしかたない。

〈もっと合理的、論理的な解釈をすることができます。名剣を作り上げて献じれば、その後にくるものは死と、刀工はわかっていた。王に献じた剣よりも、さらにすぐれた剣を、刀工はつくるかもしれません。未然に防ぐためには、作り手を殺すにしかず。ね、王の思考経路として、順当でしょう〉

そういう、がちがちの近代合理主義が、本来おおらかであるべき物語を隘路(あいろ)におしこめ……。

〈だれの受け売りですか。あんまり小難しいことは言わないほうが、ぼろがでなくていいですよ。舌がもつれてますよ。殺されると、先は見えても、刀工は、名剣をつくらずにはいら

れなかった。名人気質というものですね。それとも、芸術家魂であったのでしょうか〉

名人と芸術家は、別ものだろうが。

〈まあ、こまかいことをつつくのは、重箱の隅の老人（Ⓒ新保博久）にまかせて。刀工が刀を作らなかったら、刀工とは呼べません〉

なんと呼ぶんだろうね。その男は癇癪持ちだったから癇癪玉とか、寝起きが悪かったから寝坊助とか。

〈平凡な発想ですね。もう少し個性的な呼び名をつけてください〉

おまえがつけたらいいだろ。

〈で、都に上り、雌剣を献上した刀工は、予感のとおり、王に殺されてしまったのですね〉

そうだよ。

〈王は、殺さざるを得なかったのではありませんか。殺せ、殺せと、無言で強要したのは、刀工でしょう。この話においてですね、殺すことに、王の存在の意義はあるのです〉

小うるさいことをごじゃごじゃお言いでない。殺すよ。莫耶は男の子を産んだ。その子は、眉間（みけん）がひろかった。

〈おでこですか〉

眉と眉の間ッ。一尺あったといわれる。

〈メートル法に換算すると？〉

知らないよ。わたしは曲尺（かね）と鯨尺で育ったのだよ。一坪は、一間つまり六尺四方、畳二枚分とすぐわかる。三・三平米なんていわれて、見当がつくか。

〈畳二枚が六尺四方なら、畳の短い一辺が三尺ですね。眉と眉の間が畳の幅の三分の一。ほぼ三十センチですか。化け物だ。ふつうは、顔の幅だって、よほどでかくて十七、八センチですよ〉

身の丈一丈五尺、面の長さ三尺、眉間が一尺。

〈身長五メートル弱、五頭身ですか。不気味だ〉

中国の故事だからね。白髪三千丈のたぐいとお思い。眉のあいだがちょっと広め。愛らしいんじゃないかね。美形だったということにしよう。

〈いいんですか、かってに変えちゃって。五頭身の美形なんて……〉

美形の方が、話に身が入る。

〈聞く方としても、美形の方が身を入れて聞けますが〉

珍しく、意見が一致したなあ。合意というのは、嬉しい。気分がさわやかになる。

〈ディベート、苦手なんですね〉

もてた。二十年前までは。

〈デートじゃないです。うけ狙いじゃなくて、ほんとにボケなんですね。もてたとしても、五十年以上前じゃないのかな。米寿とかいうのでしょ、じきに〉

母なる莫耶は、美形の眉間尺に、

〈美形を強調するんですね。具体的に描写してください〉

説話に個性はいらないんだよ。

〈手抜きだなあ〉

少女マンガを見てごらんな。美形はみんな、同じ顔だ。こっちは、髪形で見分けなくてはならない。

〈マンガ、読むんですか、その年で〉

曾孫が持ってきて……、なにを言わせる。母なる莫耶は、美形の眉間尺に、父の遺言を教えた。美形の眉間尺が、遺言どおり、松の根方の石を斧でかち割ると、一振りの剣があらわれた。

しかし、この眉間尺、武術ははなはだ、つたなかった。

〈ヒーローの条件に欠けていますね。美しい、強い、やさしいと、三拍子そろわなくては、ヒーローといえません。特に、強くなくては。最近は、それに、アル中であるとか、女房に逃げられたとか、組織のはみだし者であるとか、マイナスの要素がくわわって、プラスに変化することになっています。美形で性格が悪いっていうのも、いいですねえ〉

眉間尺がマッチョだったり武術の達人だったりすると、この話はなりたたないんだよ。マッチョがもてはやされるのは、戦争に負けてわが国の文化がアメリカの植民地みたいになってからだ。

〈いつから、文化評論家に……〉

わが国には、金も力もない軟弱な二枚目に、〝つっころばし〟というれっきとした呼び名がある。

〈それ、自慢になることなんですか〉

身の丈一丈五尺、面の長さ三尺、眉間が一尺の怪異な男を、こっちの好みで美形にしたけれど、そのほかは、もとの話を忠実に再現している。

夜、王は、すすり泣く声を聞いた。雌剣が雄剣を慕って、泣いているのだよ。

空にあっては比翼の鳥、地にあっては連理の枝。猿の脳の味も知らないおまえでは、この譬えの意味もわかるまいが。深く契った男と女。二本の剣を離したから、雄は雌を呼び、雌は雄を慕って泣くのだよ。

〈その表現は、男女差別ですね。現代においては、慕い寄るのは男のほうです。うるさいなァと、振り払うのは女〉

ほんにこの節、男はしっこしがなくなった。

〈しっこしって、何ですか〉

字引をひいてごらんなね。

〈広辞苑ですね。しっこし=尻腰の転。度胸、意気地、根気。度胸と根気は、まるで意味がちがうと思うんですが。度胸は瞬発的、根気は持続です。そして、なぜ、尻と腰がないのが意気地なしなんですか。意気地なしは、胸から下はすぐに脚ですか。尻と腰の境界線はどこなんでしょう〉

硬いのが腰で、やわらかくてぷよぷよなのが尻。腰骨はあるが、尻骨はないよ。

〈痩せこけると、全部腰で、尻なしになるんだ〉

品の悪い言葉にこだわらないでおくれな。からだの半分から下のことは口にしてはいけないと躾(しつ)けられて育ったのだよ、わたしは。

〈おなかが痛いって言ってもいけなかったんですか〉

そういうときは、さしこみが……と言う。話を混乱させているのは、おまえのほうだよ。

〈雄と雌が呼びあうって、ずいぶん露骨だと思う。下半身の話じゃないですか〉

剣に上半身も下半身もない。

〈鍔(つば)でわけるんでしょう。柄(つか)が上半身です〉

雌剣は嫋々(じょうじょう)とすすり泣き、王は夢を見た。眉間が一尺もある……じゃなかった、この世のものとも思われぬ美しい男が、雄剣を抱いて、親の仇と、自分をつけねらっている夢だ。王は男を捜し出したものに、賞金をあたえるとおふれを出した。

軟弱な眉間尺は、怯えきって、山に逃げ込んだ。

〈情けないなあ。ほんとに、そういう話なんですか。それじゃ、だれも感情移入できませんよ〉

しかたない。少々手を入れよう。父の仇を討ちたいと、王の都をめざした。途中、山の中で病気になった。心は弥猛にはやれども、

〈弥猛にルビふってください〉

やたけ。はやれども、一足もすすめない。歌舞伎にもあったな、仇討ちにでた若いのが、

足をわずらい、歩けなくなった。そこに、仇が通りかかり、返り討ちになる。

〈王が通りかかって、返り討ちにしたんですか〉

通りかかったのは、見知らぬ旅人だ。もし、おまえさん、どうしなさったえ。

〈中国の話なんでしょ。そんな、江戸の下町の女みたいな口をきいたんですか。旅人は女？〉

男。おう、おめえ、どうした。

〈旅烏だな。たびびとじゃなく、たびにんのイメージだ〉

かくかくしかじか、と、眉間尺はわけを話す。「このまま、山中で朽ち果てるのは、そりゃあ、悔しかろうな」と旅人。「おめえの首には褒美の金がかかっている。おれにおめえの首と、その剣をよこさねえか。そうしたら、おめえのかわりにおれが、仇を討ってやる」眉間尺は、承知した。

〈それって、どうしようもないアホですよ〉

アホを、うすらとんかちと言ったな、わたしが子供のころは。死語かな。

〈旅人は、賞金が目当てなんでしょ。行きずりの相手に、おとなしく、首をさしだすやつがありますか〉

この話、わりあい、よく知られているんだよ。ということは、人気があるわけだろ。

〈不治の病ならまだしも、元の話のように、捕まるのが怖くて山を逃げまわっていたなんて、魅力ゼロです。ゼロ以下です。マイナスです〉

かわいいんじゃない？

〈それこそ、しっこしがないじゃないですか。この節、男はしっこしがなくなったって、慨嘆したばかりなのに、眉間尺はゆるすんですか〉

美形だからね。死に方は、なかなかいいのだよ。眉間尺は、己の首を我が手で断ち落とし、血にまみれた剣とともに、旅人にさしだした。旅人が受け取ると、はじめて、地に倒れ伏した。不合理だとか、あり得ないとか、騒がないのかい。

〈そこは、さわりの部分でしょ。グロテスクで、いいですよ。キリスト教の聖人伝説にもありますね。異教徒に首を切られた聖者が、自分の首を抱いて、泉の側まで歩いていってどうとかいう話が〉

旅人は、都にのぼり、眉間尺の首を王に献上した。

〈道中、首が腐らなかったのか、なんて、野暮な質問はしません〉

生首を持ち歩くには、塩漬けだの酒漬けだの、干し首にする方法だのがあるけれど。

〈死体保存なら、カプチン会です。イタリアの修道会ですが、地下の納骨堂に、ミイラがずらりと並んでいる〉

見たの？

〈荒俣宏さんの著書で写真を見ただけですが〉

ザルツブルクの近くの岩塩坑で、十六世紀に、ミイラが発見されている。

〈中国から突然、十六世紀のオーストリアに話がとぶんですか。ああ、年ですねえ。あっち

こっち寄り道して、寄り道からさらに枝分かれして、そのうち、混乱して、本題がわからなくなる〉

本題は、生首をはこんだ話。なにも混乱なんざしていねえわな。ザルツブルク年代記に曰く。一五七三年十二月十三日、恐怖の彗星があらわれ、その直後、ザルツブルク近郊デュルンベルク塩坑において、地底六百三十シューの深さより、一個の死骸が発見されたり。身長九シュパネン。肉、骨、髪、髭は腐爛せず、ただ黄変硬化せるのみ。腐爛せざるは、悪魔の介在せる証拠なれば、悪魔祓いを執り行いたり。

〈ペダントリーをひけらかしたいんだ。どうせ、孫引きでしょ〉

眉間尺の生首は、目を見開き、王をにらみつけた。震え上がる王に、旅人は具申した。眉間尺は、王様をいたく憎んでおりまする。このままでは、かならずや、祟りをなすにちがいありませぬ。油を煮えたぎらせた鍋に投じ、さらに煮爛らせておやりなさいませ。大鍋に油をそそぎ、薪を燃やした。油は沸騰した。王は眉間尺の首を投じた。しかし、三日たっても、首は少しも爛れず、鍋の底から油越しに王をにらむ。

「怯えてはなりませぬ。にらみ返しておやりなさいませ」旅人のすすめに、王は鍋のへりに身を乗り出し、首をのばした。隠し持った剣で、旅人は、王の首をはね、油の中に落とした。ついで、自分の首も切り落とした。三つの首は、油のなかで煮え爛れ、肉が融け、底に髑髏が残った、という話なんだけど。

〈それが、どうしたんですか。ああ、あ〉

なにを悶えているのさ。

〈納得できませんよ。旅人が自分の首をなぜ切ったのか、その動機づけがない〉

でも、もとの話がこうなっているのだよ。

〈通りすがりの旅人でしょ。眉間尺が自分では仇討ちができない。かわって仇を討ってやろう。それはいいですよ。眉間尺の首を王にさしだし、賞金をもらう。それで逃げちゃったっていいんだけど、約束をまもって、王の首を切り落とした。ああ、あ、あ。それで、話は完結するじゃありませんか。もちろん、それだけじゃ、つまらないんです。旅人が自分の首も切るというのは、意外な結末です。しかし、十分な動機がなくちゃね。全然、必然性がないんだもの〉

花田清輝も、それで苦労している。皮肉で辛辣な評論家であり小説家であったあの花田清輝が、眉間尺を素材に戯曲を書いているのだけれど、旅人を奇術師に変えてある。眉間尺はその弟子。奇術師は、弟子の仇討ちを助けようと企てる。ところが、首を切っても死なないという奇術に失敗して、弟子の首をほんとに切り落としてしまった。しかたないから、その首を利用して、弟子にかわり、王を討とうと思った。眉間尺の首を油鍋に投じ、それから、策を弄して王の首も断ち落とした。眉間尺と王と、二つの首は鍋の中で闘い、王のほうが、優勢になった。助太刀するため、自分も首になって鍋に入った。でも、三つとも煮え爛れて髑髏になって、幕。

〈すっきりしませんね。もっと強い動機がほし……ああ……〉

へえ、そのあたりが、快感部位なのか。

〈ああ……〉

そこで、王女を登場させる。王女は、美形の眉間尺に恋をした。だから、彼の肉の融けた油がほしかった。一方、旅人も、王女に恋をした。自分の肉を、王女に飲んでほしかった。我が肉が、恋しい王女の血となり肉となる。それなら、動機になるんじゃないかえ。

〈王の首が、浮いちゃいますね。あ、あああ……。いえ、油に浮くんじゃなくて、存在が浮いちゃう。王女は、王の肉はいらない……〉

まざっちゃったものは、しかたない。おまえ、語尾がはかなく消えていくね。

〈旅人の、どう……〉

動機が、それであれば、と、言いたいのだろ。王の首を切る必要はないと、おまえの言いたいことぐらい、お見通しだ。でも、眉間尺と約束したんだから。王の首を断ち落とさないと、眉間尺の首は煮え爛れない。

〈…………〉

はや、言葉も浮かばず、思考もならずか。無理もない。おまえ、ずいぶん、骨が見えてきたもの。

〈……〉

おまえひとりを、とろけさせはしない。煮えたぎった油のなかで、ともに融けあうこの心地よさ。ほんに、おまえのいうとおり、どんな刺激も快い部分が……。おまえのしゃりこうべは、白くて透きとおっているのだね。心中油地獄だねえ……………、…………、………

女切り

加門七海

金色の牡丹——と思ったのは、牡丹の花をあしらった中国風の灯籠だった。

黒蠟塗の鞘の周辺で、雫のように光っている。地味な刀の拵えゆえに、小柄や鐔にあしらった意匠が一際、目に映えるのだ。

「牡丹灯籠」

人殺しの道具には似つかわしくない文様を見て、私は小さく呟いた。

「なかなか洒落たものだろう」

小宮は興がっているようだ。

「怪談があったな。同じ名の」

「ああ。不人情な男の話だ」

頷き、鈍く輝く鞘から、彼は刀身を引き抜いた。

――「近々、我が家に遊びに来ないか」

鎌倉にいる小宮から、電話が来たのは数日前だ。同じ会社で働いて、ふたりとも大した出世もせぬまま、年を経てきた仲である。

私は妻と死別して、彼は妻と離婚して、子供らも既に家を出た。そんな環境の近似のせいか、私と小宮は何となく酒など一緒に呑んできたのだ。

彼が誘いを掛けたのは、私が春に定年となり、会社を退いたからである。

「暫くゆっくり泊まっていけよ」

彼は言い、私はその気になった。

小宮は私より年下だったが、私より先に体を壊して職を辞してしまっていた。会うのは数年ぶりになる。互いの不精というのもあるが、彼が鎌倉にあるという実家に引っ込んでしまってからは、ほとんど連絡も取っていない。

（なのに、私の定年を気に掛けてくれたとは有り難い）

そう思い――人恋しかったか、私は誘いを受けてすぐ、小宮の家を訪れた。

鎌倉の暗い切り通しの奥、彼の家は木立の陰に隠れるように建っていた。

時代に洗われた立派な造りだ。

彼の実家が鎌倉の旧家であるとは聞かされていた。が、小宮という家がここまでのものであるとは初めて知った。

旧家といっても、建物は明治から後のものだろう。磨りガラスの窓の造りがアンティークな西洋風だ。玄関口に茂った萩が、どこか陰気な感じがするのは、鎌倉という土地柄か。

（いずれにしても、小宮らしい）

無口で、捕まえどころのない男の印象そのままだ。

「案外、歴史の古い家でね。若い頃はそれが嫌いで、この家から出たんだが。年を取ると変わるものだな」

夜まで酒を酌み交わし、照れくさそうに彼は語った。

懐古趣味や骨董趣味は、小宮にはないものだった。そういうものが好きなのは、むしろ私のほうである。

「以前は、馬鹿にしていた癖に」

「だから、年を取ったのさ」

私の皮肉に、彼は返した。

こういう環境で育つと却って、古い物への愛着がなくなることは想像がつく。しかし私に言わせれば、そういう人間——即ち、小宮そのものが既に骨董なのである。

当人がどんなに否定をしても、血筋の中に、環境に、断ち切れない過去を潜ませて。

「武家か何かの出なのかい？」

家の空気にすっかりと溶け込んだ小宮に、私は訊いた。

「いや、刀鍛冶をしていたらしい」

「それじゃあ、名刀のひと振りぐらい、ここに残っていないのか」

好奇心を見せた私に、彼は一瞬黙り込み、やがて、

「あるよ」

微笑むと、奥に消えていったのだ……。

黄金の灯籠の飾り紐が、宙に舞ったまま静止していた。

鞘から抜けた刀身は、そんな瀟洒なデザインをかき消すまでに輝いている。

「骨董屋に見せたなら、二百万ほどするという。幕末あたりのものだそうだが」

小宮は淡々とした口調で語った。

日本刀の値段はわからない。だから言葉が不満であるのか、それとも自慢であるのかも、私には判断の仕様がなかった。

ただ。

(彼には見えないのだろうか)

私はしごく現実的な小宮の言葉を横に流して、刀の鋒を注視した。正確には、鋒よりも少し先の空間を。

――女がいた。

陽炎のごとき。

現実の命でないことは、薄く透き通った影の様からひと目で知れたことだった。紫陽花色が目に残るのは、女の着物の色なのか。

幻覚。それともこれが世に言う、幽霊というものなのか。

女は後ろを向いている。そうして輪郭を滲ませる。

視界のどこかがほの昏かった。

「この刀、人を斬ったことがあるのか」

眩暈を覚えて、私は訊いた。

「さあ」

小宮はそっけない。

「禍々しい感じがするな」

「結局、殺人の道具だからね。あっても不思議じゃないことだ」

禍つ気が、か。それとも、人を斬った可能性を言っているのか。小宮は私が悩む間に、銀に輝く刃を納めた。

眩暈が消えた。女も消える。突き放された感覚に、白けた空間が蘇る。

残った空に、鮮血の雫が散ったような気がした。


その夜は少しも眠れなかった。

恐怖というのはなかったが、女の姿が瞼の裏、闇の中に焼きついていた。

あれは何だったのだろう。小宮はあれに気がつかないのか。

独り、客間に横になり、私は幻を反芻した。

女の顔は見ていない。どんな顔をしているのだろう。浮世絵に描かれているような髪型をした女であった。とすると、古い……霊なのか。

考えるほどに目が冴えてくる。天井を睨むと、橙色の豆電球の灯りが滲む。そのせいで一層、部屋の四隅の影が色濃くなっていた。

どこかで守宮が小さく鳴いた。刀のある部屋は、客間の奥だ。私は布団から身を起こし、長く黒い廊下を隔てた障子の桟を凝視した。

春は最早、酣である。しかしこの鎌倉に来て、未だ桜は見ていない。素足にきっと、廊下は冷たい。躊躇はあった。が、私の体はとうに布団から遠く離れた。

束の間の幻覚というのなら、それはそれでいい。しかし、あれが「存在」するのなら、もう一度、姿を見てみたい。

私はただ、単純に女の姿が拝みたかった。再び小宮に刀を見せろと要求するのは簡単だ。そうしないのは、私の中に浮かれ心を隠すがごとき後ろめたさがあるからだ。

肝試しか。女の姿を、私の秘密にしたいのか。

いずれにしても、子供のようだ。けれどもそんな自己分析が、果たして本当に妥当であるのか……。

私に刀を見せた後、小宮は部屋のテーブルにそれを放置したままだった。刀はまだ、そこにある。私はそれを確認していた。

鍵を外す要もなく中に入ると、暗がりに刀が横たわっているのが見えた。笄の金が鈍く輝く。それを手指で握り隠すと、さすがに少し、ぞっとする。

年甲斐もなく、脈が上がった。漆の鞘の冷たさを吸い込んだわけでもあるまいに、指先が冷たくなってくる。その親指に力を入れて、鯉口を切る。柄を取る。

震えているのか、金属の微かに打ち合う音が聞こえた。それを制して、ゆっくりと刀身を居間の闇に曝す。と、強ばった指がうっかりと、鞘を取り落として音を聞かせた。

私は唇を嚙みしめた。動物のごとく息を詰め、耳をそばだてても扉の向こう、小宮の起きてくる気配はなかった。部屋の外には深更の闇が廊下の形の通り、長々横たわっているだけだ。

息を詰めるほど、夜が、重い。

私は唇の隙間から細く息を吐き出して、濡れているような刃を、いいや、その先に佇む影を見つめた。

ゆらり。

煙花の咲くごとく、女は姿を顕していた。

崩れた日本髪の一筋が、掠れた薄墨か何かのように背の辺りまで垂れていた。大きく衣紋を抜いた着物は肩口までをも露に見せて、そこの肌のみ、銀色を放ってほのかに輝いている。白い襦袢の上に纏うは、紫陽花色の絽の単衣である。その上の折れんばかりの細首。長い襟足の二本を従え、そこだけが生身の女のように産毛の様まで顕かだ。

顔は見えない。足許も、幽霊の常と言わんばかりに見定め難く消えている。怠惰に巻かれた帯だけが、おぼつかない足許近くに片端をだらりと下げていた。

幽霊。

それよりも、女であった。

私は刀を握ったままで、しばし呆然と姿に見入った。

先ほどまでの緊張は、嘘のように消えていた。しかし胸の鼓動は変わらず、私の息を苦しくしていた。半ば衣紋に隠された、痩せ細った肩胛骨が私の注意を惹きつける。

人ならぬ肌色をしているくせに、触れたなら湿った温もりを与えるような感じがあった。

なぜか。

(息をしてるのか)

それとも、嗚咽を堪えているのか。

女の背中はゆっくりと、淡い陰影を動かしていた。それが私に、現実的な感情を喚起させるのだ。

近づきたい、と考えた。そうして触れてみたいと思う。手にした刀を動かすと、女の影も僅かに揺れた。私は刀を握ったままで、扉近くの空間に我が身と女の影を移した。

変わらず、女は刀身の鋒辺りに佇んでいる。手を伸ばしても、指先が触れるには距離があり過ぎる。

焦れてもしょうのないことだ。けれども私は体を動かし、或いは精一杯腰を伸ばして、女に触れようと努力した。

傍から見れば、滑稽だろう。それとも狂気の沙汰であろうか。

振り向かぬ影と年寄りが、夜の夜中に銀の刃のあっちとこっちとで、無言の鬼ごっこをしているのである。

「おい」

私は呼んでみた。

沈黙の夜の空気の中で、声はあまりに虚ろに大きい。

女は振り向く気配も見せない。私の声など聞こえないのか。

彼女はただ、背を見せたまま、私には感じられない風にほつれ毛を揺らすだけだった。

「君は案外、寝坊なんだな」

すっかり寝過ごしてしまった私に、小宮は軽く微笑んだ。

「それとも、寝つかれなかったのか。目の下に隈ができてるぜ」

言われて洗面台の鏡を覗くと、確かにひどい顔をしていた。が、私は寝不足の隈よりも、鏡に映った自身の顔に今更、ショックを受けていた。

老けている。いや、いつもと同じだ。しかし自分の年齢を思い知らされた感じがあった。そうだ。鏡でも見なければ、視界に自分は映らない。だから女の背の曲線に、多分、決して年を取らない肌色に、愚かにも迷ってしまったのだ。

「少し、寝つかれなかった」

私は鏡から視線を逸らした。

昼近い外の光を浴びると、現実ばかりが露呈してくる。幻覚にしろ、幽霊にしろ、そんなものに現を抜かすこと自体が年甲斐ない。

わかっている。

わかっている、が……。

夜になれば、心は変わる。それ以前に、私はこの屋のどこか現実離れした雰囲気に呑み込まれていた。

小宮がこの大きな家に独りで暮らしているというのは、来た当初からわかっていた。しかし家の広さのせいか。暗い家の中、小宮の気配、生者の気配は余りに薄い。そして年を経た壁や襖ばかりが私の四肢を囲い込み、現実など見ずとも良いと、心を唆すのであった。

昼の光は現を見せる。とはいうものの、窓さえ見ずば、この家に昼など来はしない。

音も届かぬ水底の深海魚でもあるように、私は家を彷徨き回った。

時代錯誤の柱時計。色褪せた朱竹の色紙額。薄く埃の溜まった部屋で時々、小宮とすれ違う。

彼もまた、家の一部に等しい。小宮は朝の挨拶のほか、私を客として扱うでもなく、自分の生活に従っていた。それが彼のもてなしだ。

寡黙な骨董みたいな男。こういう男だからこそ、私は彼とつきあえたのだ。それも十分、わかっている。けれども、そうしてそのまんま、真実の夜が来るならば、私は再び刀の許を訪れざるを得ないではないか。

刀は客間の奥に置かれたままだ。

暗中、鞘を手に取って抜き身を見る作業は同じ。加え、緊張も同じであった。やや震える手で鞘を払えば、女は変わらぬ背中を見せて、視線の先に顕れる。昼間の内に蓄えたこちらの思いを凌駕して、女は儚げに美しい。そうして振り向くこともない。

「おい、」

私はまた、呼んだ。

女は尖っているような肩胛骨を半分ばかり、覗かせているだけである。

「おい」

振り向かない。手も届かない。刀を置いたらいいのだろうか。そう思ったが、私はなぜか、刀から指を離したら、女が消えると確信していた。

「亮子」

私は名を口にする。死んだ女房の名前であった。それから娘の名を呼んで、初恋の女の名を呼んだ。

それでも微動だにしない女の影に苛立って、私は思いつく限り、でたらめな女の名前を並べた。

「さゆり。みなこ。あきこ。えみ。ゆうこ。けいこ。みゆき。あき、こ」

想像は余りに貧困だった。微かな息に上下する背が、嗤っているかのように思える。嘲笑されても仕方ない。私は愚かなことをしている。声など出して、現実にいそうな女の名を呼ぶほどに、女と私の空間は隔たっていくばかりであった。

（何か、方法がないのだろうか）

考えること自体が愚かだ。

（振り向いてくれ）

虚しいばかりだ。

もどかしいような思いが募る。それが執着に変化して、夜を覆えば明日もきっと、私は寝過ごすに違いない。

三日もすると、焦りも過ぎて投げ遣りな疲労が取って代わった。

人は、どんなものにも慣れる。暗闇で息を潜めるような、家の雰囲気にも飽きた。女はもう――考えたくない。

「いい天気だな。せっかくだから、鎌倉観光でもするか」

私は小宮に同行を求めた。彼は快く頷いて、車を出すと、私を静かな家の中から連れ出した。

久しぶりに、外の光を浴びたという感じがあった。

鎌倉という地に思うのは、日本的な情趣と歴史だ。ここのみならず、古都といわれるところには、それは必ずつきまとう。

古い寺院。歴史の痕跡。竹の林と静かな山道。

そして私を含めた観光客らが、そのせっかくの雰囲気を台無しにしているということも、鎌倉は他の古都に似る。

ここのところ、夜といわず昼といわず、闇に酩酊(めいてい)していた私は、むしろ俗っぽい古都の姿に浸りたいと考えた。だけど、小宮は頷かなかった。

「寺巡りだって？　年寄り臭い。神の仏のを信じているのか」

彼は言って、山沿いの散策路に車を走らせたのだ。

確かに人混みに紛れるよりは、森の緑を見るほうが肉体的な疲労は少ない。考えてみれば、小宮は病で職を辞したのであった。今は元気に思えるが、人混みは辛いのかもわからない。

（あの家の静かさも、彼の安静のためかもな）

思うと、幻想的な沈黙も、味気なく壊れて消えていく。

（現実はそんなものだろう）

停(と)められた車から降り立って、私は景色に目を細くした。

水が豊富なせいなのか。鎌倉の緑は深くて暗い。空は晴れ渡っているというのに、目に映る景色はどことなく、色の端々を沈ませている。

落ち着くとはいえ、自然の中に放たれた開放感はない。これでは墓地にいるのと同じだ。

私に背中を向けた女が立ち続ける家と、同じだ。

（それとも、これが鎌倉なのか）

再び夜が侵入してくる。

私は小宮の顔を見つめた。小宮は私の感想を感じ取ったか、丘陵の一角を指して微笑んだ。

「やぐらだよ」

「やぐら?」

「昔の墓さ。鎌倉にはあちこちに、あんな不思議な墓がある」

彼は言った。示された先に視線を凝らすと、深い灌木に遮られた先、不自然な暗がりが目についた。

「洞窟というほど奥はないがね。行ってみるかい」

「ああ、せっかくだ」

墓地にいると思ったのは、半ば正しかったのだ。私達は急な斜面を、少しばかりの間、登った。

やぐらといわれるその場所は、山肌を深く穿った形でぽっかりと口を開けている。中まで陽は入らぬのだろう。ほの暗い洞から溢れた冷気は、微かに黴臭かった。その中、朽ちかけた五輪塔と溶けた石仏が幾つか見える。

「気に入ったかい」

「嫌いじゃないな」

私は小宮の問いに答えた。

「なら、墓守になるといい」

聞いて、小宮は決めつけるごとくに深く頷いた。

「それもいいかも知れないが——。君はどうする」

真面目腐った冗談を受けて、私は微笑んだ。

「私はさっさと墓に入るさ」

小宮は小さく肩を竦める。

「その墓を私に守れというのか？」

「ああ。それもいい。何にしたって、やぐらが好きだと言うほどだ。君に墓守は似合うだろう」

「なぜ」

含みのある言い方に、私は怪訝な顔をした。

「こんな場所、地元の人は近づかない」

小宮は平坦な口調で答える。

「どうして」

「幽霊が出るらしい」

「信じているのか、幽霊を」

脳裏に、女の姿が浮かんだ。小宮には見えなかったはずの女だ。私は彼を凝視した。小宮は家にいるとき同様、器物のように静かになって、

「さてね」

掠れた声を続けた。

「ただ、思うときはある。恨むだろう、と。刀鍛冶をやっていたなら、私の先祖の作った道具は、この墓に眠る人間の命を奪いもしただろうから。きっと、恨まれているだろう」

小宮の声は静かに過ぎた。私はなぜかぎょっとして、視線をやぐらの中に戻した。

例の女が、薄暗がりに立っている気がしたからだ。無論、そんなことはない。しかし、この雰囲気はあまりに小宮の家に似ている。つまり、あの家は、墓地に似ている。

「神仏は信じない癖に？」

「だからさ」

「人殺しが商売か」

微かな恐怖に促され、意味もなく、私は皮肉になった。

「間接的には……いや、確かにね。あの刀は人を斬ってるよ」

「あの、刀？」

台詞（せりふ）にもう一度、私が驚愕（きょうがく）するのを待って、小宮は軽く頷いた。

「人を斬った刀というのは、何度、研いでも、そのうちに錆（さび）が浮いてくるものらしい」

「錆が」

「そう。気づかなかったか。あの刀には錆がある」

――女を殺した刀なんだよ。

微笑んで、彼は語り始めた。

幕末近い頃だったという。刀鍛冶は愛した女を、己の鍛えた刃で斬った。打ち上がったばかりの刀で、彼は女を殺したという。

不義の末の悲恋であった。刀は積もった思いの果てで、最初からふたりの命を絶つため、男が鍛えたものだった。それで女を斬り殺し、男は女の後を追う。

手筈(てはず)はそうであったのに、男は死ねずに現世に残った。斬り下げた肉の切り口が、余りに見事であったから……。

「命を懸けて打った刀だ。それは男が今までに鍛えた刀のどれよりも、見事な出来になっていたのさ。だから、男は死ねなくなった。刀に執着したのだな。名誉欲でも出たのだろうか。しかし結局、殺人が露呈して、男は打ち首だ。他人の作った刀でね、首を打ち落とされたのだ」

心中のために作った刀に、引き取り手は出てこなかった。刀は家に死蔵され、そのまま今に伝わったという。

「だから、あの刀は『女切り』という銘を持っているんだよ」

小宮は話を締めくくる。そして、

「どうせなら、自分の打った刀で殺されたかっただろうにね」

付け足しじみて、呟いた。

「よりにもよって、そんな刀を、わざわざ私に見せたのか」

薄ら寒い思いを抱きながら、私は半ば無理に笑った。

「ほかの刀は残っていないし、私はあれが気に入っている」

「悪い趣味だな」

「そうか？　ご同類だろう」

——知っているのか。

出掛かった言葉を、私は呑み込んだ。

ご同類とは、何を差すのか。小宮と自分の性格が似ていることは否めない。趣味こそ違え、どこかしら共通したものは持っている。だから友人になれたのだ。だから、

（私が刀の由来を面白がると思ったのだ）

小宮自身と同様に。

こじつけがましい考えだった。しかし私はどうしても、彼が女の存在を知っているとは思いたくなかった。

理由は独占欲にある。そうして、嫉妬にもあった。

彼が無知なら、女のことは秘密のままにしておきたい。それでなくとも私より、小宮と女の距離は近い。今以上、ふたりを近づけるのは、何か、無性に、苛立たしい。

やぐらの景色は暮れていく。

空に雲が掛かったようだ。

私は小宮を顧みた。

薄暈けた景色に溶け込んで、小宮の影は奇妙に薄い。

殺された女は、紫陽花色の着物を纏っていたのだろうか。

常になく輝く太刀先に佇む女に、私は思った。

窓から月光が差し込んで、刃が光を受けている。確かに、少し錆がある。

殺された女は、男のことを恨んでいるに違いない。そうして、無念を残しているのだ。

殺された女は泣いているのか。怒っているのか。殺された女は……。

気分がおかしくなってきた。ありもしない血の臭(にお)いを嗅いで、私は軽い吐き気を覚えた。

疲労していた。このまんま、甲斐のないことを続ければ『牡丹灯籠』の怪談どおり、私は死んでしまうだろう。

(どうせ、女は振り向かないのに?)

誰のものにもなりはしないのに。私はなぜ、また今晩も刀を独り、抜いているのか。

顔も見えない女を巡って、私は小宮と張り合っている。馬鹿みたいだ。この年で、友人と女を奪い合うのか。しかも存在するはずのない女を巡って、私独りが幻惑の中で苛立っている。

小宮が知るとも限らないのに。いや、たとえ何を知っていたって、この女はどちらのものにもならない。

(ならばいっそ、女など存在しないほうがいい)

私は柄を握り直した。自棄(やけ)が一瞬、殺意に変わった。けれども、それもすぐに萎(しぼ)んだ。幽霊殺しを企てる情熱はもう、自分にはない。

(疲れているんだ)

そして、老いている。

言い訳じみた感情を抱き、私は刀を納めようとした。と、刹那の激昂が残っていたのか、指先が微かに戦慄いた。刃が指を傷つける。

血が滴った。刀身に一筋、深紅の糸が絡んで、絨毯に小さな染みを作った。

(まずい)

絨毯を汚してしまった。私は事実に狼狽えた。それから、ふと無意識に視線を上げ、息を凍らせた。

女が——振り向いていた。

真昼に浮かんだ月のごとくに、女は白い顔をしていた。

細い眉は微かに蒼く、唇はとうに色もない。双眸だけが黒々とした潤いと色を点していたが、そこから何かを読み取ることは、私にはできないことだった。

悲しみでもなく、恨みでもなく、女はしんと立ち尽くす。

私もまた息を詰め、瞬きも忘れて女を見つめた。

刃に絡んだ深紅の蔦が、知らぬ間に鋒に伸びていた。それは先端に小さく凝ると、堪えきれずに、ぽつりと落ちる。

女の胸に紅が滲んだ。

床に落ちたはずの血が、女の着物を汚したか。

違う。

女が身じろぎをした。薄羽のごとき着物の袖から、白蠟のごとき腕を伸ばして、女は私の血を吸った刃の先を五指で握った。

既に女の腕は血に濡れている。隠れた二の腕の更に奥から、私の血よりも鮮やかな鮮血が幾筋も伝わり流れる。

胸に点った紅は、見る間に淡い紫陽花の紫の上に広がって、そうして女の唇に生者の気配を立ちのぼらせる。

握り込んだ刀身が、絞ったように血を滴らせた。

私の血。女のそれか。

女の顔が間近に見える。唇の隙から歯が見えた。

(笑っているのだ)

恍惚として。

見入る視線を遮るように、女が掌を宙に掲げた。

赤い。

そう思った途端、女の姿はかき消えた。

刀が手から落ちていた。鮮血の色も残らない。

その中、噎せ返るような血の匂い――。それだけが感覚の記憶の中で、奇妙な甘さを訴えていた。

女の死霊が生身の男に恋慕したのが『牡丹灯籠』。ならば、その逆の外題は何か。

金の意匠に視線も投げず、刃文に重なる自分の影にややぼんやりと眺め入り、刃文の乱れを心の乱れ、と、恥じるがごとく手で隠す。

冴えた鋼に手を滑らせれば、指先だけが唐突に鋭い熱を感じて跳ねた。そして、そこから痛みより熱い液体が零れ出る。

紫陽花が朱の色を湛えた。私が血を流すほど、女は夢の生気を帯びた。陽炎に似た姿の上で、緋色の流れの筋だけが女を縁取り、蠢いている。

女が透き通った手を伸ばす。私の流した血に触れる。凍った指先がぬらりと濡れて、幻の血と混ざり合う。

白い肘まで、赤が走った。

私は女に触れはしない。代わり、私の血液が袖の奥にまで走り込み、女の胸に広がっていく。

血の匂いはやや、酔いがきつい。けぶる眼差しは、幻灯のよう。女は変わらず、私を見ない。が、その体は夜毎、私の血を受けて、震えるごとくにさざめいた。

なんと美しい女であろうか。

ある晩。

氷のごとく冴えた刃を自ら下腹に突き立てて、彼女は唇を微かに開いた。

艶やかな女だ。

また、ある晩。

女は血潮に染まった指で、頬に濡れた軌跡を描いた。生暖かい私の血潮で。

着物に染んだ鮮血が、白地の帯の糸目に流れる。帯留めがチ、と輝いた。

――金の牡丹灯籠だった。

「あの刀、譲ってくれないだろうか」

二日、三日、四日が経って、私は小宮に切り出した。

彼の家に居続けながら、私はこの数日間、小宮と顔を合わせてなかった。いや、会っていないはずはない。だが、私の記憶に彼の気配は欠片も入ってこなかった。

手の傷は隠す術もない。小宮は気づいているはずだ。しかし、それを問い質された記憶についても曖昧だ。

夜のみに、私は生きていた。そして夜を永遠に、私のものにするために、億劫ながら私は彼に、現の言葉を投げたのだ。

小宮は庭に佇んでいた。

私の声を背に受けて、彼は静かに振り向いた。午前中の陽光が、現よりなお老人めいた、彼の姿を曝け出す。醜い、と思う。陽射しの中の彼の姿は、今の私には俗っぽく、汚れた生き物のように映った。

「そろそろ、帰ろうと思うのだがね。どうしてもあの刀が気に掛かる。譲るのが嫌なら、貸すだけでもいい。どうだろう。礼はするつもりだが」

味気ない言葉を吐きながら、私は愛想笑いを浮かべた。

刀は部屋に置かれたままだ。小宮が刀に執着をしていないという証拠であろう。彼にとってのあの代物は、金で計れる「物」に過ぎない。

(そんな小宮の許になど、女を置いておくことはない)

私の気持ちは固かった。「ご同類」という言葉を既に、私は心中、否定していた。

(お前と私は別種の者だ。お前は私の夜を知らない)

老いを忘れる恋情なんぞ、お前にはきっとわかるまい。

小宮は私の申し出に耄けたような顔をして、無言で私に近づいてきた。奇妙な無表情だった。頭で算盤を弾いているのか。それとも人の欲しがるものは惜しいと思う質だったのか。それとも――。

小宮は言葉もないまま、私の手の傷をじっと見つめた。

指先の切り傷。手の甲。手首。両手は、唇を思わせる赤い傷口に満ちている。後ろ暗い傷である。彼はそれらを羞恥するほど、長く凝視した後に、

「刀を仕舞う。一緒においで」

視線を合わせることもなく、私を残して奥に入った。

正直、動揺した私を後目に、小宮は足音も立てないで、客間のほうに向かっていった。

（刀を仕舞う？）

交渉は一方的に決裂したのか。ならば、どうして彼は私に、誘いの言葉を掛けたのか。家の奥に入るほど、外の光は力を失い、闇の気配が濃くなってくる。「女切り」の置かれた場所には、外界に繋がる窓がある。けれども、女は夜に棲む。

小宮はごく無造作に刀を取ると、廊下の奥に入っていった。私は彼の背を見つめつつ、後に着くほか、やりようがない。少し猫背の男の背中は、私に何をも伝えなかった。私に来いと言いながら、小宮は私を忘れ去っているようだ。

（まるで、あの女のように）

彼は私を見ていない。

奇妙なことが心に掛かった。ここに来てから私はほとんど、小宮と会った記憶がなかった。それを私は、自分自身の心の向きだと考えていた。が、

（彼も同じなのだとしたら）

女と同じに、私と同じに、彼も現の光など、見ていなかったのだとしたら。闇のみに向いていたならば。

（小宮の見ていた闇は……何）

廊下を曲がった突き当たり、黄ばんだ襖が一枚あった。そこを開けば、薄暗い和室になっているのが見える。

窓ひとつない畳の部屋だ。物置か。だが、物置というには殺風景である。どちらにしろ、

そこは生き物の暮らすための部屋ではなかった。

座敷牢——それよりは、古墳の玄室に近い気がする。

部屋は長い間の闇を溜め込んだごとくに暗かった。

促されて中に入ると、蹠に古く湿った畳がいやったらしく貼りついてくる。靴下を履いていなかったのは、完全に私の失敗だ。

ざらついた埃の感触がした。畳は腐り掛けてるのか、ぐずぐずと妙に柔らかい。人や動物のみならず、こういうものもまた、死ぬのである。

「こんな場所に刀を置くのか」

私は尋ね、すぐ訊き直した。

「あれを譲ってはくれないか」

「そうだな」

どちらとも取れる返事をし、小宮は私の後ろに回った。そうして部屋の明かりを点ける。

予想しなかった光を受けて、私は両目を細く歪めた。

眼前に色を無くしたような、白っちゃけた部屋が広がる。何もない。だが、それゆえか、濃密な気配の漂う気がして、私は一歩、躙り下がった。

背中に、小宮がぶつかった。振動で視界が僅かにぶれる。

赤い。

いや、既に赤ではない。

薄汚れた畳の上に、どす黒い何かが散っていた。新しい様子の染みではなかった。長い年月に幾たびも、少しずつ、時には大胆に撒(ま)き散らされて滴った、それは——私に誤解が無ければ、それは、まさしく、血痕だ。

誤って絨毯に染み込んだ、己の血の様が蘇る。ならば、

「これは……」

「私の血だよ」

背後で小宮が囁(ささや)いた。

「もう何十年も前になる。私はここで毎晩、毎晩、自分を刀で傷つけていた」

言葉に、私は振り向いた。

小宮は刀を抱くように掲げ持って、私を見つめる。手の傷を凝視したときと、同じ視線の色だった。

「やはり、君も見ていたんだね」

——ご同類。

台詞を思い出す。

「そうして、その老いた血で」

ふ、ふふふ。

彼は笑った。

鋒に凝る鮮血に、女は肢体をくねらせたのだ。命の証の緋の液体は、思いのままに、幻像

の体の上を這い回り、内に滑り込んだのだ。

聞こえぬ女の溜息が、私の記憶に蘇る。そして記憶を凌駕して、知りもせぬ映像が実を結んだ。

窓もない半端な空間を、夜毎に訪れる青年の影。据え置かれた刀のひと振り。そこに留まる魂魄は僅かな疼痛と引き替えに、艶というより玄妙な、あの表情を見せるのだ。

眩暈に近い嫉妬が湧いた。

自分勝手な想像を、濃厚な鮮血が塗りつぶす。

私の血は老いている。青年の血なら、熱かろう。

小宮が刀を引き抜いた。

鈍い銀色の残像に、女の影が被さった。こちらに向けた白い背に、紫陽花色が微かに映える。蛍光灯の下ですら女の肌は薄光りして、虚空に端を滲ませる。

小宮の手が微かに動いた。私はそれが刃の上に置かれる前に、手を押し留めた。

「この刀を譲ってくれ」

「だめだ」

彼は言い切った。

「君は彼女を捨てたんだ。この家から逃げ出して、刀を放置しておいた。そうだろ。君は怖かったんだ。なのに今更、なぜ執着する。もういらないだろ。関係ないだろ」

辿々しい言葉遣いで、私は小宮を責め立てた。

「この刀は、私のものだ」

小宮は私の言葉と体を、一言の許に払い除け、素早く刀身に手を滑らせる。

待たず、女が振り向いた。

滑らかな刀身をなぞった血潮が糸となり、畳に滴り落ちる。変色した古い血痕を、新たな小宮のそれが汚した。

乱れた女のほつれ毛が、黒い閃火のごとくにひらめく。血の唐草が、女の体に蛇と変じて絡みつく。

小宮の顔に、愉悦が浮かんだ。

女は私を見もしなかった。しかし女は小宮の顔を、確かに彼を、目で捕らえていた。

「女切り」の刀工と、同じ血を持っているゆえか。それとも私より長い時間を、小宮と過ごしていたからか。

女の瞳は潤んでいる。

なぜ。

血筋が縁というのなら、怨嗟以外にはないはずだ。

過去の刀工は、女より現実の名誉を欲したのである。刀工の末裔は女を棄てて、現実の光に走ったのだ。

なのに選択の余地もなく、女は男の血に導かれる。

小宮を愛しているわけじゃない。

視線の理由は女の恨みだ。

小宮を愛しているわけじゃない。

なのに、小宮は今更に、女に執着してみせる。

「その、老いた血で――！」

私は叫んだ。

無我夢中でむしゃぶりつくと、彼は刀を振り上げた。私を斬ろうというのだろうか。振り下ろされる白刃に、女の幻影が乱れて散った。私は悲鳴を上げ、飛び退いた。刀は再び私を狙う。恐怖で息が喉に詰まった。そして斬りつける鋒に、私はどうしようもなく、足を縺れさせて転がった。

抜き身が畳につっと刺さった。勢い余った小宮の体が、私の後ろによろけて走った。運がいい。私は刀を摑んだ。重心を取り損なったまま、斜めに小宮が振り向いた。その姿に、女が重なる。

背中を向けた姿であった。私など、どうでもいいように。

女を勝手に陵辱したのは、私だけだというように。

――殺せ。

声が聞こえた気がした。

私の心の声だったのか。確かめる間もなく、眼前が嘘臭いまでの赤に染まった。重ったるくも甘い薫りが、鼻腔一杯に広がっていく。

溜息が聞こえた。小宮のものだ。

両手で握った刀の柄が、赤い体液でぬるりと滑る。鐔の牡丹灯籠が、その中で灯りを点したようだ。先に見えるのは、年老いた手足をばらばらに投げた死体だ。もう溜息すら、つかない骸だ。

「女は……」

私は呟いた。

罪も悔恨も感じなかった。あるのは、生き伸びられた安堵と勝利感のふたつであった。

上擦った視線で見渡すと、刀身が鈍い光を放った。その上、血糊はするすると退くように身を細らせる。そうして眼前の萎びた死体を、ふたつの影の向こうに隠した。

背を向けた男と、女の姿。

血の匂いに噎せながら、私は呆然と彼らを見つめた。

紫陽花色の女の着物。寄り添う男のシャツの色。

「小宮」

私は呟いた。

「小宮！」

独り残されて、私は虚ろな部屋に叫んだ。

――「自分の打った刀で殺されたかっただろうにね」

彼の台詞が蘇る。

――「不人情な男の話だ」

幽霊を棄てた男の話に、小宮は確かに眉を顰めた。

「………」

私は息を漏らした。握った刀が重かった。

なぜ、彼は私に刀を見せたのか。死にきれなかった先祖のことを、如何なる思いで、聞かせたのか。

殺せ。

そう訴えたのは、小宮の心だったのか。

私は骨董趣味である。けれども骨董の血を持って生きた男の心など、私には理解不可能だ。

女殺しの家に生まれて、女殺しの家に戻って――。転生、因果。そんな言葉が過ぎったが、今はもうすべて、終わった話だ。

私は触れることすらできない、ふたつの影を凝視した。

人の命を欲した女は、悪い魂なのかも知れない。小宮が彼女を殺した者の末裔であるというのなら、女は恨みを晴らすため、私を使ったのかも知れない。

小宮は知っていたのだろうか。知って、女に執着したのか。それとも、女の真の心は。

いずれにせよ、私ははめられたのだ。

(一体、誰に)

ふたりに、か。

そうして私は無理矢理に、墓守の役を押しつけられた。

違う。

私は選ばれたのだ。

「禍々しい刀」

勘は当たった。

私は指先を傷つけた。女が振り向く。そして男も。

私を見ない視線であった。私の入る余地は、ない。

いつの間にか、すっかりと刀は赤く錆びていた。柄の目貫の金だけが、牡丹灯籠の姿を留める。

「ずるい男だ」

影に、私は呟いた。

「終末に向かう人生を、彩りたかっただけだろう」

いや、負け惜しみを言うのは止そう。小宮は、不人情じゃない。

彼が選んだのは死だ。そうして、私は――。

扉を閉ざせば、この家はそのまま墓地となる。

光が絶えれば、時々に幽霊はきっと姿を現す。

墓守は同じ墓には入れぬ。
老い朽ちるまで墓前を清め、花を供えるだけである。

古刀譚

日夏耿之介

此話をわたくしは何がしさんといふ知人から聴いた。

　何がしさんは、さる女子専門学校の経済学の教授である。専門は経済であるが、趣味の極めてひろい、真面目で挙措をいやしくもせず、発言もたやすくはせぬ、蒼古な感じのする、素朴な四十左右の好紳士である。かういふ解註を施しておくのは、後に譚る譚緒に関係があるからで、謂はゞ口さきで物言ふ挙動の神経的に軽々しい近代文士などがあつて、初めて会つてみて著作までも失望させられることがしばしばあるものだが、凡そさういふ人々とは正反対の人柄であると思つていただきたいからである。

　さて、その何がしさんは一昨年の秋の初めの曇つた日曜の朝、いつものやうに茶の稽古に出かけた。師匠の宅は、東中野駅を南に降りて百歩も行つた右側の古い衡門の平家であつた。師匠は元農林関係の官吏で、ある歳の夏避暑さきの信州で、つゞけて四人の子を四人とも一時に流行りの麻疹で亡してから急に弗と役所を退いて、今迄永年趣味で習つて允許迄獲てゐた石州流の茶道を表看板にする事になつた五十年配の眼ざし柔和な小男である。稽古がすんで雑談に時をうつして、さて帰らうと立上ると、この時師匠は静かに手をあげてとめて
「つかぬ事をお訊ねしますが、お宅には古い刀がおありでせうか？」
と言つた。何がしさんは何心なく
「ございます。二振もつて居ります」
といふと師匠は
「先刻わたくしの眼の前に一振の古刀が浮びました。それが何となく貴方に関係がありさうな、いやあるにちがひないやうな感じが致しました。その刀は、目抜の辺りの糸がわづかにほぐれて居ました」
かういふ唐突な話振りをこの師匠から聴くのは初めてだが、何がしさんはその生平のそぶりから推して、こんな話を師匠がするのも別に異様ではないと思つた。何がしさんの宅には洵に二振の古刀があつて、その一振はつい此間入手したのだが、正しく糸が目抜の所で些しほぐれてゐた事を直ぐ憶出した。が、寡言の人であるからそれ以上は訊かないで、其儘わかれを告げて還つた。帰つたのは十一時頃だつた。
次の週の土曜の暮方、何がしさんは市の電気局の技師を勤めてゐる友人と自転車に乗つて、千駄ケ谷の鉄道病院裏の刀屋まで行つた。その友人が近頃刀剣に趣味を有ちだして、初心の趣味者にはよくある事だが、何がしさんの刀を見て是非それを譲つてくれとせがむだのは其夏の初の事だつた。砥いでから渡さうといふ事になつて刀屋へあづけ放しにしてあつたのが、

いつかのお茶の師匠の偶談でおもひ出して、友人を誘つてとりに出かけたのである。刀は砥げて居た。丹念な何がしさんは、刀身から目抜の糸のほぐれ迄よく調べて刀を渡し、

「では君に確かにゆづりましたよ」

と言つて刀屋を出た。何となく物を煨く匂が漂つてくるやうな秋の夕間暮で、通抜無用と書いてある寂しい鉄道官舎町を通り抜けて、交番を左に曲つて、何がしさんがいく分さきに出てゐた。右側に線路が鈍色に横はる只ゴミゴミした索莫たる裏町であるが、裏通りにしては街幅が莫迦に広い。弗と振返ると、友人の自転車がひどく遅れてゐる。友人は車から降りて、凝然と動かない。途方にくれて居るらしい。口で親切を言はぬ代り、態度で心情を示す何がしさんは、自分も車から降りて、友人の方へ黙々と歩み寄つた。友人はぢつと立つたまゝ、些し顔色蒼ざめて

「すゝめないんだよ」

と言ふ。聞けば、何だか薄黒い人間のかげみた様なものが、ぼんやり目の前に彳つて、どうしても車をさきへ遣れないといふ。夕闇が急に両人をひたひたと押し包んだやうな気がした。二人とも車には乗らず、話もようせずに、新宿の裏駅前の賑かな通に出て、そこで別れた。友人は急に医者へよつて診て貰ふといふ。よからうといふので、そこで刀は再び何がしさんがあづかつて還つた。

姑く経つて後の事、何がしさんの末弟で某大学に通つてゐるのが風を引いて臥込んだ。血

色の佳い丈の高い気さくな性分の末弟はめつた臥たことがない。それが急に右乳の上が、神経痛のやうで、もつと鋭く物で刳(えぐ)るやうに痛いといふ。兄弟思ひの何がしさんは気が気でない。しかもそれが仲々癒(なお)らない。医者は単純な風だといふ。八日目の夕方、病人は突然台所にゐた嫂(あによめ)にけたゝましく声をかけて

「嫂(ねえ)さん、誰かゐるよ」

と言ひだした。愕(おどろ)いた嫂がとんで行つて訊くと、自分の臥てゐる右隣りに二人の人が来て臥てゐて、それが五月蠅(うるさ)くて困るといふ。熱の所為(せい)だらうかと検温してみたが、七度八分程しきやなくて、うは言(ごと)をいふ体温ではない。そんな事をつい言ふやうな性分の弟でもない。来年は理工科を出て、もう三菱系の重工業会社に入社する内約が出来てゐる。あたまが急にどうかしたのではなからうかと、神経質な嫂は心配し通して、何がしさんがその夜十時頃外出から帰つてくると早速話した。何がしさんは落付(おちつ)いてゐる。弟の枕もとへ来て、

「どうかしたのかい?」

と訊くと、

「となりに二人ひとが臥てゐるんだよ」

と物に魘(おそ)はれたやうに訴へるのである。

「誰もゐないぢやないか」

と力づけても、哀願するやうに

「そんな気がしてならんのです」

とばかり言ふ。兄夫妻は枕もとにつききりで看病した。三時間もたつと、病人は疲れて睡入てしまつた。時々下脣が痙攣してぴくぴくする。その都度に兄と嫂の四つの瞳は、青年らしく陽にやけた顔の下半部に集中する。部屋中の空気がどかつと灼けつくやうに感ぜられて、その儘暗鬱な夜が汗くさく明けてしまつた。

何がしさんは、ジムメルの経済学方面の創意的な批判者として学界にデビウした人であるが、カアリントンやロツヂの心霊現象学者などはつい覗いたことがない。恠しい事があれば、夫れは神経が異常の刺衝を受けて幻視幻聴を惹き起したとあつさり解してゐる組である。が、眼前に見る身近かの事実には事柄が事柄だけに、すこし無気味がらずにはゐられなかつた。

何がしさんはそこで、人に勧められて駿河台の皁莢坂上に棲んでゐる、近頃有名なミデイアム羽黒何がしを訪ねた。狭い急な階子段を上つて南面の八畳間の黄色くなつた畳に坐ると、花櫚の長方形の机を前にして端坐した何がしは、支那風の黄銅製の筆帽から細い狼毫筆を抜いてわたして、改良半紙に「一」文字を書かせた。それをすかして睹乍ら、次のやうな事を速座に淀みなく述べた。何がしさんの刀には、その昔それで殺された亡霊が五人憑いてゐる。三人は女で、二人は男である。その一人は何がしさんの先祖の一人であり、いま一人は何がしさんの今の奥さんの先祖の一人である。しかも、殺し手は何がしさんの方の先祖で、殺された被害者は奥さんの先祖であつた。それが色々のいきさつがあつて、五人ともその刀に怨霊をとゞめてゐるのであるといふ。何がしさんは、頸根子あたりの毛が一本一本立ち上るやうな気がした。しばらくたつと、その健康な理性が動脈のやうにめぐつて来て、目前の事態を何となく持て余し気味の気分になつた。

「どうしたらばよいでせうか」

と訊くと、某は言下に
「刀をお祭りなさい」

と言つてくれた。それから、そのあとについで、次のやうなことを話してくれた。あの刀で、一人は右頬を斜(は)すに深く斫(き)られて死んだ。又いま一人は頸を背(うし)ろから斬られて死んだ。更にいま一人は右乳を突かれて散々苦しんで死んだといふのである。

その言葉を聴いたときに、速座に此(この)間の弟の胸の痛みが憶出(おもいだ)された。続いて思出したのは、もとその刀は、東仲通りの琅玕堂(ろうかんどう)といふ骨董屋へ此間好きな陶器を漁りに行つて、丁度そこの堆朱(ついしゅ)まがひの刀架(かたなかけ)にかけてあつたその刀を何げなく手に把(と)つて抜いて見ると、たゞむらむらと購(か)ひたくなつて買つて来た品であり、その時主人の談(はなし)に、この刀の前所有者は有名な住友系の銀行家某で、それがつい半歳程前にひどい病気で、慶應病院の外科で右頬の肉を斜めに切断する大手術をやつたあとで、余病が併発して死んで、それから此(この)店に収まつたといふ話である。尚又糸筋を辿るやうに憶出されたのは、その銀行家の三女が頸の腫物を切開して、父親に前後して矢張り亡(なくな)つたといふ話であつた。その銀行家が件(くだん)の刀を入手したのは何時(いつ)頃か、その前に何人が有(も)つてゐたか、それは暮方(くれがた)の積雲の向側(むこうがわ)のやうにかいくれ判らない。

何がしさんは只長嘆して、神官を招いて件の刀を鄭重に祭つた。その後は事なくすぎた。刀は再び友人の手にわたされた。友人の家も亦事なく平和にすぎてゐる。何がしさんは、たまに頭の中でこの問題を考へるが、どうも専門の経済学上の設問を解くやうにはさらりと判明しない。友人があのやうな事を云つたのは何故だらうか。疲れ目の所為か幻視の一種か。茶の師匠があのやうなことを云つたのは何故だらうか。神経のわざかたはむれか。二人とも真面目な人物として、日ごろ自分が敬重してゐる人柄で、仮染にも冗談めかして其のやうな周囲に影響の多い妄譫を吐く人ではない。しからば共に一種の超自然力の威重を感じたのであらうか。自分はそのやうな恠異現象など信じる気にはならない。気にはならないと意識させるのは自分の理智である。白日下の健康な理性の働らきである。が、現実に末弟の病んだあの晩は、耐力なく目前の事実の権威の師座下に怕れをの、いたではないか。それをどう解釈したならばよからうか。もう十七八年前のことになるが、大学にゐる頃心理学の某教授から、情的感情又は情緒感情から情緒といふものを区別するリツプスの学説をきいた事がある。その時ある文学好きの同級生が起つて質問して、情緒の麻痺又は昂奮といふ事から心霊現象に就て教授の個人的意見を訊ねた。教授は、何だそんな事かといふ顔色で、素人科学だよと一蹴し去つてしまつた。同時に彼も亦頭の中でこの問題に関する限りは、教授の真似をして一蹴してしまつてゐた。それを今改めて憶出した。そして自分の心の内では、決してこの質疑を一蹴してゐたのではなかつたといふことがはつきり判つて、その儘この問題をば、莨の吸殻を棄てるやうに、忙しい心頭から切り放つた。

（昭和十三年九月）

にっかり

東郷 隆

一

　豊臣秀吉は、一介の雑兵から才覚ひとつで天下様に伸しあがった人物。矮軀をもって六十余州を平定した智謀の男という印象が強いが、記録を読めば必ずしもそうではないことがわかる。

　彼も若い頃は、槍の血溝に流れる紅いもので手を染め、腐臭を嗅いで戦場を往来した男である。決して武道不覚悟ではなかった。

　たとえば、秀吉は刀好きであった。湯浅元禎が戦国の故実を集めた『常山紀談』の中に、

「豊臣関白五腰の刀の主を察せられし事」

　というのがある。

ある日、伏見城中において、諸将の刀を預かる部屋に秀吉が来た。壁の刀置きに折りしも五腰の刀が掛かっている。これに目を止めて、

「誰の佩刀か当ててやろうではないか」

傍らの前田玄以にすらすらと名を言う。そのことごとくが当っていたので、玄以ばかりでなく刀預かりの者までが、

「さても関白殿下の御慧眼」

驚き入っていると秀吉大いに笑い、

「武士は往々にして、その性（性格）と差料の造りが一致するものである」

たとえば、と改めてひとつひとつ指し示した。湯浅元禎の原文によれば、

「秀家（宇喜多）は美麗を好むが故に黄金を鏤めたる刀これなるべし。景勝（上杉）は父（養父の上杉謙信）の時より長剣を好めり。寸の延たる刀をこれに当てたりき。利家（前田）は、又左衛門と言いし時より先陣後殿の武功により今大国を領すれども、昔を忘れず。革巻たる柄の刀、これ他の主にあらずと思えり。輝元（毛利）は異風を好む、異なる体にかざりなせる刀これならん。江戸大納言（徳川家康）は大勇にして一剣を頼むの心なし。取繕いたる事もなく、また美麗もなき刀、其の志に叶いたり」

それが評判になって「関白の拵鑑定」という言葉まで出来たが、当の秀吉はこれを聞くや途端に苦い顔をして、

「我も武門なれば、佩刀については平素より心配りがある。見抜けて当然。これしきの事、

気はしのきいた雑人づれにもなせる業なり」

不興気に語ったという。そこには、自分も武者の端くれ、馬鹿にするな、という軽い怒りが含まれている。

　こういう気負いを持つ男であるから、彼は在世の間その権勢を利用して、天下の名刀と呼ばれるもの十のうち八九までを己が手中にしていた。

　秀吉没して後の慶長五年（一六〇〇）、刀鑑定本阿弥家は、大坂城中の刀箱を調べて、「名物」と呼ばれる刀の大箱七つ、百数十腰まで確認したという。

　豊臣家では、秀吉の逝去後四十九日を経て伏見の前田利家邸に諸将を集め、盛大に形見の刀分けをした。その二年後にこれだけ残っていたというのだから、生前の収集量がいかに膨大なものであったか、わかろうというものだ。

　さて、この時に調査された名物の中身である。本阿弥三郎の名で内々、徳川家に提出された文書によると、

骨喰
一期一振
鐺通
登り竜
義元左文字

にっかり青江

といった不思議な名ばかり並んでいる。

このうち「骨喰」は、足利家伝来の品である。建武三年（一三三六）、京合戦に敗れて九州に落ちのびた足利尊氏に、地元三守護の一人大友貞宗が贈ったという名刀で、初めは薙刀の造りであった。人がこれを肌に近付けると、刃先の力が肉に感じられて下の骨まで冷々と沁み通る。それほどの斬れ味というのである。

「義元左文字」は、名のごとく駿河の大名今川義元の佩刀であった。九州筑前の住人左衛門三郎の作。天文六年（一五三七）甲斐武田家から輿入れがあった際、引出物として今川家に持ち込まれた。それが、世に言う桶狭間の合戦に義元が敗れた時、織田上総介信長の手に入った。信長はこの太刀をひどく気に入り、二尺六寸を四寸五分磨り上げて茎に、

「永禄三年五月十九日、義元討捕刻彼所持刀」

と金象眼の銘を入れ日常差しにしていた。敗者を恥しめる事これに過ぐるはなかろう。戦国の習いとはいえ酷いことではある。豊臣家にこれが入ったのは当然、本能寺の変後（一説には文禄年中）のことであるという。

最後の「にっかり」の由来はそれに比べると、話の中味が幾分柔々としているのだが、本阿弥家がどうしてこの刀を目録の中に入れたかわからない。なぜなら、この「にっかり」、秀吉の生前すでに大坂城を出ているのである。

二

享保年中というから、八代将軍吉宗の頃の話である。

江戸は本郷、御先手組頭石川某の屋敷内である夏の日、若い御家人たちが集まって白玉を食べる会があった。

石川は日置流弓術の名人であった。時折りこうして同役の若者を集めて早朝に弓を教え、終ると彼の妻女が手ずから作った食事を皆に振る舞ったという。武芸好きで気さくな男だったのだろう。

吉宗の時代は、それまでの惰弱な風儀が是正され、武士たちの間に尚武の気風が戻りつつあった。

弓術を事として集まった人々の会である。暑気よけに出された白玉の椀を抱えつつも、その会話は自然武張ったものになった。

やがて話題が諸家に伝わる名刀の話に移り、一人が言った。

「今を去る六十年前の明暦三年（一六五七）、江戸の大火にて御城御天守まで火のかかった折り、刀倉が焼けたは、いかにも惜しいことでござる」

明暦三年の大火とは俗に言う「振袖火事」のことである。

「左様、柳営は二年ばかり西の丸に移され、五層の天守もこの時以来建たぬ。我が祖父の話によれば、かの名刀『骨喰』を含む千余の刀も焼身になったとか」

もう一人がそれを受けて言った。

「『骨喰』は越前藤四郎の作にて古今の傑作。刀運も良い。足利十三代（義輝）が逆徒によって敗死した際は、松永弾正に分捕りされて焼身を免がれた。まわりまわって大坂の羽柴家（豊臣）に入ったが元和落城の折りも、名も無き下郎が堀の中より拾いあげ、焼かれることなく二代様（徳川秀忠）の御手元に届いた。それが焼けるとは、刀の霊力も及ばぬ程の大火であったということであろうか」

この人物は若いながらも刀好きで、名刀の由緒も良く心得ていた。

「千余の焼身のうち『骨喰』は流石に良質。焼け跡の灰に埋れていても、すぐにそれと見分けがついたそうな。後に三代下坂康継これを焼き直し、今に伝わっている。残念ながら地肌は鈍り、刃文は直刃となったがこれは仕方の無いことだろう」

「では、もう大坂伝来の刀で無事なものは皆無でありましょうか」

庭の青葉を愛でつつ、その訳知りは椀の中味を啜った。

端の方に座っていた前髪の取れたばかりと見える若者が、先輩に尋ねた。

「無いな……、いや」

訳知りは箸を止めた。

「豊家（秀吉）が生存中、諸家に分け与えたうちに『にっかり』と申す刀がある。これはたしか、丸亀京極家に今も保存されていると聞く」

「『にっかり』とは、また妙な名でございますね」

「名刀は多く異名を持つものだ。さて、由来はどこから来たのか。たしかどこかで」

読んだ気がするが、と訳知りは首をひねった。間に元禄という惰弱な時代を挟んでいる。もうこの頃には、一部の好事家をのぞいて刀の伝承などわからなくなっていたようである。

「『にっかり』は、日借りが訛ったものではないか。一時は貸し刀になっていたのだろう」

「京極家は元、大津宰相とまで呼ばれた家柄である。口入れ屋、装束貸しのような真似はよも、すまい。『にっかり』とは日課の刀手入れを指す言葉ではないのか」

若侍どもは声高に語り合うが、どれもきめ手に欠けた。それぞれ勝手な推理をするうち、主人の石川某が弓場の跡片付けを済ませて座に加わった。

「御一同、何をお話しか」

いや、かくかくしかじか、と説明を受けた石川、

「ああ、そういう故事来歴なれば」

生き字引を知ってござる、と微笑んだ。

「この先のうなぎなわてに一人の老僧がござってな。我が家の遠縁に当る者だが、和漢の書に通じ、易も立てる。武家の出なれば、何やら本も読んでござろう」

多少のクセはあるが気さくな人物であるから、ひとつ呼ぼう、とその場から下男を使いに立てた。

小半刻（三十分）もせぬうちに、僧は汗を拭き拭きやって来た。

古地図によると、鰻畷(うなぎなわて)は現在の文京区向丘一丁目、本郷通り沿いに名が残る。附近には今も寺が多い。石川某の屋敷は、加賀前田家の一角へ食い込むようにして描かれているからこれは弥生町の交差点近くであろう。ほとんど同じ町内であった。

「愚僧は義観(ぎかん)と申す」

目が小さく頬は深々とこけた貧相な面構えの小男であった。曹洞宗の僧である。

「易の他に、大小の神祇(じんぎ)についても心得があり申す」

己の知識を誇示した。曹洞宗は座禅による教えを基本とするが、我が国固有の俗信についても、よほどの淫祠(いんし)でないかぎり認めるというおおらかさを持っている。

「見れば方々、お若(にゃく)いにもかかわらず武家の故実を得んとの心がけ。感心な事じゃ。何なりとお聞き下され」

一同はその知識誇りに少々鼻白(はなじら)んだが、まあ良い暇つぶしになろうと思い「にっかり」の語源を尋ねた。

「にっかり……、ああ、あのにっかりでござるか」

さてもさても、と僧は青く剃りあげた頭を撫で、ひとしきり笑い続けた。

「笑ってばかりおらず、早よう教えて下され」

一人の若侍がむっとして問うと、僧は袖口で唇の唾を拭い、出された椀の白玉をくっ、とひとつ飲み込んで、

「これ、このように口元をゆがめて笑顔を見せる。その形が『にっかり』でござるよ」

「………」

一同顔を見合わせた。つまり、にっかりとは、「にっこり」とか「にたにた」という笑い顔の形容なのである。

「それでは、あまりにも」

人を食った話ではないか、と誰かが言った。

「左様、人を食った名でござるが、嘘ではござらぬ」

義観は、おろし大根に混ぜた三杯酢をすっぱそうに啜った。当時は、白玉を夏場このように賞味したものらしい。

「うまい白玉汁でござるな。もう一杯お願いいたす」

やむなく脇に座った侍が、自分の椀に入っていた白玉を僧の椀に移した。

「かたじけない」

これもうまうまと口に入れて義観は頭を下げた。

「法話も炉辺(ろへん)の閑話も、もったいをつけ過ぎれば不興をかう。彼(か)の名刀の由来、早々(はやばや)語り申そう。これもずいぶん変った話でござるよ」

居住(いずま)いを正した。

三

僧義観の語るところによれば、刀は備中国万寿東庄（まんじゆひがしのしょう）の住人、貞次の作という。

貞次は俗に青江貞次と呼ばれ、同国新見庄（にいみのしょう）周辺の良質な鉄を使うことで知られている。

「鎌倉の初め、武家の政治に憤りを感じられた時の上皇後鳥羽院は、密かに鎌倉討伐を御決意なされたが、その士気鼓舞を目的として全国より鍛冶（かじ）を召され、また御手ずから焼刃（やいば）なされた」

「『御番（ごばん）鍛冶』でござるな」

義観は唇を嘗めた。

「然（しか）り。この時召し出された刀匠、備前・山城粟田口・備中の名工を選りすぐって十三名」

「御退位の身とは申せ雲上の君。賤しき者に御肩並べ御膝組ませて横しまに武道を好ませ給うは、賢王聖主の直（すぐ）なる御政（ぎょせい）に背き給うことにてござる。青江貞次は、院の御召しによって承元（しょうげん）元年（一二〇七）より毎年二月、二位（にい）法印尊長（ほういんそんちょう）が奉行にて鍛刀（たんとう）。その斬れ味は、院に仕える北面、西面武士の垂涎の的となり申した」

侍たちは椀を膝に置き、黙って聞いている。

「さて、院、承久（じょうきゅう）の乱に敗れ辺地に遷行（せんこう）あらせられて後は、御所にて造られし刀多く散逸し申したが、ここに一振り」

神前に奉納された刀ゆえ生き残ったものがある。

「近江国は栗田（栗太）郡脇山の日吉社に天正の頃まで置かれてござった。が、ある日、土地の者これを奪い逐電いたしてござる」

栗田郡には古来日吉社の神領が多い。後鳥羽院は、鎌倉討伐の兵を集めるため畿内の寺社領に手を広げていた。刀の奉納はその時のものであろう。

青江貞次は、約三百五十年間脇山の社にあった。普段は祭礼の道具を収めておく倉の、半ば朽ち果てた梁に縄で吊してあった、と伝えられている。

近隣の者は、この倉を「鳥止まらずの倉」（あるいは「烏来たらずの倉」）と称して畏怖し、日頃は近付こうともしなかった。鳥ばかりか軒に蜘蛛も巣を作らず、鼠さえ倉を避けて通った。この不思議は全て、青江貞次が梁に掛かっていたからという。その名刀が奪われた。なにせ、悪党の跋扈する戦国乱世。神威を軽んずる者も多く出た時代である。

盗人は当地の土豪、大音孫右衛門の息子で半介。齢、十五であった。

半介は孫右衛門の実子ではない。後妻の連れ子である。

母は同国近江土山の出であったという。父は諸国に戦稼ぎをする牢人であったが、永禄十二年（一五六九）織田信長の伊勢大河内城攻めに参加して戦死。彼女は幼い半介を抱えて縁を頼り、脇山の大音村へ移り住んだ。

大音孫右衛門は近隣に聞こえた子沢山で、先妻や妾との間に出来た子は二十数名。この中にあっては、連れ子など下人以下の扱いである。ろくに食べ物も与えられず、家畜小屋の裏手に泥だらけで眠る生活が十年以上も続いた。これではたまらぬ、と思ったのであろう。半介はある日、立身を決意して家を抜け出した。

父の真似をして傭い武者を志したが、素手では如何ともしがたい。せめて腰刀など家から持ち出そうと孫右衛門の住いを窺ったが、これも隙が無い。

ふと、思い浮かんだのが村の社の倉である。

「そうか、あそこには太刀がある」

家で召し使われている老人が、貞次の刀について幼少の頃から種々の話をしてくれた。半介はこれを覚えていたのである。

月夜の晩を待って日吉社の杜に忍び寄った半介、鍵もかかっていない倉にさらさらと忍び入った。梁を見上げると噂通り細長いものが下がっている。

「あれが御神宝か」

軒の破れ目から十四夜月の光がさし込み、太刀の鞘に結んだ白い麻の紐が見えた。真新しい結び目は、毎年大祓の日に結び代えるものという。

半介、初めはためらったが、

「ええい、我もこの神の氏子じゃ。氏子が立身を心がける時、それを止める神などござるまい」

日吉山王の御名を唱えて梁に昇った。手を伸ばし、危ない形で白い麻紐を解こうとすると途端に太刀が鞘走った。

「あっ」

と半介が叫んだ時は刀身が下に落ちている。太刀の鎺近くまで床に潜り、鋒は根太を貫いていた。

半介はあわてて下に飛び降りて太刀を引き抜いた。

まるで水田に刺した小竹を抜くような柔らかい引きごたえである。

長年、手入れをせぬ太刀にもかかわらず、刃先はすさまじい輝きを放っていた。

「これは……」

この瞬間、貞次は半介のものとなった。彼は再度山王の御名を口中に唱え、太刀を抱えて夜の闇に逃げた。

大音半介は京に向った。傭い武者であった父の友人を頼り、武家奉公人にでもなろうという腹であった。

近江出身の野伏りあがりで多少鼻のきく者どもは、この時期、大挙して羽柴家に流れ込んでいる。天正十年（一五八二）六月、明智光秀を山崎に破った秀吉は、織田政権の継承者と目され、日の出の勢いであった。

半介は秀吉の縁者である浅野弥兵衛長吉（後の長政）の若党になった。筒袖に陣笠ひとつ。小荷駄の軍夫より幾分ましな役目だが、長吉の身近で雑用を勤めるうちに目をかけられ、同年八月、同族の杉原家次とともに長吉が京都奉行職につくや足軽小頭に出世した。さして武功もない少年が短期間にここまで昇ったのも、羽柴秀吉と彼に連なる人々の急速な成長のおかげである。

翌年、半介は賤ケ岳に従軍した。戦後、浅野家は近江瀬田城主。続いて近江の甲賀・栗田両郡のうち二万三千石を領する。

半介も五貫文を貰う徒歩の武者になって大津城に出仕。これが僅か二年の間の出来事である。

「これぞ貞次の霊力ならん」

彼は喜んだが、主人浅野長吉の足元にはこの時、恐るべき落し穴が口を開けていたのである。

賤ケ岳合戦が終って五ケ月後、近江では秀吉の命令によって田の竿入れ（検地）が実施された。十月に検地帳が秀吉の元に提出され、ほっとしたのもつかの間、長吉はその秀吉に叱責を受けた。

帳簿に多くの記載漏れが発見されたのである。長吉はあわてて弁明のために秀吉のもとへ向ったが、この間に近江蒲生郡今堀の名主善左衛門以下八十余名が検地の不満を唱えて逃散をほのめかし、彼の立場はますます悪くなった。

大坂に着いて長吉は、この一件が全て秀吉の側近石田左吉（三成）によって画策されたことを知った。石田は、近江の農民に同情して検地に手ごころを加えた長吉を許せなかったのである。

石田の指摘によって長吉は再検地を命ぜられ、記載から漏れた土地に懲罰として六割の税をかけるよう指導された。長吉の面目はつぶれ、しかも領民の怨嗟の的となった。農民に寛容をもって接するを信条とする長吉にとって、これはたえられぬことであった。

「おのれ、石田の茶坊主が」

長吉は憤りながらも考えた。

「石田左吉、近江出身とは申せ、我らの領内をあまりに知り過ぎている。これは、甲賀・栗田の両知行地に内情を漏らす者があるに相違ない」

家中でも、検地の内容が易々と石田三成へ流れたことで疑惑が生じていた。

「誰ぞ土地に明るい者を放って、領内を探らせよ」

石田の間者がおれば、内々のうちに斬って捨てよ、と長吉の命が下った。徒歩の軽輩数名がこの役についた。栗田郡脇山の事情に詳しいというので半介も人数の中に入っている。

四

半介は、破れ笠に四幅袴（よのばかま）。腰には塗りのはげた太刀拵（たちごしらえ）。戦にあぶれた牢人の体で、育った村に出発した。

長吉の居城坂本から大津、そこから瀬田を渡って栗東。

行商に化けた他の密偵と別れて一人、石辺から遠まわりして脇山に入った。村の入口、日吉社の杜に隠れて夜を待ち、政所と土地の者が呼ぶ崩れかけた砦の跡に向う。ここが半介の指定した仲間の集合場所であった。

脇山が惣村（自治制の独立村落）であった頃は、村人が半鐘ひとつでここに立て籠り、野伏りや社領の下司職と合戦を繰り返した。しかし、今は領主の収奪体制が整備されて砦も墓地と化している。

「浅野の衆、浅野の衆」

半介は墓地の一角にしゃがみ、暗がりに呼びかけた。

「隠れずとも良い。わしじゃ、半介よ」

確かに居るのである。仲間の密偵どもは半介よりも一日早くこの土地に入って、村の内を調べている。彼らは行商人の形で村民と会話を交し、不審な者あれば半介に伝える。翌日、半介が様子を見て捕え大津の城に送るか、皆でその場に押し包み密殺するという手はずであった。

不審な者が無い場合は次の村に移り、その村の出身者が中心となって同じ行動をとる。当時、新領を得た武士が逃散百姓を捕える時、よく使った手だ。

「皆の衆、出よ」

返事が無い。夜風が半介の頬をなぶって通り過ぎた。風の中に生臭さがある。

血だ、と半介は直感した。地面に手をつき、茂みの中を探っていった。砦の堀跡を覗き込んで、

「くっ」

思わず息を飲んだ。汚水が溜った堀の中に数名の男が折り重なっている。

竹の子笠を被り、背に皮籠を負っていた。行商に化けた密偵が一人残らず殺されているのだった。

何者の仕業か、と半介は震える膝を手で押さえつつ堀の下に降りていく。

汚水と見えたのは血溜りであった。死骸は傷口が大きく、無残なものである。

「何者がこのような」

切り裂かれた身体は、どれも生温かい。手を下した者はまだ近くにいるのではないか。

と、突然、茂みの一方が明るく輝き、

「半介、汝は半介ではないか」

名を呼ぶ声がする。

「誰ぞ」

振り返ると、宙空に巨大な不動明王の像が浮かんでいた。

右手に剣、左手に羂索を握りしめ、頭髪は端を束ねて左肩に垂らし、火焔の光背を背負って、仏教の教え通りの姿である。ただ、顔に忿怒の相が無い。火焔に照らされたその面は、笑いに満ちている。

「久しぶりじゃ、半介」

半介は恐ろしさのあまり、膝の裏が引き攣れるのを必死でこらえた。

「汝は数年前、日吉社の神宝を奪って戦場稼ぎになったと聞く。ようも、おめおめと戻って来られたものよ、のう」

不動明王は、にかりにかりと笑いながら、少しずつ近付いて来た。

半介、腰を浮かせ、思わず二、三歩後退った。不動明王が音も無く後を追う。半介は茂みの根に足をとられて上体を崩したが、危うく木の枝を摑んで踏んばった。

その時、太刀の足金物が指先に触れた。

（そうか、これがあった）

と渡り巻に左手を掛け、柄を反らすとどうしたことか切羽もくつろげぬうちに刃が鞘走った。

不動明王の顔から笑いが消えた。

「化物」

そのまま柄を握って一気に振り降した。山の芋を斬り折るような軽い手ごたえがあって、あたりは再び暗くなった。

半介はしばし呆然と立ち尽したが、ようよう我にかえり、砦の堀から外に飛び出した。

（仲間は皆、あの妖怪に殺されたに相違ない）

ともかく村の境を出ることだ、と思った。この時代の物怪は存外律義なもので、とりついた場所からあまり動かぬとされている。田や村の出入口に祭られた塞の神、六地蔵はこれらを足止めする守り神なのである。

（あと少し）

脇山の名のもとになった村境いの小さな丘まで、半介はひたすら走った。

前方に大きな赤松が枝を広げ、根元に何やら黒いものがある。半介が幼い時分によじ登って遊んだ六尺の大地蔵である。近江は奈良朝の頃から石彫りが盛んで、この程度のものならあちこちに立っている。

（村境いの地蔵尊、あそこを越えれば）

半介は、さらに足を早めた。

地蔵の脇を通り過ぎようとして何気なくそちらを見ると、石の台から人影が立ち上り、

「半介やい」

「あっ、母者」

懐しい母の顔がそこにあった。

「必ずここを通ると思い、待っておった」

「わしが来ることを知っておったのかや」

母親は小さくうなずいた。

「知らいでか。新しい殿さんの御下知で村を調べに参ったも、承知しておる」

ここは危ない、逃してやるゆえついてこい、と母親は手招きした。

「ありがたし」

半介は肩の力を抜いた。

「こちらに来い。村の者は、汝をうらんでおるぞ。神宝盗みの罪は、たとえ殿さんの御家来衆となっても消えるものではない」

「神宝とは、これのことよな」

半介は母の前で腰の太刀を撫でた。

「おお、それ」

母親は汚れた小袖からシワだらけの腕を差し伸ばした。

「よこせ。この婆が口添えで返しておこうほどに」

にかり、と笑った。その瞬間、半介の背筋の生ぶ毛が逆立った。

（この者、母者ではない）

弾けるように飛びすさり、太刀を抜いて一文字に斬り下げた。これもたしかに軽い手ごたえが柄の内に感じられ、母と見えた影は闇の中に没した。

「妖怪、再度我をたぶらかすとは」

しかも、このたびは老母の姿を見せて彼を眩惑させた。半介は太刀を握りしめた。

「許せぬ」

物怪に対する恐怖よりも怒りが先に立った。

（村に立ち戻って必ず斬り殺してくれん）

こちらには二度までも相手を撃退した神宝の太刀がある。

夜道を戻った半介は、とりあえず養父大音孫右衛門の屋敷を覗いてみることにした。茅葺きの長屋門から中を窺えば、意外にも人であふれていた。中庭に大篝が焚かれ、薙刀を掴んだ小作人が右往左往している。まるで、今すぐにでも野伏りの来襲があるかのごとき様子であった。

「者ども、小半刻で押し出すぞ。浅野の間者、朝方までに一人も余さず討ってとれ。逃がせば後々面倒ぞ」

当主の大音孫右衛門が声高に叫んでいる。百姓とはいえ、近江が六角領であった頃は軍役も勤めた家柄。その猛々しさは並の武士など及ばぬものであった。

(養父が我が主人に弓ひいている)

半介は歯ぎしりした。足音を忍ばせて屋敷内に入り、様子を窺った。物怪よりも、今はこちらの探索が大事であった。

長らく暮した屋敷である。どこでも忍び放題。内木戸の隠し桟を外して台所に潜り、竈の向うを見た。

そこに二人の男が横たわっている。

(見かけぬ者ども)

上半身は裸で、肩口に血の滲んだ布を巻きつけている。

(武士だな)

半介は目を細め、男どもの身体つきを観察した。額に鉢ずれがあり、胴にも具足の紐ずれが刻まれていた。

耳をそばだてていると、二人の交す会話が聞こえてくる。

「雑兵と見て侮ったが不覚じゃ」

「人は見かけによらぬものよ。あれほどの腕を持っておろうとは、の」

「いや兵法の腕前は、さほどの事もない。得物の長さよ。雑兵づれが太刀など使いおって」

「いずれにせよ、浅傷でよかったの」

「傷が癒えた後は必ずあ奴を探し出し、我らが術で、仲間のもとに送ってくれよう」

(こ奴らが、砦の堀際で使いの衆を皆殺しにしたのだな)

不動明王や老母に化けたのも二人の仕業と悟った半介、のっそりと竈の陰から立ち上がった。

「方々」

寝ている男たちに歩み寄った。

「当家の百姓か」

「違う」

「では……」

「おのれら化生が不覚をとった雑兵とは、これよ」

騒ぐ間も与えず二人を刺し殺した。台所の土間で首を打ち落すと、手近な桶に押しこめて一目散。

石辺を経て、明け方には味方の瀬田城に入った。

「栗田郡脇山の一件、かくのごとくでござる」

半介が口上とともに二個の首を差し出すと城兵は驚き、浅野長吉へただちに使いを出した。

五

長吉は大坂から馬をとばして瀬田の支城に入り、大音孫右衛門以下謀反百姓どもの召し捕りを命じた。

半介の運んだ首も、この時実検が行なわれた。

「二つとも見知った面でござる」

と言ったのは長吉の近習、神子田助作という甲賀出身の侍である。

「彼の者らは、それがしと同じ甲賀油日の神人あがりにて、目くらましの達人。昨年までは無足（土地無し）の身上なれど今は禄取りと聞き及びます」

「いずれの家中か」

「近江水口。石田三也（左吉三成）殿が軒猿を勤める者にて候」

「けっ、やはり茶坊主か」

長吉は激怒し、首を持って秀吉のもとに走った。

秀吉は大坂で城普請の指揮をとっている。大坂城はすでに天守の石垣積みを終えて、表御殿の組み上げが始まっていた。実は、この城の普請総奉行職を長吉は命じられていたのである。

「城の監理を捨てて、いずれへ参っておったか。弥兵衛」

秀吉は長吉を見るなり苦い顔で言った。

「奉行職放置は重罪。我が義弟にあらずば即座に斬首じゃ」

「事は、武門の意地にござる」

長吉は腐り始めた二つの生首を秀吉に披露した。

「石田左吉が、我が所領にて勝手の振る舞い。しかじかでござる」

長吉は石田の間者による家臣の殺害を訴えた。

「弥兵衛よ、それは、の」

秀吉は鼻の頭を掻いて、言い辛そうに口をすぼめた。

「左吉には、わしが命じたわ」

「何と申されます」

秀吉は驚く長吉に、彼の考えを噛んで含めるように説明した。

「これより天下は我が一手で動かされる。その力のもとは武にあらず。検地による米の御前帳登記と各地の運上金銀よ。これで具足を買い、城を築き、遠国に兵を出す。特に近江の愛智郡、蒲生郡、栗田郡の蔵入米は重要じゃ。一粒といえどもおろそかにせず、全て我が手に握らねばならぬ。また当地は寺社領が多い。百姓は隙あらば石高をごまかそうと企む者ばかり。弥兵衛、わぬしは人が好過ぎる」

「そう思われますか」

「褒めてはおらぬ。人の好いのも阿呆のうち、と申してな。百姓に寛容は、これ罪じゃ。わぬしが検地に手かげんを加えるかぎり、こちらとしても左吉を動かさざるを得ぬ。石田の家はあれでも近江に知己が多い。脇山の大音家などは、親の代からのつきあいと申すわ」

「……」

「それより、この首の斬り口。たいしたものよ」

秀吉は石田配下の幻術師の首を眺めて感心し、

「弥兵衛が、これほどの兵法達者を飼っているとは知らなんだぞ」

「兵法の者ではござらぬ。ただの足軽あがり。二十歳にもならぬ小わっぱでござる」

足軽あがり、と聞いて秀吉は興味を示した。

「その者に会うてみたい」

さっそく半介は大坂に呼び出された。

場所は生駒山麓の小さな寺である。普段、秀吉はここで、大坂城の図面など眺めて暮している。

「その方が大音半介か」

対面場所の庭に出て来た秀吉は、半介の顔を見るなり大声で尋ねた。

（なんと天下様は御声が大きい）

「面をもっと良うあげよ」

半介が首を持ちあげると秀吉は落胆した声で、

「左吉の軒猿を二人まで斬った者というから、どのような豪傑かと楽しみにしておったが、またこれは貧相な面じゃのう」

人のことが言えるか、と半介は腹の内でつぶやいた。秀吉は能面のような髭を生やしている。が、よくよく見ればその髭の両端から耳にかけて紐が伸びていた。付け髭なのである。それさえ無ければただ単に色黒のしわくちゃな農夫の面である。

「じゃが、たいした腕であるそうな」

「へっ」

半介は再び平伏した。

「首の斬り口に少しもとまどうた跡がない。弥兵衛の話を聞いて、人を脇山にやり検分させたが」

秀吉は半介の前にしゃがみ込んだ。

「汝が『にかり』と笑う不動を斬った場所に、大きな五輪塔が斜めに割れて倒れ、また村外れでは石の大地蔵が首を飛ばされていたと申す」

初耳であった。半介が目を白黒させていると、秀吉は小狡い笑いを片頬に浮かべて、

「ははあ、読めた。これは汝の腕ではないな。察するに刀であろう。見せよ」

半介の佩刀（はかせ）を持って来させた。

粗末な拵を抜き放つと、青江貞次二尺五寸の青々とした刀身が白日のもとにさらされた。

「刃こぼれひとつ無いが、物打ちのあたりに小さな引き傷がある。たしかに石を斬ったようじゃ」

秀吉は刀身を鞘に収めると言った。

「これを余に献上せよ。以前より魔避（まよ）けの太刀が一振り欲しかったところじゃ」

「天下様のお召しとあれば、是非もござりませぬ」

「ところで半介」

秀吉は太刀を近習に渡すと急に恐い顔をして、

「汝は幻術とは申せ、懐しかるべき母の姿に太刀を振るったそうじゃな。親不孝とは思わなんだか」

「初めは母者が姿にも思えましたが、とてつものう違うて見えるところがございました」

生まれてから一度も見たことの無い形である、と半介は言った。

「ほう、それは何じゃ」

「笑い顔でございます」

母は半介が幼少の頃より気苦労が多く、脇山へ後妻に入ってからは笑顔ひとつ見せなくなった。

「『にかり』と笑う顔を、あの晩生まれて初めて目にしてございます。不気味なものでございました」

「物心ついてから母の笑顔を見たことが無かったと、な」

「はい」

秀吉は悲し気に半介を見降ろし、それから急に手近な文箱を引き寄せて筆を走らせた。

「これは、汝にくれてやるのではないぞ。母者にもって行け」

近習が半介に紙片を渡した。下知状である。栗田郡脇山大音のうち十貫文、並びに愛智郡上津村五十貫文を隠居の料として与えるとある。ちょっとした馬廻り役の収入に近い。

「こ、これは」

「母者を大切にせよ」

秀吉はそう言うと、満足そうに太刀を持ち、部屋の奥に消えていった。

「かような仕儀にて青江貞次は豊家のものとなり、大音半介も出世いたした。名刀の霊験、かくのごとくでござる」

義観は語り終えるや白玉をつるり、と飲んだ。

「母の名義で禄数十貫を貰った半介は、やむなく浅野家を出て豊家の馬廻りになったそうな。豊家としては近江の愛智・神崎両郡の蔵入地（直轄地）に代官を傭い入れたも同然。気に入った人材を高禄や恩義で引き抜くは、俗に『豊太閤の人たらし』などと申してな。徳川家にもその例が多ござる」

「『にっかり』のその後は」

若侍の一人が尋ねた。義観は首を振り、

「方々も御存知の通り、豊家関白就任の際、鳳輦に供奉した京極侍従（若狭守高次）に与えられ、以後、京極の家の守り刀として各地を転々。丸亀五万二千石となってより四国讃岐。参勤の際は当主佩用が慣いゆえ、今は江戸の京極上屋敷にござる」

ただし、この刀には別の伝承がついている。にかりと笑う化不動を斬ったのは、京極家の祖先佐々木家に仕える駒丹後守という武士。場所も近江蒲生郡長光寺とされる。元亀年間、柴田勝家が長光寺入城後は、養子勝久が刀を所持し、丹羽長秀が賤ケ岳で捕獲。長秀は、羽柴姓を貰った息子長重にこれを与えたが即座に秀吉が召しあげた。

「この話を裏付けるかのように、京極『にっかり』は茎に『羽柴五郎左衛門尉』の象眼銘が入ってござる。世上流布する押形の本にも、これははっきりと描いてござる」

「されば御坊がお話しの近江脇山が御神宝話は、全て眉つばでござるな」

意地悪そうな面つきの侍が、鼻で笑った。義観これにも首を振り、

「世に『にっかり』と名付けられし刀、この他にも浅野家の足軽某が、伊勢国を旅して山中に化地蔵を斬る話。近江にて領主中島家の庶子、石灯籠の妖怪を斬る話。また備前宇喜多家の足軽、夜中に笑う火を斬る話など数々ござっての。つまり、同じ名の付いた刀は、今のところ五腰ばかり残ってござるげな」

「ふーむ」

人々は名物伝承の奇々怪々さに呆れ果てた。

「ところで、御坊」

白玉をまだ大事そうに食べていた一番年下らしい侍が、ふと箸を置いて、

「刀集めが好きな関白は、なぜ京極家にだけ愛玩の品を譲ったのでござろう」

「それそれ、それじゃよ。鳳輦供奉の大役を賞したというが、の」

義観は、まだ物欲し気に若者の椀中を窺っていた。

「刀を近江の旧主の家筋に戻した方が安心と思うたのでござろう。一説には豊家、夜中大坂城内において刀の手入れの間、刃先が淡々と輝いて、にっかりと笑ったがため恐れて手放したと申す」

「ははは、ここでもにっかり、でござるか」

またしても意地の悪い奴が、義観に嘲りの笑いを浴びせた。

「刃先がどうやって笑うのでござる。御坊、とりとめも無い話でござるな」

途端に義観、むっとして、

「万物は皆心を持つ、がこの日の本の大小神祇の御教(みおし)えでござる。我が身は禅家なれど、よろしい。証拠を見せてさしあげよう」

隣に座っている若者の椀を取りあげ、喝(か)っと、一声。

「中をごろうじられよ」

人々は椀に顔を寄せた。

『江戸往来記』には、この時のことがこう書いてある。

いかなる技にてやありけむ。椀中の白玉、一時に口を曲げて、にかりと笑いける。

大根おろしと三杯酢にからまった白玉の団子が、にたにたと笑ったらしい。その気味悪さに侍たちがのけぞると、義観は澄まし顔で、

「いや、児戯に等しき事をいたし申した」

さっと席を立って、帰ってしまった。

後で主人の石川某が苦々しい顔で言った。

「彼（あれ）の僧は、時折り幻術をやるゆえ、縁者は皆迷惑しておる。悟りきれぬ坊主よ」

人々が何度問うても、とうとう寺の名を明かさなかった。

御先手組の若者たちは、その後、駒込、本郷はもとより谷中、小石川のあたりまで足を延して義観の寺を探したが、それらしい老僧はついに見つからなかったという。

将軍吉宗は、どこでこの話を聞いたものであろうか、『にっかり』を見たいと言いだした。

享保十七年（一七三二）、京極屋敷に「御成（おな）り」して、同家の祖、近江源氏佐々木（ささき）家累代の馬具、弓箭（きゅうせん）とともに一覧したという。

幽鬼

井上靖

光秀は夜十時に麾下の将兵一万七百を率いて居城亀山城を発した。遠く中国表への出陣であるから、朝のうちに隊伍を整えて威風堂々と城門から繰り出すのが普通であったが、それをまるで夜討でもかけるように夜陰に紛れて亀山を進発するということが誰にも多少の危惧の念を抱かせた。併し、それは五、六町の行軍の間に誰の胸からも跡形もなく消えてしまった。

この年天正十年は、五月の声を聞いた時からひどく暑かった。梅雨がなく、炎暑を思わせるような烈しい陽光が毎日のように丹波一帯の山野を焼き、下旬にはいると天候は崩れるかに見えたが、曇った空の下に微風もない窒息するような蒸し暑い日々が続いた。この夜も暑かった。重い武具を持った将兵たちは瞬く間に汗と埃に塗れた。そしてまだ始まった許りで、これからさき何日続くか判らない備中の戦線までの行軍の長さを各自が胸の中で計算していた。

主将光秀は部隊の先頭に立っていた。馬上にはあったが、光秀もまた全身汗に塗れていた。馬の首に手を触れると、馬の首もまた油でも塗ったように汗で濡れている。光秀自身は、併し、余り暑さは感じていなかった。この二、三日、ろくに睡眠もとっていないので、疲労が悪寒となって、吹き出す汗はすぐ皮膚に冷たく滲みた。

光秀は進軍を続けながらまだ、三木原へ出るか老の坂へ出るか心に決めかねていた。三木原へ出ると中国への順路となるが、老の坂へ出ると否応なしに道は京都へ通ずる。条野の部落を過ぎるまでにそれを決めてしまわなければならない。馬が一歩一歩脚を進めるごとに、光秀は自分が採るべき道の決定を迫られている思いであった。

安土の信長から中国への進軍を命ぜられたのは、半月程前の五月の十七日であった。光秀は直ぐ居城亀山から本拠の近江の坂本に帰り、そこで六日間を過ごし、二十三日に再び亀山にとって返し、全軍に出陣の準備を命じた。二十八日に光秀は愛宕山に参詣し、その晩はそこに参籠、翌二十九日は愛宕の西坊で連歌師里村紹巴らと百韻を興行した。光秀は「時は今あめが下しる五月哉」と咏んだ。光秀の心に主君信長を弑そうという叛逆心が最初に頭を擡げたのはこの時であった。その時一座に居た者から、信長も、嫡子信忠も今明日中に京へはいるという噂を耳にしたからである。まさに時は今であった。信長は直接軍勢を持たずに京都へはいるであろう。自分は中国戦線に向かうために誰に憚ることもなく一万の軍勢を動かすことができる。信長の生命さえ断てば、彼の半生の業績はそっくりそのまま自分の掌の中に転げ込んでくる。こうした好機が、今を措いて再び自分に見舞って来ようとは思われぬ。

「時は今」と光秀は咏んだが、併しそれからずっと光秀の考えはその己が決心の周囲を徘徊していた。光秀は夜も昼も汗の滲み出している両の掌を固く握りしめていた。信長が二十九日に京の本能寺にはいったことは判ったが、信長の首級を挙げてからの己が行動がはっきりと納得するようには自分に呑み込めなかったからである。部隊はいつでも進発できるようになっていた。併し光秀は自分の採るべき途をまだ心の中ではっきり決めてはいなかった。部隊を動かしたくても動かせなかった。

それがこの夜九時に、京都から使者が来たことで一切は決まった。光秀はその使者の口から本能寺に於ける信長が全く無防備な状態にあることと、信忠が室町薬師町の妙覚寺にはいり、これまた人数が手薄であることを知った。ここで初めて光秀の気持は決まり、光秀は直ぐ麾下の全軍に進発の命令を下したのである。

併し、城門を出る時からまた光秀の決心はぐらつき始めていた。信長も信忠も屠ることはできる。併し、それから先のことは依然として読めなかった。主君信長を弑するそのことには何の躊躇も感じていなかった。この戦国争乱の時代を生き抜いて行くためには、主君であろうと、肉親の者であろうと、必要とあればそれを屠ることは已むを得ないことであった。いま自分が覘っている当の信長もそうしたことに依って現在の地位を築いていたし、多少でも現在の名を知られている部将たちの尽くがそうした過去を持っていた。光秀は自分も亦いまそれが必要であるので信長を屠るまでのことだと思っていた。信長を屠れば天下を奪ることができたが、そうしない限り、天下は愚か自分の将来の見込みさえ立たなかった。ざっと見廻しても信長の部将の中で自分を凌ごうという勢いを見せている者は何人も数えることができた。家康も居れば柴田勝家も居た。滝川一益も居れば丹羽長秀も居る。それから永年自分の下に居た羽柴秀吉でさえ、目下のところでは信長の寵を受けて何かと自分の先を越している。現に彼は中国戦線の総指揮者であり、去年は因幡にはいって鳥取城を陥れ、今年は備中に入り、目下毛利輝元の属城である高松城を攻めている。今度の自分の中国表出陣も秀吉を赴援する信長軍の応援が役目であり、自分の立場は秀吉のそれと較べると遥かに微弱なものになっている。天下を覘うなら、まさに時は今であり、今を措いては再びないと言うべきであった。

今晩中に信長と信忠を屠る。そして時を移さず京に於ける信長の残党を殲滅し、直ちに毛利、上杉、北条、長曾我部の地方諸将に使者を送って共同戦線を張り、信長の部将たちにも誘降の使者を発する。そして自分は近江に向かい、瀬田城主山岡景隆を誘降、さらに軍を安土城に進める。留守の蒲生賢秀との間には一戦を免れぬが、これが攻略には一日をも要さぬであろう。伊勢、伊賀は織田信雄の地盤ではあるが、信長に対する反抗分子も多く、その何分の一かは誘降に応ずる筈である。

上野の滝川一益、甲斐の河尻秀隆、信濃の森長可、毛利秀頼、北陸の柴田勝家等は遠隔の地にあるので、直ぐには手を触れずにでも置ける。その間に自分の方は地盤を強固なものにする。長岡の細川藤孝、忠興父子は永年昵懇の間柄でもあり、忠興の妻は自分の娘である。そうしたことからこの二人は先ず自分の需めに応じてくれるであろう。自分の第四子を嗣子に入れてある筒井順慶もまた身を自分の陣営に投じてくれることは間違いあるまい。どうせ信長の麾下の武将たちとの大々的決戦は避けられぬが、それまでに自分の陣営は相手を凌ぐほど強大になっているであろう。

併し、と光秀は思った。今考えている総てのことが仮定の上に立っていた。総てのことが仮定の上に立っているということが光秀を不安にしていた。信頼できる唯一本の支柱でも欲しいところであった。併し、今の場合それは望めないことであった。計画は今のところ彼一人のものであり、この地上で他に誰も知っている者はなかった。

相変らずそよとも風のない真暗い山野を部隊は上ったり下ったりしていた。亀山城を出てから半刻程経っているように光秀には思われた。実際は一刻以上の時間が経過していた。

光秀は自分の前を行く先駆けの小集団の徒歩部隊に従いていた。光秀は平坦な地にはいると馬を小走りに走らせ、先の部隊との開きを少し縮めようとした。

幾度かそれを繰り返しているうちに、光秀はふと訝しい気持に襲われた。自分は先刻から先の一隊との距離を縮めようとして馬を走らせているが、何時見ても一向にその距離は縮まっていない。しかも、先の部隊は徒歩の一団である。

光秀は自分一人の苦しい思念からその時初めて離れて、己が前方に眼を凝らした。十数人の一隊が駈けるような早足で前進している。光秀は馬の手綱を緊めた。後に続く部隊を引き離さないためである。すると前方の一隊もまた脚を停めた。ひどく静かな停り方であった。

光秀はじっと瞳を据えて前方の一隊を見守っていた。暫くして再び進発した。するとそれに呼応するように前の一隊も前進し出した。光秀はこの時初めて怪しいという思いに捉われた。考えてみると、自分は最初部隊の先頭に立った筈であり、その後も位置は変えていない筈である。

光秀は馬を停めた。

「あの者たちはたれの組の者か」

光秀はぴたりと自分の馬の横に馬体をくっつけている溝尾勝兵衛に訊ねた。

「は⁉」

曖昧な返事があっただけで、溝尾勝兵衛はあとの言葉を口から出さなかった。

「先を行く者はたれの組か」

「先を行くと申しますと？」

「あれが見えぬか」

そこまで言うと、光秀はあとの言葉を続けず、

「蒸し暑い夜だのう」

と話題を逸らせて言った。光秀は溝尾勝兵衛には見えぬものが自分だけに見えているらしいことに気づいたからである。

光秀は改めて前方の闇に眼を遣った。一人が立ち、その立っている武士の周囲を固めるようにして他の十二、三人の武士たちが身を屈め、片膝を折っている。武士たちは孰れも武具で固めた背を見せている。が、光秀が見詰めている間中、その一団はまるで一塊の置物でで

もあるように微動だにせず闇の中に坐っていた。

やがて光秀はあっと短い驚きの声をあげた。武士たちが背負った指物の図柄が、夜目にぼんやりと浮き上がって見えたからである。白地に黒く描き出されているものは身をくねらせた一匹の百足であった。丹波の豪族波多野氏の旗印である。

光秀は、いまここに波多野の武士が居る筈がないと思った。波多野の一族は三年前八上城で亡滅し、その領国丹波は現在光秀の所領になっている。

「波多野の武士ではないか」

「は⁉」

先刻と同じ曖昧な答が、溝尾勝兵衛の口から発せられた。光秀はやはり自分の眼にだけしか映っていないことを知ると、自分はひどく疲れているなと思った。

「少し休むぞ」

光秀はそう言うと馬から降り、道端の熊笹の繁みの上に坐った。そして、他の者には見えず、自分だけに映る幻の正体を考えた。ただの武士ではなく、波多野の武士たちであるということが、やはり不気味であった。恐らく前方の幻の武士たちも、いま休息をとっているに違いない。そして、こちらが前進すればまた彼等も動き出すであろう。

光秀は幻の一隊を自分の眼から消すために眼を瞑った。

光秀が丹波の八上城に波多野一族を亡ぼしたのは天正七年の六月初めであった。光秀は天正三年に信長から丹波地方の経略を命ぜられたが、この仕事は光秀にとってはひどく骨の折れる仕事であった。丹波一帯が険峻な山地である上に、長くこの地方を領していた豪族波多野一族が、精悍な地方武士を率いて最後まで新勢力の侵入を拒んだからである。光秀は幾度も本拠坂本城から出て丹波にはいり、波多野の軍勢と丹波各地に転戦し、一度は丹波全土を制圧したが、光秀が去ると同時に再び波多野氏の跳梁するところとなった。

その為、再び大々的な丹波進攻となり、漸くにして波多野一族を八上一城に閉じ込めてしまうことができたのは丁度三年前の天正七年のことである。

八上城は擂鉢を逆しまにしたような急斜面を東西南の三方に持ち、文字通り守るに易く攻めるに難い城であった。光秀は城を幾重にも取り巻いたが、そのまま兵糧攻めにして城の落ちるのを待つより手の下しようがなかった。

光秀が使者をたて、城内へ和議を申し込んだのは五月の中頃であった。光秀は自分の母を人質として城内に送ることを条件とし、若し城を明けるならば三千の城兵の生命を助け、主将秀治以下の本領を安堵することを申し送った。

二日経って、城内からは和議に応ずる旨の返事があった。更に二日経って、主将秀治と、その弟秀尚の二人は近侍の者八十余名を連れ、途中まで武装した武士一千に送られて山を降って来た。

光秀は豪勇無双の永年の敵を手厚く遇し、酒宴を張った。が、宴半ばに光秀が秀治等に安土に行って信長に謁することを勧めたことから話はこじれ、宴席は忽ちにして修羅場と化した。秀治の近侍八十余名はその場で斬死したが、光秀は辛うじて秀治、秀尚等十三人を捕虜にすることができた。

光秀は秀治等を搦めとったが、和議の条件まで反古にする気持はなかった。約束通り秀治、秀尚等の本領安堵を実現するつもりであった。併し、安土へ護送する途中に於て、秀治は捕縛される時負った手疵が重くなって遂に息を引き取り、そして安土へ送られた秀尚等十二人の武士たちは、信長の命により慈恩寺で尽く首を刎ねられて終わった。

この事件のために、八上城内では光秀の母を初めとする十数人の人質が、怒れる城兵たちによって磔に処せられたのであった。

光秀にとって決して気持のいい事件ではなかった。殊に、安土で首を刎ねられた十二人の最期の場に立ち会ったことは厭なことであった。秀尚等はいずれも恨みの形相凄まじく、一人残らず復讐を誓って首を刎ねられた。そしてそれらの首の中に、秀治の首も一緒に並べられたが、その時秀治の首はどういうものか、地面を転がって行って、一族の首の中へはいると、そのまま眼をむいた顔を地面の上に立てた。

光秀は幾度も眼を瞑っては、眼を開けた。そして熊笹の葉を払って立ち上がると再び馬上の人となった。波多野の武士たちの一隊は彼の眼から消えていた。

夜の闇は先刻より一層深くなっていた。光秀を再び苦しい思念が捉え始めた。二つの道の一つを選ばなければならぬ時は眼の先に迫っていた。

暫くして光秀は傍の者に訊いた。

「ここはどこかの？」

「間もなく老の坂でございましょう」

「何⁉」

光秀は己が耳を疑った。何時の間に、どのようにして老の坂迄来たのであろう。

光秀は部隊に小休止を命じると、初めて大事を打ち明ける為に、幾人かの武士たちを自分の周りに召集した。老の坂まで来てしまった以上、最早あとには退けぬといった気持だった。自分の採るべき行動は今や好むと好まないに拘らず、はっきり決まっていた。左馬助光春、次右衛門、藤田伝五、斎藤利三等が集まっていた。小休止はすぐ打ち切られた。

やがて部隊は行進を開始したが、今度は休みなしにひた歩きに歩いた。老の坂を上り切ると、前方に田の水が白く光って見えた。沓掛の部落を過ぎたところで光秀は全員に食事を摂らせ、それからなお軍を進めた。桂川を渡った時、光秀は初めて全軍に、これから本能寺の敵信長を攻撃することを命じた。

京へはいったのは夜明前であり、本能寺を囲んだ時は、夏の暁方の光が辺りに漂い始める時刻であった。

その月の十三日に、光秀は本能寺の変を聞いて急遽備中から引き揚げて来た秀吉の大軍と山崎に戦った。光秀は信長、信忠の首級を挙げるまでは予定通り事を運んだが、それ以後のことは尽く事志と違っていた。細川藤孝、忠興父子も光秀の招きに応じなかったし、筒井順慶もまた日和見の態度をとって光秀軍に投じなかった。

合戦の勝敗は十三日一日で決まった。この日長く降らなかった雨が降った。夕方には光秀の主力は秀吉軍に包囲され、光秀軍に投じた武将たちは次々に討死し、総敗北となった。光秀が平原の中にある勝竜寺城に逃げ込んだ時は夜になっていた。併し、間もなく、この城も敵軍の包囲するところとなろうとした。光秀は近江坂本に落ちて再挙を図るために、近臣の者たち数名と共に闇に紛れて勝竜寺城を出た。溝尾勝兵衛、進士貞連、村越三十郎、堀毛与次郎、山本山人、三宅孫十郎等が光秀と行を共にした。

新戦場を雨は叩き、敗走する味方と、それを追う敵の鬨の声、そして銃声とが、真暗い平原の到るところから不気味に湧き起っていた。そうした中を光秀の一団はいずれも馬で城の北方を東へと進み、伏見へ出て、大亀谷から山地へ入り、小栗栖への道を取った。

光秀は自分の現在の立場が如何なるものか、自分自身でも判断がつかなかった。それ程、今の光秀は心身共に疲労していた。信長を弑逆してから僅か十三日目であったが、その間の不眠不休の行動と八方への配慮が、光秀の相貌を全く別人のものにしていた。光秀はただ黙々と馬上に揺られ続けていた。

勝竜寺城を出てから一刻ほど経った頃、突然、光秀は従者の一人に制せられて馬を停めた。

「あの跫音は追手でしょうか。それとも味方でしょうか」

耳をすませてみると、雨脚の烈しい音の合間に、徒歩部隊の跫音が間近に聞こえていた。

「前か」

「さように思われますが」

従者はいったんそう答えたが、再び、

「後のようでもございますな」

と言った。言われてみると、それは成程後の方から進んで来る跫音のようでもあった。跫音ばかりではなく、人々のざわめきの声も伝わって来る。

一同は路傍の竹藪に身を潜めて、その背後からやって来るかも知れぬ一隊をやり過ごすことにした。併し、相変らず跫音も話声も聞こえているのに、それは一向に近づいて来る気配はなかった。何時迄も雨が地面を叩く音と共に一同の耳に同じように聞こえていた。

「おかしゅうございますな」

堀毛与次郎が言った。おかしいと言えばおかしなことであった。

「空耳かも知れませぬ。とにかく歩き出してみましょう」

主従の一団は再び、いつか登りになっている細い道を歩き出した。人声と跫音は依然彼等と共に動いているようであった。光秀は途中でぎょっとして闇の中で眼を見開いた。行手に二、三十人と思われる一団の武士たちが歩いているのを発見したからである。しかも、彼等はやはり此の間光秀が闇の中に見た一隊と同じように、波多野の百足の指物を背に指しているではないか。光秀は尚も前方の闇に瞳を凝らした。

「前を行く者たちが見えるか」

光秀は言った。

「何でございますか」

「ほら、ずっと先の闇の中だ。あれが見えぬか」

傍の従者は前方を見詰めているようであったが、従者の眼には何もはいってはいない様子であった。光秀はそれに気づくと一行を振り返り、

「ここで暫く休息しよう」

と言った。

「休んでいる暇などありませぬ。すぐ追手が迫って居ります」

憤（いきどお）ったように言ったのは溝尾勝兵衛であった。

「いや休もう。休まないと道を踏み迷って坂本へ着けぬとも限らぬ」

光秀はいきなり路上に飛び降りた。兎（と）に角（かく）少しでも休まなければならぬと思った。老の坂へ自分を引っ張って行った幻の武士たちが、再び自分を捉えている。自分ばかりではない。今ここにいる総ての者にその幻の音が聞こえている。跫音や、話声を、皆の者の耳から消してしまわなければならぬ。そして自分は更に己が眼から波多野の武士たちの幻影を取り払ってしまわなければならぬ。

光秀は立っていた。雨は相変らず烈しく降り続け、坐りたくても坐ることはできなかった。それに、立っていてさえ睡魔は激しい勢いで光秀の全身を押し包もうとしていた。

光秀は再び馬に跨り、前方を睨んだ。矢張り光秀の眼には波多野の武士たちの姿がそこだけに漂っている異様な明るさの中に、はっきり映っていた。光秀はやがて彼等を照らし出している明りが篝火であることに気づいた。武士たちは思い思いの姿勢で、篝火の明りに照らされていた。或者は立ち、或者は腰を下ろしていた。一様に身を焦がすほど赤く染まって見えている。

光秀が馬を進ませると、波多野の武士たちも前進し出した。指物が火の粉を浴びて揺れ動いている。

「やはり波多野だな」

「何がでございます」

「あれを見よ。先を行く者の旗を」

「何と仰せでございます？　何も見えませぬが」

「跫音は聞こえるか」

「跫音は確かに聞こえて居ります」

「あいつらが歩いている音だ」

光秀はまた自分が喋っている言葉に気づいて、やはり自分には休息が必要だと思った。併し、今は休むことはできなかった。光秀は馬上で目を瞑った。幾度か眼を開いたり瞑ったりしてみたが、どうしても波多野の武士の幻影を追いやることはできなかった。

「うぬ！」

疲労が呼んだに相違ない幻は、さすがに不気味ではあったが、光秀はこれを怨霊だと思いたくはなかった。またそのようなことが起るとは信じなかった。自分が疲れている為に、そしてみんなが疲れている為に、この闇の中で変異が起っている。

「うぬ！」

二度目に叫ぶと同時に、光秀は波多野の武士たちに向かって突進しようと試みた。その瞬間、突如、光秀は脇腹に火のような疼痛が走るのを覚えた。光秀は自分の胴丸の横に何か突き刺さっているのを知った。光秀は自分でそれを右手で摑むと一旦引き抜き、そしてそれを満身の力をこめて手許に手繰り寄せた。光秀の摑んだものは竹槍であった。手繰り寄せられた竹槍の先端にそれを握っている人間の顔があった。

「波多野秀治！」

光秀は声にならぬ叫びをあげた。それは、口をきつく結び、半眼をあけて宙を睨んでいる、いつか慈恩寺の庭を転がった秀治の首であった。

光秀は竹槍を押し遣るようにして手を離した。次の瞬間、新しい疼痛が再び全身を貫いた。こんどは竹槍が脇腹から背の方へ突き通っているのを光秀は思考の失せかけている頭の中で感じた。

「幽鬼！」

光秀は田楽刺しのまま、相手を見据えた。

併し、そこにはもう秀治の凄まじい形相はなく、獰猛な一人の野武士が、品のない顔の中でその小さい野卑な眼をらんらんと光らせていた。

光秀は誰かの叫び声を聞いたように思った。光秀は自分の体がいつか馬上にはなく、竹槍に突き刺されたまま、地上で右に左に蹣跚（よろめ）いているのを知った。光秀は最期の眼を見張った。波多野の武士も、その指物も、それらを照らす篝火も消え失せていた。そこには暗い闇があるばかりで、辺りを車軸の雨が叩いている。

光秀は幻が消えたことで吻（ほっ）とした。自分はひどく疲れているのだと思った。そして二度と覚めることのない休息にはいるために、幽鬼というものを決して信じようとしなかった光秀は前にのめった。

蛇か、剣か――『播磨国風土記』「讃容の郡」より

東雅夫 訳

昔、近江の天皇（天智天皇を指す）の時代、中川の里に丸部具という者がいた。あるとき彼は、河内国兎寸の村から来た旅人の所持していた剣を買い取った。すると、剣を入手後、家人すべてが死に絶えてしまった。

この出来事の後、苫編部犬猪が、遺棄されていた丸部の跡地を耕していたところ、その剣が土中から掘り出された。

不思議なことに、剣と周囲の土との間には一尺（三十センチメートル）ほどの空隙が保たれていた。その柄は朽ちてなくなっていたが、刃は錆びてはいなかった。その輝きは明澄な鏡さながらである。怪しく思った犬猪は、剣を家に持ち帰ると、鍛冶の者を呼んできて、その刃を焼かせようとした。

すると、「その時に、この剣、屈申みすること、蛇のごとし」――すなわち、刀身が、蛇のように伸び縮みしたというのである。鍛冶の者は恐れおののいて、仕事をすることなく逃

げ去った。

犬猪は、この霊妙な剣を朝廷に献上することにした。その後、浄御原の朝廷（天武天皇の治世）の甲申の年（六八四年）七月に、曾禰連麿を遣わして、この剣を元あった場所に送り返すことにされた。今もこの里の御宅（収蔵庫）に安置されている。

八岐大蛇の執念――『平家物語』「剣巻」より

東雅夫　訳

神代の昔から今に伝わる二つの霊剣がある。「十握の剣」と「叢雲の剣」である。十握の剣は、素戔嗚尊が大蛇（八岐大蛇）を斬り殺してからは、「天の蝿切の剣」と名づけられた。この剣は大和国石上布留の社（奈良県天理市の石上神宮）に納められている。叢雲の剣は、後に「草薙の剣」と名づけられた。内裏に安置されてきたが、このたび（源平の壇ノ浦合戦を指す）海中に沈んでしまい、長らく行方が知れない。

そもそも神代とは――天つ神の始めである国常立尊は、目には見えるが実体はなく、虚空にあって煙のごとき神であった。すなわち天地陰陽の義（法則）を神としたのである。次の国狭立尊は、実体はあるが相貌はなく、第三代の豊斟渟尊は、相貌があって陰陽（男女の別）がなかった。第四代からは陰陽があって和合（男女の交わり）がなかった。泥土瓊尊、沙土瓊尊、大戸之道尊、大戸間辺尊、面足尊、惶根尊などである。

第七代の伊奘諾、伊奘冉の夫婦神より、天の浮橋のもとで初めて和合の交わりがなされた。

まだ国土がないことを思われ、天の逆矛を刺し下ろして大海の底を探られた。引き上げた矛の水滴が島となった。「あは、地よ」と仰有ったので「淡路島」と名づけられた。それより国々が出来、山河草木が生じ、また、「主なからんや」（主となる者が必要だ）と仰有り、一人の女神と三人の男神をお産みになった。日神、月神、蛭児、素戔嗚である。日神である天照大神には国土を譲られた。月神である月読尊には山岳を譲られた。蛭児は五体不具のため天の浮船に乗せて大海へ流されたが、摂津国に流れ寄って海を支配する神となった。西の宮（兵庫県西宮市の西宮神社）が、これである。ところが素戔嗚は「処分なし」（自分の所領がない）と思って遺恨を抱き、とうとう出雲国へ流されてしまった。

出雲の霧が崎、簸の川（斐伊川）上流の山中に、尾と頭が八つある大蛇がいた。背は苔生して双眼は日月のごとき巨大さで輝き、毎年、土地の人々を喰らっていた。親を呑まれた子は悲しみ、子を呑まれた親は嘆いた。素戔嗚尊が哀れに思って見れば、年老いた夫婦が美しい娘を中にして涙にくれていた。「どうしたのか」とお訊ねになると、「尉（老人）は手摩乳、姥（老女）は足摩乳、この娘は稲田姫と申します。今宵は娘が大蛇の餌食となる順番のため、こうして嘆き悲しんでいるのです」と云う。同情した尊が「この姫を我が妻にくれるならば、大蛇を退治してやろう」と仰有ると、「異存ございません」と答えた。そこで尊はただちに計略をお立てになった。八つの桶に酒を注ぎ入れ、高い棚を設けて、周囲に八重垣をめぐらし、火を灯して、着飾った姫の姿が明かりに照らされ八つの桶に映じるようにした。これを飲み干した大蛇は、八つの頭すべてが酒に酔って、寝入ってしまった。これを見ていた尊は、十握の剣で大蛇をずたずたに斬り裂いたが、一本だけ斬ることのできない尾があった。これを怪しんでよくご覧になると、中から一つの霊剣が出てきた。大蛇の尾に納められていたときは、常に八色の雲が上空に湧き立っていたので、この剣を「天の叢雲」と名づけ、この国を「出雲」と云うのである。さればこそ、尊の歌に、

八雲立つ出雲八重垣つまこめて
八重垣つくるその八重垣を

（八重に湧き立つこの雲は出雲の八重垣、その八重垣に我が妻を籠めて、雲はまた八重垣をつくる、ああ、その麗しき八重垣よ）

この歌が詠まれたことから、三十一文字（和歌）は始まったのだ。大蛇は風水龍王が天下ったものであり、殺されて後、近江（滋賀県）と美濃（岐阜県）との境にある伊吹山の神となった。稲田姫は尊の妻となるに際して、髪にさした黄楊のつま櫛を、「形見に」と後ろ向きに投げた。両親はこれを手にして以後、一度も娘に逢うことはなかった。それ以来、「別れの櫛」の伝承が生まれた。尊は出雲国に御鎮座なされた。今の大社（出雲大社）が、これである。

かの剣は、天照大神に献上されたので、姉神と弟神は仲直りされた。それより代々、剣は朝廷に伝えられたが、第十代の帝である崇神天皇が「皇居と同じ場所に安置するのは畏れ多い」と仰有って、剣を伊勢大神宮へお遷しになられた。第十二代の帝である景行天皇の四十年六月、東夷（東国の賊）が反乱を起こした。第二皇子である倭建尊は官軍を率いて、

同年十月に都を出立なされ、まず伊勢大神宮へ参詣をした。御妹の斎の宮（景行天皇の妹で初代斎宮となった倭姫）に向かって、「帝の御命令で東夷征伐に向かいます」と申しあげると、「恐れることはありません」と仰有って、叢雲の剣をお授けになった。

これを身に帯びて東国へ向かったところ、今は伊吹の神となった大蛇は、なおも憤怒がおさまらないのか、街道に巨体を横たえ待ちかまえていた。「ここを破って通ることはできない」と、官軍はみな引き返したので、この地を「不破の関」（伊吹山の東南麓に位置する中山道の古関）と云うのである。尊はもとより剛毅な方でいらっしゃるので、「君命に背くことはできない」と単身、大蛇の胴を踏み越えて、お通りになった。そのとき大蛇の毒に触れて、御足が堪えがたいほど腫れあがって熱を帯びた。悲壮な決意で、御足を清水に漬けて冷やされたところ、熱が醒めたので、「醒が井の水」（伊吹山の西南麓、近江国坂田郡にあった清水）と呼ぶのである。

駿河国（静岡県）まで攻め下ったとき、その国の凶徒が「狩野の遊び」（狩猟）と偽って尊をお誘いし、浮島が原へお連れして四方の野に火を放ち、「焼き殺したてまつらん」としたが、尊は御剣にて三十余町の草を薙ぎ払われたので、たちまち炎は燃え尽きてしまった。このことがあってから「草薙の剣」と呼ばれることになったのである。

かくして三年の間に東国を攻め従え、景行天皇の四十三年癸未に帰国の途につかれたが、先に通られた際、尾張国（愛知県）松が小島という所の源太夫の息女岩戸姫と一夜の契りを交わされたので、このたびもお立ち寄りになった。ところが尊は御病気になったため、捕虜とした賊どもを武彦の宮に託して帝へ奉り、御自分は近江国（滋賀県）千本の松原という所で病の床に就かれた。そこへ尊の身を案じる岩戸姫が訪ねて来られたので、尊は嬉しさのあまり、「ああ、妻よ」と仰有ったので、これ以降、東国を「あづま」と呼ぶようになった。それから松が小島に戻られて、そこでお亡くなりになったので、この国を「尾張」（終わり）と呼ぶのである。尊は白い鳥となって、西の方をめざして飛び去った。そこが「白鳥塚」である。

さて、田作りの記太夫という者が草薙の剣を、田の中の杉原にしばし寄せかけて置いたところ、剣の光が燃え立って、あたりの杉はみな焼けてしまった。そこでこの地を「熱田」と呼ぶのである。倭建尊は熱田大明神となって鎮座なされた。岩戸姫も、源太夫も、田作りの記太夫も、同じく神として大切に祀られた。東征の幡（軍旗）を納められた所を「幡屋」と名づけて、これは今もある。源頼朝は、やがて源氏の大将となるべき方であったからか、この幡屋で誕生したのである。

剣はそのまま、熱田の宮に秘蔵されていたが、天智天皇七年に、新羅の帝より沙門道行を遣わして、「この剣を盗もう」としたが、住吉の明神が蹴殺してしまった。新羅の帝は、なおも剣を奪おうと、生不動という聖に七つの剣を持たせ、日本へ渡らせた。尾張国に着いたが、今度は熱田の明神が蹴殺した。七つの剣は、御剣に加えて、宝殿に大切に収納された。今の「八剣の大明神」が、これである。天武天皇の御宇、朱鳥元年に内裏に納め奉って「宝剣」と呼ばれることになった。

昔はかくも神聖不可侵であった剣が、今は海の底に沈んでしまったこの末世は、まことにもって嘆かわしいことだ。

よくよくこの成り行きの意味を勘案するに、大蛇の執着がたいそう深かったために、すべて大蛇が化身して、「剣を奪らん」としたのでもあろうか。不破の関の大蛇も、沙門道行も、生不動も、みな大蛇の化身なのである。そればかりか、本朝の安徳天皇に生まれ変わり、八歳の龍女の姿を示すために、八歳の帝王の体となって現われて、かの剣を取りかえし、龍宮の奥深く納めたものだろうかといわれている。

赤い蛇──『遠野物語拾遺』より一四二、一四三、一四四話

柳田國男

一四二話

金沢(かねさわ)村の佐々木松右衛門という家に、代々持ち伝えた月山(がっさん)の名剣がある。俗にこれをつきやま月山(がっさん)といっている。この家の主人ある時仙台に行き、宿銭不足したゆえにこの刀を代わりに置いて戻ったところ、後からその刀が赤い蛇になって帰って来たと言い伝えている。

一四三話

小友村の松田留之助という人の家の先祖は、葛西(かさい)家の浪人鈴木和泉という者で、当時きわめて富貴の家であった。ある時この家の主人、家重代の刀をさして、遠野町へ出ての帰りに、小友峠の休石に腰をかけて憩い、立ちしまにその刀を忘れて戻って来た。それに気がついて下人を取りにやると、峠の休石の上には見るも怖ろしい大蛇が蟠(わだかま)っていて、近よることもで

きぬので空しく帰り、その由を主人に告げた。それで主人が自身に行ってみると、蛇と見えたのは置き忘れた名刀であった。二代藤六行光の作であったという。

一四四話

次には維新の頃の話であるが、遠野の藩士に大酒飲みで、酔うと処きらわずに寝てしまう某という者があった。ある時松崎村金沢(かなさ)に来て、猿が石川の岸近くに例のごとく酔い伏していたのを、所の者が悪戯をしようとして傍へ行くと、身のまわりに赤い蛇がいてそこらじゅうを匍(は)いまわり、恐ろしくて近づくことができなかった。そのうちに侍が目を覚ますと、蛇はたちまち刀となって腰に佩(は)かれて行ったという話。この刀もよほどの名刀であったということである。

淡路屋敷の宝刀──『佐久口碑伝説集・北佐久編』より

掛川亀太郎

小諸市山浦の大杭の北に、今はあまり知られない淡路屋敷という所がある。ここは昔甲斐の武田氏と越後の上杉氏とが覇を信州に争った頃には、広壮な屯田兵式の屋敷であった。今でも、七曲りの南大杭までの間を垣の内といい、北を垣の外と呼んでいる。また大杭の南方にある淡路平は、その祖先が開墾したので今に地名に残っているといわれ、病死原（今の大杭の北入口淡路屋敷の南）という所はその墓地であった。だが遺族が西浦へ転居した後、すなわち明治からあと官地になったのだという。

そのとき大杭から西浦下平に移転した五輪の塔婆は、後に東方の千曲の淵に捨てられたということで、今に五輪淵の名が残っている。

その全盛の頃の話に、たいそう酒好きであった淡路守は、あるとき非常に酔っぱらって、小諸から与良平を経て夢のように久保下村を過ぎて（その時分は与良平から久保村に橋が架けてあったという）屋敷へ帰った。しかし気がついて見ると、腰に差しているはずの愛刀はどこへ落したか、もとより覚えもなく、見当りもしなかったので、そのまま幾月日かを過した。ところがその後村びとが「あの淵（久保と小原との間）には恐しい大蛇が住んでいて、眼玉か何かきらきら光らしているようだし、少し下った淵の方でも光ることがあるが、きっと大蛇の尾が動いて見えるのだろう。恐しいものだ。」などと噂しているのを聞いて淡路守は、ある日密かに探訪してみると、それはまさしく自分が先に落した愛刀らしい。命がけの苦心をして取り上げて見ると間違いなくそれであったので、屋敷へ持ち帰って宝刀として大切にしたということである。それで今蛇淵、尾ノ脇（淵）などの地名が残っているのだという。

　その後その家に色々な不吉のことが引き続いて起きたので、親類一同が相談の上で、その宝刀がたたるのであろうということから、ついに下の城の両羽神社に奉納してしまった。

有馬包国

本堂平四郎

駿州住包国造
慶長十二年八月日　二尺三寸八分
有馬包国

日向の国縣の城主有馬左衛門佐直純が臣に、日下部八左衛門という豪勇の士があった。寛永中天草の役に従軍し、抜群の戦功ありとて直純より駿河文珠包国作、二尺三寸八分新身を賜り、一藩羨望の標的となっていた。滞陣の徒然に、ある日八左衛門ただ一人、蓮池の汀に佇み風光に目を喜ばしながら、ふと傍を見れば、一匹の大河童が昼寝を貪り、前後も知らず熟睡していた。八左衛門これを見て、戦役も終わり帰陣の日も近かるべし、恩賜の新身もこれが刃味を試みる機会なく、空しく秘蔵しおかんも心なき業なり。いま大河童を見つけたるを幸いこれを斬ってその業を試み、殿にも言上して――などと独り頷き、拝領包国の柄を握り抜き足して河童に近寄り、ヤッと懸けた空声に河童の驚き逃げんとするを隙さず抜き打ちに斬りつけ、手応えありて包国の横手下八寸ばかりの所に物の憑きたるようなるも、河童の姿は掻き消すごとくたちまち去って何物をも貽さぬ。八左衛門呆然として立つとき、ザブンと水音高く物の水中に沈み行く気配がした。さては河童を脱したか、業のほども知り得ず、これを殿に言上せんもいかにあらんと、素知らぬ顔に打ち過ごしたのであった。

帰陣の日もいよいよ定まった。その後五六日を経て八左衛門は縣の城に帰ったのである。時は寛永十五年五月の末であった。爾来二年有半、寛永十七年九月まで、この秘事を誰知る者もなかったものであった。九月十四日の午頃、八左衛門の門外に来て大声に呼ぶ者がある。誰かと出迎いて見れば五尺五六寸もあるべしと見得る大河童、肱を張り眼を怒らしていた。彼は伸び上がり大音に罵るよう、

「吾は三年以前肥前の蓮沼において、汝がために右の肩より背を割られ、危うき場をようやく遁れた河童である。辛うじてその疵を癒したれば遺恨の胸を晴らさんため、はるばる汝を尋ねて来た。汝も武士の魂あらば外に出て勝負せよ」

と言うのであった。八左衛門何條猶予すべき、

「吾年来他言せざるも、恩賜の名刀にて汝を討ち漏らしたること、武門の恥辱この上なく、悶々として楽しき日もなかりしが、汚名を雪ぐ天の時来れり。飛んで火に入る夏の虫とは汝のことぞ」

と包国の刀を取り出し、門外に躍り出て一刀に斬り捨てんと勢い鋭く切りつけた。河童は鞭のごとき得物を揮い、進退敏捷にして目にも止まらぬほどである。思いのほかの強敵に八

左衛門も心中いささか恐れを抱きたれど、藩中無二の勇士なれば、追い詰めて斬り捨てんと日の落つる頃まで奮闘を続けてみたが、ついに勝負が付かなかった。今は日も暮れたればまた明日にせんと相引きに別れて、河童は姿を消し、八左衛門は門内に入ってその疲れを休めた。この戦闘の始まるや家族は大いに驚いた。八左衛門発狂などせしやと疑がったのである。八左衛門は人と応対して談話をなすも、家族の目には何人に対するとも見得ず、その戦うや八左衛門は流汗滝のごとく、気息奄々懸命の奮闘であるが、家族の目にはその前に人ありとも見えず、ただ一人の八左衛門が刀を揮うて狂い廻るばかりであった。この事たちまち一藩の噂となり、ついに左衛門佐直純の聞くところとなった。

直純大いに喜び、明日の勝負こそ見物なるべし。吾も八左衛門が健闘ぶりを見んかと言い出した。老臣よりの沙汰を受けた八左衛門は躍り上がって喜んだ。君前の勝負勝たでやはおくべきと、夜の明けるも遅しと門外の広場に立ち出て、河童来れと待ち構えた。直純は近臣と共に群衆に紛れ込み、今や河童の来るかと待ったが、その日はついに姿を見せなかった。

その夜八左衛門の枕元に河童の来て言うよう、

「吾遺恨忘れがたく、汝を討たんとはるばる尋ね来て戦いを挑みたるも、汝の刀は高貴の方より賜わりたるものにて、その威光に打たれて近寄りがたく、半日の悪戦もついに汝を討つこと克わず。今日はまた貴人の来るありて、吾には不利なれば戦わず。かくては所詮吾が存念に及びがたし。今は恨みも忘れたれば明日蓮池に帰るぞ」

と掻き消すように立ち去った。目覚めて八左衛門残念に思いたれど、いかんともすることもならず、翌朝この由を老臣まで申し出て、再び河童の来るまじき旨を述べた。恩賜の包国はその後異名を有馬包国と号して珍襲したという。定めて子孫に伝えられたものであろう。

包国の作柄は音無の文珠に詳記した（編者註　本書には未収録）。この鍛冶は元は大和手掻の住人で、徳川家康に抱えられて駿河に移り、駿河文珠と称した名工である。のち紀州公入部のとき随従して紀州に移り、南紀住重国と改め、新刀鍛冶中の巨匠である。

妖刀記

大河内常平

一

終戦を翌年にひかえた頃ともなれば、人々の心には覆いがたい不安と倦怠の色が漂い始めていた。そういった悲愴（ひそう）な空気に、私は、夜逃げさながら、千葉の海浜の村へ疎開し、当分は東京へは帰るまいとずるい根性を起していたのだった。

その村の村長を、十年以上もしていたことがあるという温厚な興蔵爺（じい）さんの屋敷はたしかに、孫娘のさだちゃんと二人暮しの家屋としては広過ぎる程なので、たちまち離れの一棟を借りられることになった。

ところが、突然この村の海が入江を構成する地形のために、戦争末期に泥縄式に矢鱈造りをした海防艦の碇泊地と化してしまったのである。

しまった！　ここはそういえば要塞地帯だった！　と考えなおしたのも束の間、遊休家屋の調査があって、この家には部下に軍用行李を運ばせた海防艦長の少佐殿が、私と同じ離れの隣室に泊ることになり、

「自分が野々正己です……なにかとお世話になります……」

と、簡潔な軍人らしい挨拶をしながら、略章で飾った軍服に短剣を吊った姿を見せ、ところもあろうに私の隣室に住まうことにきまって、水兵が雑巾がけをした見違えるような床の間に、海軍外装もいかめしい反りの強い日本刀を取り出し、塵を払ってうやうやしく安置した。

「あなたはお軀が悪いそうで、……私にもあんたくらいえらく年の違う弟がありましたが、胸を患って死んでしもうた。……何よりも病気は養生が大切です。あせらんとね……」

などと、いがいに親切な人物で、私の疎開の言いわけを真に受け、海防艦から惜しみなく缶詰や食品を運ばせ、当時民間では入手すべくもないにぎやかな食膳をもうけ、ニューギニヤ土人の去勢の奇習や、海の愛嬌者の海豚の話をして無聊をかこっていた私をたのしませたりした。が、こと戦局に話題がふれはじめると、ふっと外らすのがつねで、まして自分から話すことに到っては断じてなかった。

そんな話になりだすと、ふと、言葉をきって、不機嫌におしだまってしまい、床の間の、武人だった祖父が熊本城で有名な谷将軍から贈られたという大村加卜銘の刀を手にとり、スラリと抜きはなって刀身に打粉を打って手入れをはじめたりした。

「おらあいやだあ、あの艦長さん、ほかの艦の人からとても恐がられてんのよ、とても、はあいばってて、あんともかんとも負えねえんですとさ」

見るからに健康そうな頰の赤い、お臀の大きい、田舎娘まるだしのさだ子は、いつもこんなことをいって、みょうに少佐とはなじみ切れぬらしかった。もっとも彼女は、近所の寺に泊りはじめた少佐の副長をしている、本多大尉と、たちまち噂を立てられるような仲になって、やれ二人で夕方、裏の大坪山に登ったままなかなか降りてこなかったの、はてはまことしやかになんやらの現状を見たという作男まで現われていたほどだったから、身近い野々艦長の存在が、煙たかったのかも知れない。

まことに野々少佐は典型的な武人でいつも口癖のように、

「軍人は死ぬことが本分ですよ。……死ねばええ、ただ、その死に方ですよ。……」

と、己にいい聞かすみたいに呟き、

「死ぬことが本分なんだよ」

とくりかえしていた。そんな時には、かねて兵からも聞いていた通りの、彼の祖父が谷干城将軍の参謀をつとめていらいの谷将軍への心酔のほどを示し、その言行を賛美した訓示を部下に与え、自らも自戒する、といった冷厳にして信念的な帝国海軍々人の姿しか見受けられなかった。

二

戦局の悪化にともなって、夜半に眠りをさました私の眼に、机に向って地図様のものを拡げて何事か案じている艦長の緊迫した顔が望まれることも、夜明けまで書類をめくる音がきこえることもあった……。

また、きちんと端座してじっと手にした日本刀の刀身を電光をとってすかし見していることもあった、それは

「死ぬことが本分なんだ。……」

と愛刀にいいふくめているみたいな愴絶な光景の展開ではあった。

そんな夜があったかと思うと、二、三日帰ってこぬ時がつづいた。もちろん、その時は村中の下士官、将校がいつしか消えた。この突然の出航から、特に酔が廻って（まわ）いるらしく、高らかに黒田節を吟じつつ帰ると、今どき珍らしいウイスキーの瓶や、ホープの缶入をほうり出して、

「君、飲めや、ああ、今日は飲みすごしたなあ……」

と、高笑いしつつ独りごとをいった。

私が陽気さにつられて読みかけの本をとじたそのとき、暗黒の庭をへだてた母屋で、何かさだ子の悲鳴ににた叫びがしたように思えた。

「おい、どうしたんだい？」

「はあ、今さだちゃんが……」

いい終らぬうちに、再び、今度は明瞭に救いを求めているのが尾を引いて耳をうった。

「何かっ！」

さっと身を起した少佐が、鋭く声を発して矢庭に土間に飛下りてゆく。

「やっ！……こりゃひどい、おい君、さだ子さんが殺られとるぞ、誰か見んかったか？」

屋内に突込んだ少佐が呶鳴りかえしてくる。混乱し、はげしく動悸する胸を必死にこらえてうかがう闇には、何の人影もなかった。

「山に逃げたな！　君、動かんで待っとれ！」

ぱっと小走りに引返して懐中電燈を持ってきて、私に持たせた少佐の手には、がっしりとした大型のピストルが、引金に指をかけたまま無造作ににぎりしめられていた。恐怖を呼ぶ一瞬！　だが、艦長は陸戦兵科の隊長を勤めたことがあるといわれるだけあって、恐れ——といった風情は微塵もあらわさず、牛のように豊かな肩をかがめて物蔭を窺いながら、裏山の方向に畠を踏みしめて登りはじめる。

「何とかして、人を呼ばんことには。……」

こういって右手を虚空に高々と挙げ、手にした拳銃を、正確に間隔をとって射ちはじめた。

ズバン！　ズバン！と冷えた夜気を揺るがす銃口から閃光が走るごとに、ぐいと延ばした逞しい太い腕が、空を突く実弾の反動にがくりがくりとまがる。ふたたび静寂をとりもどしてしんと静まりかえった夜霧のかなたに、やがて微かに反応があった。

少佐は悠然と家にとってかえして井戸で手を洗いはじめる。きっと屍体に触れて血痕が附着したのだろう。――提燈を灯した村の人々にまじって、顔見知りの上等兵曹の姿などが慌しく馳けつけるまでには、そう時間を要しなかった。

翌朝、少佐がいつもの通り早朝に出勤してしまったために県の警察部の幹部が到着してようやく本格的な実地検証にはいると、参考人としていろいろと調書をとられたりして、朝食もろくろくとれぬ有様になってしまった。

現場は明らかに一見して物盗りの仕業とわかる程に、押入の戸は外れ、箪笥の抽出は全部下から順に巧みに明け放たれ、畳の上にはさだ子の衣類や各種の通帳が一面にとりちらされて、踏み込むすきもないくらいに乱されつくしている。とつぜん帰宅したさだ子と顔見知りであったため、殺害し去らざるを得ないはめにおちいったのだろうと推定された。

「もっとも、被害者の年恰好（としかっこう）からみて、情痴沙汰の挙句ともかんがえたい所ですがね」

渋沢という捜査課長はこういって、ふと言葉を切った。

興蔵爺さんはちょうど海辺に近い畠が、野荒らしに荒されてしようがないので見張りに行き、誰かが悪戯（いたずら）したらしく、砂地を幸い楽しみに畦（あぜ）に植えておいた二、三本の、葉の大きな芭蕉の木が切り倒されていたのが気掛りになり、つい丹念に見廻って折悪しく不在だったためにこの悲劇を招いたのであった。

半狂乱になった爺さんに、あまりに無残な姿であるので強引に会わせなかったというさだ子の屍体は、母屋の囲炉裏の横に投げ出されたように横たわって、軽い屍臭を発しはじめ、眼球は半ば萎縮して生気を失い、どんよりと透明を欠いている。鈍器で頭を割られ激しい裂創をのこし、頭皮が剝離して頭蓋骨が露出して見えるほどであって、見る人の目をおおわしめた。

「みょうなことになるなあ、……あなたは艦長さんから最初に目撃した屍体の具合が、ちょっと変だったなんて聞きませんでしたか?」

鑑識課員と、不審気に何かささやきあっていた渋沢課長が、ふと私にたずねる。

「いえ別に、で、何か?」

「驚いたことに屍体がこれに引掛けられて、逆さに吊り下げられとったらしいんで……」

「えっ!」

私は驚いた。そんな奇怪なことが考えられるであろうか。課長の指先は大きく造られた囲炉裏のうえに、天井からさがっている、今は使用していないためか目の高さほどで止めてある自在鉤の先をしめしていたのである。

自在鉤の先がなにか大きな荷重を受けたらしく曲っていて、またさだ子の帯にちょうど鉤に掛けられたためらしい、寸法のいっちする綻びの跡があって、おびただしかるべき出血の大半が囲炉裏の灰のうえに落ち、灰に黒々とにじみこんでいるというのである。

「大体こんなひどい頭の割られかたのわりに、部屋に附着している血痕が少なすぎるんですよ、それにこの灰をごらんなさい。凝結しない前の血液は滲透し易いから、あまり目立ちませんが、ほら、こんなですよ」

と火箸の先で灰の面を突いてみせる。灰は、すっかり血にこわばって、血塊みたいに剝れる。

「いいですか、驚かんでくださいよ、それにどうやら逆さ吊りの屍体の頭から流下する血を容器で受けたらしい……」

なるほど、囲炉裏の灰の真中に、円い跡が残っていて、その正しい円形の内側は容器の底に押されて平にならされているではないか。

「どうです。変に怪談めいてきましたが、生血を採ってなにか因果な病の薬にでもしたんではないですかな？……そういえば、あなたはご病気で疎開しとられるそうで……」

「と、とんでもない」

私は課長の悪巫山戯にぶるぶると身震いした。と、そのとき、ふと私の胸にある思いつきが閃いた。たしかにあの大きさは、……

「渋沢さん、その容器は缶詰の空缶じゃあないでしょうか」

「空缶ですって？　こんな大きいのがあるのかな？　とすると相当でかい奴になりますがね。……」

この点、私の勘は恐ろしいほど的中した。離れにもどって持ってきた海防艦から少佐が時々運んでくる、海軍軍需部の刻印の入った大型な二拾封度缶の底が、ぴったりと灰上の跡に合うではないか！

「ううん」と呻いた渋沢課長は眸をかがやかせて、

「ありがとう、えらい参考になった」

といって、ずしりと重い缶を取り上げると、海軍軍需部の刻印を見つめ、

「へえ、これが大和煮ですかい、豪気ですなあ……」

と、羨しげにゆすぶってみたりしてから、

「実はね、この血の一件は奇妙ですが、村の者のうわさによると、だいぶ、本多とかいう大尉さんとおあつかったそうですって？」

とたずねてくる。私は、すぐに返事を与えることができなかったほどに、その手早い調査ぶりに感嘆した。

「……何としても軍関係が臭い。これは大分厄介になってきましたな」

渋沢課長はたちまち憂い顔に沈んでしまった。戦時中の軍関係の犯罪調査は、しばしば幾多の障碍を招きがちであったからである。しかも、要塞地帯内において、たとえ内地の領海であろうとも、戦闘行動についているものとみなされ作戦の一端をおうものと解釈されている海防艦の乗組員のうちに、兇悪犯罪の容疑者をみとめたとあっては、その断定経過をしょうさいにして現地区憲兵隊、ひいては中央の軍令部の認定をあおがねばならなかったからであった。

「弱ったことだねえ、へた失敗ったら、進退伺いどころじゃあすみませんぜ」

浮かぬ口吻の渋沢課長は、すでにして困難をよそうされる犯罪捜査の行方をみつめるかの

ように、むなしく天井からたれている自在鉤にしばし不安の視線を向けつづけるのであった。

三

以上の経過をへて、夕方には千葉医大で解剖をこころみるために屍体が運ばれ、ようやく現場はかたづけられていった。

悪質、の破傷風を足部からつけたために、特に休養をゆるされたという上等兵曹が、びっこをひきひき、命令により、一週間ばかり出航せねばならなくなったむねの、野々少佐の伝言を伝えてきた。

「どちらへ出航されたんですか?」

「いやたいしたことはないです。でなけりゃあこんな怪我ぐらいで静養など頂けません。ちょっと、鶴見の造船所まで艦の塗装修理に……」

ここまでいってから彼はしまった! とばかり頭をかいて、

「……なんていっとったと艦長にいわんでくださいよ、防諜のやかましい方だから。……移動先なぞ口にしたら、それこそ軍人精神注入棒で張倒されちまいまさあ」

などと苦笑しつつ帰っていった。

離れにきて休んでいた渋沢課長は、下士官が帰ると、疲労しているらしく、土間からあがって、物珍らしげに少佐の部屋を見渡し、

「ほう、えらくがっしりした軍刀ですなあ、二尺、三、四寸てなとこですね。……拝見してもよいでしょう？　私は道具物が好きでしてね」

と、鑑定にも相当こったことがあるらしく、手を延べて一礼し、軽くおしいただいてから、いつも少佐がする通りに捉正しく抜きはなった。

「立派ですな。三百年ぐらい。……新刀の古いところでしょうなあ。……すごい乱れ焼刃だ！」

「たしか、加卜とかいう銘だそうですよ」

「ああ、そうですか、大村加卜ですね。越後の、……いい出来だ！」

課長は讃嘆の声をおしまなかった。軍刀にするのが惜しいぐらいで、加卜としても至高の名作だというのである。

「それに、とても手入がよいですよ」

「野々さんは、本阿弥の鑑定免許を持っておられるほどだそうですから、大切にしておられます」

「え！野々？　本阿弥さんに鑑定を習ったんですって！　じゃあ艦長は野々正己という少佐の方ではないですか？」

「ええ、そうです、ごぞんじで？……」

「もちろん知ってますとも、水交社の軍刀のかかりをしたりなんかして、まあ海軍では一番の目利きでしょう。ほら剣道の達人の中山博道さん。……あの人と試し切りをなさるところを見たことがありますが、凄かった、……あの人達のは試し藁どころか、鉄板や鋼の棒切れなぞをばりばり切り落して、それを曲ったり折れたりするまで徹底的にやって、現代刀を試めすんですからなあ、海軍御用の刀匠にはふるえられてましたよ」

「そうでしたか……」

私は今更のように少佐の比類なき、猛々しさ、たくましさにふれる思いがした。

「普通人じゃあ、この日本刀の長さでは、とても使いこなせませんからねえ」

こういってから、急に不審気な顔になり、

「あの被害者のお爺さんが、たしか畠の芭蕉を切り倒されたとかいってましたね。……」

「ええ。……」

「……もしかすると野々さんが試めしたんじゃあないでしょうかね、芭蕉は試めし切りの好資材なんで有名なんですが……、ほら熊本城で有名な谷干城という人があったでしょう？」

「そのことなら私ゃ知っています。少佐の祖父とかが幕僚をされたとかいう……日頃お得意の……此の刀も谷さんからの拝領もんだそうですよ」

「な、なんですって？」

たちまち課長の顔面がさっとかわり、かすかに驚きに痙攣（けいれん）した。

「野々さんが谷将軍とそんな関係が？　じゃあ間違いない、野々さんが切ったんだ！」

私も驚いた。無断で畠のものを切り倒したりする人とは考えても考えられなかったからだ。

渋沢課長が興奮して語るところによると、谷干城将軍は刀剣界においても至高の存在で、歴史の久しい権威のある「中央刀剣会」の初代会長であって、有名な逸話として、乃木将軍も出席して試めし切り大会を会長の自宅でおこなったとき、用意の豚の胴を乃木将軍がみごとに一刀のもとに切り落して自慢すると、会長が微笑しながら「豚畜生を切っても武人の体験にはなりません、これにかぎりますよ」と云って、自ら庭の芭蕉を掘り起し、水分を含んだ根部を試めしつつ、昔の武士は陣中の無聊を紛らわすために争って芭蕉を切ったもので、人体の抵抗と同じで、且つ人間の首をはねる音響と何等差がないのだと古文献を示し、パサッ！　パサッ！　と切りはなって興をそえたことがあるのだそうだ。

「……それで野々さんも刀の鑑定好きになったんだな。村の人がなんで芭蕉なんか切るもんですか……」

鞘におさめられたまま手にした刀を、再び見詰め始めた課長の緊張した面が、ほのかに上気したまま動かない。煌々たる黒味をおびた刀身に、怒濤のような白い大乱れの刀紋が荒れ狂っている。それは海軍外装をほどこした、美しい鞘の輝きとともに、逆巻く大海をしのばせる迫力があった。

「この大村加卜という刀鍛冶は、凄いんですよ……なにしろ妖刀造りで有名ですから。……」

加卜の作刀は日本刀史上無双の業物として、喧伝されていて、古来、牛頭を断ち、兜を割る、……と称せられたのだそうだ。

「それにね、私は一般に知られている貞享元年版より拾年ばかり前に、加卜の書いた『剣刀秘宝』の下書を秘蔵してるんですが、まったくあんな凄い研究をすれば、大業物にもなると思いましたよ」

その文中には奇怪な記述が多く、「女子ノ生血以テ焼刃渡セバ、無比ノ大業物出来ルナリ。サレド女モ陰タルニヨリテ、女血以テ剣打ツモ、穢レシ血使ヘバ星ノ精ト化シテ飛焼刃トナル、是ヲ所持スル者、亡ル也。飛焼刃ハ、吉凶ノ伝ニモ大イニ忌ムナリ。……」などとあるそうで、あまり興味深いので課長は完全に記憶しているほどだった。

「へんなことになってきましたねえ、じゃあまるでさだちゃん殺しが生血を絞ったらしいのと妙に一致してきますね」

「実は私もそんな風に考えてみましたが、まさかねえ、野々さんが誰かに命じて血を汲ませたとしても鍛刀する暇も……大体、鍛錬することまでもは知っておられないでしょうし……あんまり取越し苦労の過剰推理は止めにしましょう」

さすがにここまで云って苦笑をもらした課長が、ほっと溜息をついて刀を収め、床の間に戻して母屋に引揚げてから……約、二時間もへたであろうか。はたはたと足音が近づいて、突然、鋭い課長の声が起った。

「もしもし！　もう寝ましたか？」

あわてて、着物をひっかけて出てみると、かすかに笑をうかべた顔が闇に浮いていた。

「一寸前に、伝五郎という漁師からとどけがあって、盗品が浜辺で掘出されたんでね」

「……何ですって！　掘り出されたって？」

「そこなんです！　問題は、……まあ見にいらっしゃい！　強盗の仕業らしく見せかけて、盗品は処置に困って埋め込みやがったんですよ。……直ぐ海岸にもゆきますから」

物に憑かれたおもいで後を追って母屋に入ると、瞬間、魚の臓腑にもにた屍臭の名残が、ぷんと不快に鼻をついて戦慄の冷気がみち渡ってゆく。渋沢課長はこんな空気には馴れ切っているのか、平然として制服の巡査のとり巻く中で大きな包みを開きはじめた。

成る程、海浜で発見されたというだけに、砂まみれになったさだ子の衣料……中の二、三枚はたしかに見覚えがあるのが出て来て、その中程には重なったままの現金さえ挟まれているではないか！　専門外の私にさえ、物盗りは犯行の偽装で、実の目標は何かほかにあったことが明瞭に推定される。

恐ろしさのうちにも湧き上る好奇心を覚え、海岸まで同行を願い、ひたひたと田舎道を歩んでゆくと、やがて潮の香をともなって静かな波音が聞えはじめ、次第に大きくなって海岸へ出た。夜目にもたちまち視野が拡ろがって、珍らしく艦艇のいない黒い海の面が、佗しく懶くのたりのたりとうねっているのが望まれた。

波にうち寄せられた貝殻や海藻をふんで磯の香に吹かれながら、課長はなぜか約百米おきに、間隔を保ち、時々砂の上にかがんで砂を一握りぐらいずつ穿ち、服やズボンのポケットの中に無造作に入れはじめた。やがて案内の巡査によって、漁師の伝五郎が焚火の光で足元の赤い毛糸に気付き、物珍らしく思い、たぐって掘り下げ、偶然にも盗品を発見したという、砂丘に到着した。

課長は周囲を丹念に調べてから、意外に深い掘り跡に入って、穴の底部を指先でふれたり、マッチをすって内側をみたりしてから、再び砂を採り、特に大切そうに、ポケットから出した新聞紙に包んで砂浜へ上り、靴を脱ぎ砂をはたいて履きなおすと、

「よし、明日の一番で上京するとしよう」

と、意味ありげに微笑し、こうこうたる月光を背にゆっくりと帰途につくのだった。

四

翌朝、まだ昨夜の星をいただくうちに上京した課長は、両国から省線にのりかえ、新橋で下車して水交社の階段を上っていった。

「どちらへ行かれるんです?」

何度目かの不審のたずねに、ただ、黙って笑っていた課長が入室した広間は、なんと海軍省後援の現代刀展覧会場であった。役員室に入ってゆくと、いっせいに掛員が挨拶しにくる。どうやら刀剣界では有力な存在らしい。

「野々正己少佐は近頃お見えになりますか?」

「はあ、ちょいちょい、ついきのうも、……」

「ほう、そうですか、で、野々さん、誰か刀匠の方に頼んで新らしく軍刀を造ったりしておられますかね?」

「……よくご存じで、……杉本秀宗さんに陸戦を近々やるからと云われて、熱心に注文をつけておられましたよ」

課長の顔がさっと上気する。

「……では会場を拝見させていただきます」

こう云って、備前伝、相州伝等の各派が入り乱れて技を競う現代刀匠努力苦心の名刀群が、煌々と輝き陳列してある中を、丹念に目録に合せて見廻っていたが、関伝の名匠渡辺兼永師の孫六風な小丁字乱れの刀の横にあった秀宗の刀を発見すると、快心の笑みを浮べてかがみ込み、我慢強い蟇蛙のように懸命に細部に渡って観察し始めた。

「君、これですよ、……去年までは古備前長船写しの気品のある名刀を鍛えてたのが、今年の前期展からがたりと姿が落ちて、そのかわり試めし切りの部で物凄くなりだしたのはなにしろ昭和虎徹と云われた小宮国光さん以上に物切れし出したんですから、……この姿と乱れをみてごらんなさい！　誰がみたってあの大村加卜そのまんまだ」

と云う課長の顔は湧き上る興奮に上気していた。それから説明を加えるところによると、課長は賢明にも、さだ子の盗品に附着していた砂が、黒々とした刀匠の求めて止まぬ良質の砂鉄粒をふくんだものであることを見抜いて、昨夜私を驚かせたように海岸の砂を各所で採取して分析したところが、あの穴は砂鉄脈にあたるほかの地点と比較にならぬ純度の高いものと判り、鍛刀のために砂鉄を採った跡に盗品を処置したとする推定が確定視されるに至ったのだと云う。加うるに、念のため調査した芭蕉の切断面は、鋭利な日本刀をもって試みたと断ずるにたりるものであったと。

「血液を、さだ子から採ったのも大村加卜の秘伝を狂信的に真似るためでしょうよ。とんだ野郎達だ！」

課長の眸がきらりと光る。無知な、信仰的な者にあり勝な刀匠と、艦長の恐るべき異常さは、ついに罪もない女性に対し、兇悪な犯行を遂行せしめたのだ。そう云えば兇行の当夜、野々少佐はたくみに私を身辺から離さず、さだ子の変死の直後を目撃させなかった。

裏山の下まで私を移動同行させて、一瞬、物蔭にかくれて姿を忍ばせた犯人、恐らくは秀宗という刀匠が再び現場に戻って、生血をとる余裕を計画的に与えたのだろう。そう云えば強烈なウイスキーを、さあ飲め！　とばかりに食卓において、さかんにすすめたのもこのためであったにちがいない。

役員室に戻った課長は、役員徽章をつけた紋附に袴姿の刀匠らしい人物から、秀宗が急用が起ったとの口実で、明日おこなわれる海軍次官自らが伝達する業物の部優賞刀匠への海軍大臣賞授与式に対して、代理をたてて帰郷したことまでをもたしかめることができた。

「畜生！　帰郷どころか、どこかに隠れ込んで、野々少佐の軍刀を鍛錬していやがるに違いない。あきれはてたもんだな」

課長は水交社を出ると、そう口惜しそうに呻（うめ）いてから、少佐はさておいて、民間人の秀宗をまず指名手配する決意を語るのだった。

だが必死の捜査にも関らず杳（よう）として、容疑者の手掛りはなく、むなしく日数がながれ、関係官はいらだちはじめた。

「……千葉医大から解剖の結果がきましたが、意外ですなあ、あのさだ子は姙娠二カ月だったそうですよ、……多分例の本多とかいった大尉の子供でしょうが、……するとですね、加トの云う『穢レタ血』てなことになって、そんな軍刀を使った所持者は、その呪いを受けて、死ぬことになりますかな」

などと冗談めいて話す課長の顔には、ありありと苦痛困憊（こんぱい）にゆがむものがあった。

ところが、ある日の朝、水上警察より秀宗の死体が、浮游物の多い月島埋立地沖の潮流に浮上していたのが、ダボ鯊（はぜ）を釣っていた子供たちにより発見され、その屍体はなんと、日本刀ようの兇器で一刀の下に切り捨てられたと信ぜられる無残な袈裟切りの裂傷をしめしており、右肩より左脇下に深く引きはなたれていた旨——報告があった。

知らせを得て急行した渋沢課長は、検屍官とともにその凄まじい美事さに、思わず驚嘆の声をはなった。

この潮流は既に推定されていた通り、しばしば行われた神奈川弁天橋の鶴見造船所における海防艦の艤装に乗じて、艦長の職権を利用したくみに海上より秀宗を兇行現場に到着せしめ、再び翌朝の出航によって帰京させたとする推理を裏づけるに十分なことに、弁天橋沖の海流の延長をなすものであることも判明した。恐らくなにかの用にかこつけて再び碇泊中に呼寄せ、殺害し去ったのだろう。

「よく、やった手ですよ。昔、武士がね、……寛永年間の名工繁慶の死因がそうでしたが、注文しておいてからに、意外の名刀が出来るともっと良い刀を造るといけないなんぞと考えて、その打ち上ったばかりの注文刀で、矢庭に切殺したりしたことが多いんです」

渋沢課長はそう説明し、まさかそれ程ではなくともいかなる場合に秘密が漏洩するやもはかりがたいと思って、日本刀の焼刃渡しの終了を待って、まさか月島沖に漂流するとまでは考えおよばず、呼び出して、やにわに人身にかけて切味を試めしたのだろうと附け加えた。

最早鍛錬の終った刀身に、焼刃渡しの「土とり」さらに「火入れ」「研磨」を行って、略式外装を施すに要すると思われる日数は、既に秀宗の腐爛死体を七日前の死亡と算出しても、さだ子殺しから、十分に経過している。……野々正己少佐は、この快心の新作刀、正に快心の妖刀を持して何処で何をおもうているのだろうか。

五

最早、かかる重大局面に到達しては、そしてかくも歴然たる以上！　一刻も躊躇（ちゅうちょ）することを許されない。課長は千葉県警察部長の名において、地区憲兵隊ひいては、軍令部にその処置につき裁断を仰いだのであった。

だが、その結果は意外であった。すでにして、野々正己少佐は中佐に特進し、陸戦兵科に転じて、硝煙たなびく末期的な決死の死闘がくりかえされていた南方戦線に、大命を拝して出撃した直後であった。そしてその万死に一生を得た帰還あるまでは、極秘の事項として公表せざるようとの軍の意向も伝達された。

嗚呼、今にして思えば、野々中佐は、今日あるを予期して、もとより生還を期せず、――無双の名刀を渇望していたのだ。そのためには如何なる手段も選ばなかった狂信的な彼。

――それは真一文字に死に向う者の姿だ！

終戦を目前にひかえた昭和弐拾年の初夏六月、海軍省に出頭を命ぜられた渋沢捜査課長は高級副官肩章も厳然たる軍令部第三局長より、南方戦線に於て、陸戦隊長としての野々中佐が、正に鬼神も哭（な）かしめる壮烈な戦死を遂げた由の通達を受けた。

更に、不十分なる、荒唐無稽な容疑の故に、忠烈なる武人の名誉をそこなうことなきよう、諄々と説かれるところがあった。

また、伝うるところによれば、野々中佐は黎明に決行された敵前上陸において、死を見ること帰するがごとく、つねに先頭に立ち、抜刀して深く戦陣に突入し、返り血を浴びて阿修羅の如く奮戦しついに発火点の機銃座を単身襲撃して大上段に切り下した日本刀の手元が狂い、驚くべきことに重機関銃の放熱片を切断し、弾倉を抜き、銃身の半ばに達する凄絶なる大業物の跡を残して戦死したという。

その刀は、その時の物凄い衝撃のために、切先より三四寸の物打から脆くも折れ去ったとも伝えられている。

これは大村加卜の説く「穢レシ血使ヘバ……是ヲ所持スル者、亡ル也。吉凶ノ伝ニモ大イニ妖（あやし）ムナリ」との、不思議な予言を裏づけるものとして、……伝え聞いた私は妖刀の恐ろしさに、心からなる戦慄を覚えざるを得なかった。

今だに思い出す。「死ぬことが本分ですよ」と、常々口にしていた野々艦長の言葉が……或は鬱蒼と生え茂った蒼色濃厚な何処とも知れぬ熱帯植物の、微風を誘う葉のしじまから、或は海軍の儀式にのっとって水葬されたものとすれば、色彩の毒々しい珍魚のたわむれる海底の奥底より、青葉に被われ、藻の如く揺れ、微かに微かに聞えて来るような想いをともなわせる。

その度に奇怪にも私は、なぜかしらとどめ去ることの出来ない、信念に生き、狂信に殉じた中佐への、旅愁にもにた耐え難い情を、身にしみてひしひしと胸に覚えるのだ。

妖剣紀聞

泉鏡花

前編

一

花は、何んだと言つて、花に嫌な花と言ふのはありませんが、私は幼い時から、杜若の花が大好きです。金屛風に活けたのも、園生の池に咲いたのも、いづれ撰好みをする事はありませんやうなものゝ、田の野川、麓の小流、丸木橋の袖などに、ひとり紫の色も香も包ましやかに、はら〳〵開いたのは、一寸した旅や、野掛の道などで、ふと逢ひますと、水は浅くても淀むで居ても、深く忘られぬ馴染のやうな気がして、其のまゝには通り切れず、何んとなく視めて居るうちに、可懐いやうな、床いやうな、そして小児に返つた気がして、嬉しい中にも、もの寂いやうで、涙ぐましいまで、暖かな日も身に沁みます。

其が、此の頃、此の話を聞きました。――其の中に、あり〳〵と其処に咲いて、目に見えるやうな杜若があるのです。五六軒、賤が伏屋とも申すべき一廓の小家の前後に、門背戸を静に流れる細い水がありまして、一瀬颯と玉を散らして灌ぐ処、其の杜若に対して、若い、美しい、着痩せの、すつきりとした鳥追が彳むで居ます。――姿と景色に、胸のせまるやうな思がしました。かほよ花とさへ言ひます、其の由縁の色を、うまく写せますか何うか分りませんが――では、お物語をいたします。

――中にお化も一寸出ます、又かとおつしやつては不可ません――

場所は、現今の小石川関口の滝――去年あたりから公園に成りました――以前は大洗堰と言つた、あれから駒塚橋を渡つて、井の頭の、あの上水べりを、崖から目白台へ抜ける間道が、其の杜若が咲き、娘の鳥追が立つた処であります。

時は寛政の五年卯月七日の事なのであります。時節柄、降続いた卯の花くだしが此の朝さらりと霽りました。花紫の濡色も思はれる、お話も、すぐ其の場所へ参りたいのでありますが、間に少々道行があります。

扨て、雨は晴れましたが、夜霽りと言ふので、戸外は嚇と眩いくらゐな、それで居て何処となく、しつとりして、日向は少し汗の出る、些と蒸しますくらゐな陽気で。牛込赤城下から、鉄砲の組屋敷を、今の中里町へ掛ると、最う此の道が畷なのでありました。広々とした早苗の青田で、其の一方の奥に、小藪のやうに青々と茂つたのは茗荷畠。早稲田を掛けて目白の森が、ぼツと薄煙りに煙つて、大日阪上に午や、過ぐる陽の輝に、崖の土が薄赤う染まつたのは、やがて咲出でむとする躑躅の、行く春のなごりに思乱る、陽炎に又ほんのりと血を通はす、初夏の色であります。遠く視めても薄りと暑さを覚える、其処を涼しく彩つて、蒼空の下に翠を流すのは、音羽九町を見通しの辻の柳でありました。

中里の此の畷筋を、描いたやうに三個の人が通る。

一人は武家で、一人は道行を着た法体で、一人は小姓風采の美少年であります。武家と少年は足駄掛で、坊さん頭の就中脊の低いのが雪駄穿で、ちやらりと先達に立つた処は、状を変へ、姿を窶した、微行の弁財天と毘沙門天に、野幇間がついたやうに見えますが、何として、坊さんは、そんなのではありません。

其の坊さんが、前途に袖を開きながら、

「御覧ぜい。……田畠を見通しの、づ、と、あの、青んだ裡に、何となく水気が立つて、此の陽気ゆゑに、ふわ〳〵と靄が動くやうに見えませうな。あれが関口の大洗堰でありますよ。いや武蔵野の、それ、遁水と言ふ、昔の面影が偲ばれます。」

武家が、

「如何にも。」

と眉を展べて言ひました、言ふ人たちも、他見には、日影に映る遁水の、水田の縁を、薄靄に包まれて通るのでありました。

二

坊さんは眉の厳い割に、ふつくりした頬で、莞爾しながら、

「又、あれなる水気の中に、船を俯向けにしたやうに屋根が見えますな。あれが即ち水車小屋であります。豊島屋半兵衛と言ふのが、名代の箱樋を用ゐて、井の頭上水を引いて、水車の大きなのを繰りますが、此は見事ぢや。依て、何と、御代々の将軍家、公が御見物にお成り遊ばされますぞ。」

と眉を伏せて、一寸頭を下げましたので。

「は、はあ。」と武家が敬ふやうに応じます。

「水車あればこそぢや、粉屋風情が、冥伽に余ると言はうか、恐多いと申さうか、申すも難有い事で。ためにな、御成門を立派にしつらへて、此は不断、錠を下ろして注連を結ふでありますて。いづれ道すがらお目に掛けます。又些と間を置いて、五六本樹立の中に、堂の屋根が一つ見えませう。瀧本院と申して不動堂ぢや。瀧不動、瀧不動と言ひますよ。別当は、武骨な逞い修験ぢやが、矢張り斯の流儀を嗜みますので、なか〳〵話せます。御堂へも道すがら参詣して、庫裏で一服なども可うございませう。」

と話しながら中里の畷を行きます。道しるべに立つた扠て此の坊さんは、小日向水道町本法寺（浄土宗にて現存）の住職、後嗣に寺を譲つて、一時は石切橋辺の穀屋の庭内へ庵を結

んで隠居したのでありますが、売婦あがりだと言ふ、地主の女房の、成上りの、権高で傲慢なのと、湿地で小蛇が夥多しく、によろ〳〵と這廻るのに辟易して、当時は赤城明神の境内に閑居する、武城赤北真人前廓然尽十方庵大浄敬順老衲と此の人の書いた随筆紀行の類には長い名がありますが、他は、其の俳号の以風さんと呼び、陰では一煎さんで通りました。次第は――石州流の茶道に事実堪納で、自から別に煎茶の一流を立てた、名誉の隠居。春秋の野掛遊山を好みました処から、手提げに拵へた畳昆炉、これで到る処、池、川、井の水を汲んで、其の場で煎茶を楽む。また野蒲団と称へて、桐油紙と木綿を裏表に手製で粘つて、雨には合羽、晴には道芝に敷いて蒲団にして、腹這ひもすれば坐りもします。こゝで例の畳昆炉を開いて、一煎をいたす、（一煎をいたす）と言ふのが口癖こゝに於て、人呼んで一煎さん。

但し、遊歴の都度、興の趣くに従つて、旅店、茶店の襖障子、堂宮の欄干、柱などに、矢立を取出し、以風と名告つて、愚にもつかない発句の楽がきをするのと、宗門敵で、無暗に日蓮宗の祖師の悪口を吐くほかには、罪のない坊さんでありました。

或日も、連の差支で、一人、向島白鬚あたりを徘徊し、綾瀬橋の真中から、薬缶に細綱で中流を汲んで、此を携へながら、関屋の里の日向を選んで、枯野に唯一人の坊さん、即ち野蒲団に着と構へ、畳昆炉に仕掛けて、例の一煎。得意の花橘を舌の先に味ひながら、あはれ、友もがな、人の来よかし、一椀振舞はむと野道の前後を眗すと、ぽく〳〵通るものは、千住かへりの馬士か、葛西出の兄哥ばかり。唐突に呼び留めて、振舞はう、と言ふと、馬士は曳いた馬の腹を視め、兄哥は肥料桶の中を覗いて、もつけな顔で黙つて行く。

田舎まはりの飴屋を呼んだが、しかも不思議がつて行抜けるのを、立つて追はうとすると、「わい、狐ぢや」と此は音を上げて、飴屋の爺さん、遁げ状にどてん、と、いや、見事に転んだ。白蔵主は苦笑と言ふ数奇者であります。

武家は大塚玄之進、此は可なり知行高の越前の藩士。相連れた美少年は、其の小姓でも又侍の子でもありません。玄之進が贔負に引立て、居りました同国の住人たりし刀鍛冶の一人子で、高松清三郎と言ふのであります。父母ともに没して、たよりない孤児と成つたのを、玄之進が我が手許に引取つて、別に扶持するともなく、懇に世話をして居りました。其の少年を江戸勤に伴ふて東上したのであります。玄之進の心では、大都会に良き師匠を求めて、刀鍛冶の修行をさせやうではなくして、実は然うした美少年なのでありますから、宝生か、観世か、いづれか宗家に頼つて、弟子入させて、天晴れ、能役者に仕立て、やがて藩主の許に昵近させたい希望なのであつたと言ひます。此事は——しかし予め清三郎に旨を含め、少年も其の志で居たか何うかは、此の話の前後の模様ではよく分りません。大方は玄之進一人だけの胸中ではなかつたらうかと思はれる節があるのであります。

処で、玄之進も茶の道は同じ流儀に携つて、予て十方庵一煎坊宗匠と懇意な中でありましたが、月毎に七日の日は、赤城の其の十方庵に、話の会、と称へる集合があつて、花、俳諧の宗匠たち、武家方は固より出家、医師、当時の狂歌士、詩人、画師、書家などから、不思議な禁厭をするのだの、灸点屋もあれば、講釈師も居る、俳優も交つて、一日を睦じく茶を煮て話しくらすと言ふ催しでありまして、いづれも世間つきあひの広い人たち、屹度能楽の家元に知己もあつて、其から便宜も得られやう心づもりで、清三郎を引合はせかた〴〵、例日の今日、玄之進は朝から十方庵を音信れたのでありました。

掃除も届き、釜も松風の音を立てゝ、坊さんは早く客を待構へて居たのでありましたけれど、此の日に限つて、玄之進、清三郎二人のほか、誰も定連の訪ふものがなかつたのであります。

午に成りました、十方庵は午餉の振舞をしたのであります。再び話に花が咲いても、まだ立ち寄るものがなかつたので、久しぶりの好天気、垂籠めてばかりも曲がなしと、玄之進が、まだ大洗堰の風景を見ず、日白の眺望を知らないと言ふ処から、十方庵が案内しやうと、例の畳昆炉、野蒲団を巻いて手提げにして、やがて二人を導びいたのでありました。

坊さんが、手提を片手に背伸をして、

「あれに……水音が最う聞こえますよ。」

三

瀧本院不動堂の参詣。関口の大滝の見物を済まして、此の三人の一行は、やがて駒留橋を渡つて、草の土手に掛りました。

水は陽炎を流したやうに、のんどりと一条、動くともなく靡いて居る……まことに同じ水が、もと来た方へ僅少の距離で、忽ちあの大滝と成つて、一煽り轟と飜つて落ちて、すぐに江戸川に成つて流れやうとは思はれないくらゐ、もの静か。坊さんの手には吹消す風の憂慮のない摺火打があつて、玄之進もともに啣煙管で、――いつも坊さんの恁うした時の口癖の――（ふらめき）ながら歩行きました。

時に、此の道すがら話しかはされました話題と言ふのは、不動堂の法印が留守だつた事であります。修験にしろ法印にしろ、別当の用のあるのが出歩行くに何の不思議もないのでありますが、実は此の人たちに耳よりな事は、今度法印が思立つて、来る十三日の午から、十方庵のひそみに習ふ、話の会を、御堂の別当に於て催す筈で、遠方は文づかひ、近まはりは法印が、自から案内に廻つて、それ〳〵招くので、留守も其がためと言ふのを、こゝに年久い老僕の、形は皺びて、布子は古いが、キビ〳〵とした江戸前の口調で聞かされました。其が一つ。

……は可いとして、最う一つは、もの好でない限り、さして用のない処とは言ひながら、豊島家の大水車から掛けて、不動堂、大滝の水筋二三町、余りにもの寂しく、人ツ子一人通らない、参詣のものもなし、草も余所よりは丈のびて、水も暗いやうに見え、御堂の鰐口も淵に臨んで口を開けるか、と思はれて、森閑として人気勢もなく、裏へ廻ると、其の老僕が、みいらの如く椽の日南に乾びついて居ましたほどで。

例年は最う此の時節に成ると、滝口に垢離を取る信心なのが少くない。網で雑魚を掬ふものもあれば、水車寄の流には、婦たちの洗濯をするのが多い。小屋番がからかつて、水をかけ合ふ。繁吹もさゞめいて賑かなのでありますのに、何うした事か、と坊さんが、件の老僕に尋ねますと、其の時、眉を顰めて老僕の話しました事が、其から此処へ……歩行きながらの主なる話題に上りましたのでありますが。

堰の落口が二つに成つて居て、大滝小滝と言ひました。一条は巾一間ばかり、一条は三尺余り、高さ各九尺——勿論これは見物をして通つて来たので、当日は雨上りの濁水勢猛に、凄い音を立てゝ、水嵩も日頃に倍し、彳む足許を震はすばかりで、久しく見るに耐へなかつたと申します——滝が不動堂の方へ二三間落つる処に、並んで水底の穴が二個あります。大滝の下が大鉛盤で、小滝の下が小鉛盤で、毎年こゝへ引込れて溺れて人死が多いので、昔から堰口の魔所と称へる。……誰も知つて、恐れて避けるのでありますけれども、夏場は泳ぐもの、蛍に遊ぶもの、男女とも四五人は屹と命を落します。然るに、一昨年、去年と続けて、人死の数が激に殖へて、八九人と成り、今年はや水ぬるむ頃から今に及んで六人を数へた可恐しさ。水へ入る処の沙汰ではありません、岸を行くものさへ足すくみ目くるめく、と言ふのでありますから、卯月の白昼も幻の暗闇かと疑はれて、瀬に散る波も山茨の花白く、里の卯の花のこぼるゝ風情して、大江戸小石川水道町の町はづれが、直ちに深山路の光景を見せたのは無理もないやうに思はれるのでありました。

「話は半分とな、実は存じて居りましたよ。風説は聞かぬでもありませなんだが。」

と赤城の坊さんが、こゝに其の沙汰最中、改めて舌を捲いて申します。

「私方なども、薄々申伝へるやうに存じますが、現在其の場に立向ふて見もし聞きもしたので駭きました。」

と此は越前の国の住人、邸は常盤橋うちに住居する玄之進が応じました。……朝晴れに足駄穿で出向いたゞけ、此の方は赤城より人捕穴の風説も遠い。

少年は黙つて水を見ながら歩行いて居ました。黒小袖の紋着に萌黄の袴、蠟鞘の細身の一腰、と言ふ姿が、目白の崖下の草の汀に水際立つて、滝から、いや、其の水の穴から、抜出した、もの、精のやうに綺麗に見える。髪艶やかに色白く、眉の秀でた細面。

四

「川幅でも積られます。したゝかな大穴とも存ぜられんが、石瓦などで口を塞ぐと申す方角はないものでござらうか。」

と玄之進が言ふ下に、

「いや〳〵、其は既に試みました。」

「はゝあ、如何様、町々、或は講中の企てゞ。」

「なか〳〵然やうな軽々しい事ではありません。恐れながら御公儀に於て。」

「ホ、ウ、それは〳〵。」

「偶々御承知でもありませうが、先年此の小石川切支丹阪下の切支丹屋敷がお取壊しに成りました。其砌夥多い捨石を、幾輌ともなく車に積んで、あれから第六天、私が先住の本法寺前からづゝと曳出いて、此で大鉛盤小鉛盤を埋めたのであります。御公儀の思召は広大ぢや、三日ばかり続きました。車の通る町筋は豪い賑かで、祭礼のやうに提灯を点ける、高張を立てる、見物も夥多しく出でました。町家の小児たちは旗を振つて騒いだもので、誰が教へるともなく、旗には河童退治と書きました。私はまだ其の頃、石切橋に居たが、近所の腕白ものに頼まれて、河童退治、其の旗を戯れに認めますのに、河童、河伯、河太郎、妙でない、水虎の字を当てました、水虎退治。」

「成程。」

「何せい、公儀の御威光ぢや。さしもの魔の穴も、水面に装上るほど、切支丹屋敷の其の捨石で埋まりましてな、水は瀬となり、石に激して、親獅子児獅子の頭毛を乱すやうに波を立てた。私も現に見ました。不動堂の縁から、法印と並んで此を視ながら、御公儀のお慈悲なれば、魔所も今は神の庭、祭礼の舞台に舞を舞ふよ、と漫に感涙に咽んだのでありますが、何と其が、翌朝、二日目、三日目の朝には、夢のやうに波も消えて、石は欠片一つ影もない。二つの穴はもとの通り、黄昏時の藍瓶のやうに、静まり返つたのでありますよ。此の事は、しかし余り世上に沙汰をしませぬ。水虎が馬鹿にしたやうで、御威光にかゝはらうかの遠慮から、至極と思はれます。

　私も赤城へ越しました。

　此が一昨年、昨年今年と続けて、然やうに人を殺すと言ふは、魔の穴が、世俗に申す、面当をいたすやうで、何とも言語同断な儀でありますが、扨て、其にしては世上の取沙汰が割合に静なのは不思議なやうで、時々出会ますする法印までが、然ほどには話もいたさなんだが、何ふ言ふものでありますかな。まのあたり視て、余りの寂寞さ、一驚を吃しましたて。」

と、うしろ見られる趣で、早く渡越した駒留橋の、其さへ魔界を隔つ怪い横雲のやうな思で振向きますのと、ともに玄之進も誘はれて見返りました。

「いや御坊、其は恁やうでござらう。堂の留主番のあの老僕の口振でも察せられました。――きわどく、人の死ぬことを中立てるのは……一度穴をお塞ぎ下された、其のな、将軍家の御威光を饒舌るもの、口からも蔑にするやに相当つて、憚多いためゆゑに相違ござらん。しかし、其の中で、茶話の一会は、……法印一段の風流でござるな。」

「何か仔細がありませう、此には……」

と一煎坊は打案ずる体で、

「唯今の如き有様では、引続き参詣も絶えて、御堂とても立行きますまい。法印が催します会と言ふは、われら別懇のものを招いて、何か相談事かも分りませぬ。すれば魔ものを対手の事ぢや。丸腰長袖の輩は一同もの、用に立ちさうにもありませぬ。話をお慰みかた〴〵、あなたにも御参会が願はれまいか。」

「お邪魔でなくば、参りませう。お役には立ちますまいが。」

「いや〳〵お腰のものだけでも、どんなに心強いか知れませぬ。」

「彼処にお宮がございますね。」

と清三郎がはじめて言つた。立向つた崖の上には二株の大銀杏が、並んでスックと中空に高き石段を包んで聳えた、奥に、咲残つた紅椿を、ちら〳〵と、屋根に鏤めた森の中の祠が見えます。

「お、椿の宮。」

「神様は？」

「八幡宮。」

「氏神様。」

と俯向いて、掌に額を当てました。清三郎の臈丈けた姿を熟と視ながら、一煎坊は、うつかりしたのが偶と心着いたやうに、

「さ、此の阪を目白へ上ります。……胸突阪と申すが、御覧の通り、些と足駄では御難儀ぢや。」

五

処が、雪駄の難儀な事は、足駄穿のやうなものでは無かつたのであります。

「あれ〳〵。」

一煎坊は坂を抱くやうにして、腰で泳いで、

「あれ〳〵、此は辷る。」

「辷りますな。」

と玄之進も行悩んで、

「いや、どツこい。」

「どツこい、」

と拍子に掛つて、一煎坊が、ぱつちの尻端折に成つた時は、玄之進が袴の股立を取りました。此の方は一歩ぐらゐづゝ辛くも上るが、一煎坊と来た日には、

「これは辷る。」

辷るとばかりで、つるり〳〵と蛙股に脚を捻り、手を掛けずに足袋を脱ぐ軽業と云つた形で、雪駄を土に持扱つて、

「辷る〳〵、なか〳〵辷る、これは一通りでない。」

と汗を掻いて真赤に成る、と背後から、背中を圧さうかとする様に、ト然う思つたらしく立つた清三郎が、

「御坊様、私が背負をして差上げませう。」

「や、戯れを。」

と苦笑をしながら、

「背は低うても、私はこれ肥つた方ぢや。其の細りとしたのが、何として、串戯ばかり、其処どころではないて、どつこい。」と又辷る。

玄之進が横崖の笹の根に縋つて振向いた。

「背負ひませうとも、大丈夫。」

「ほう。」

「なりふりに似合はず、荒もので力がござる。……水泳などは、国表、九頭龍川の早瀬で鍛えて、宛如の河童……」

「あゝ、少時。聞いたばかりでも背筋の方が擽つたい。……扨は背負つても下さりやうが、其の足駄穿で何として。」

「はだしに成れば、仔細はございませんから。」と、澄ましたものでありました。

「何とも、何とも。」

藻掻いて辷る両足を踏留めると、其の志を頂いて手を上げましたが、

「御深切は忝ないが、法師が此の体で、真日中に此の阪を、あなたに背負はれて上つては、現世にあるまじい稀有な形で、目白台が魔の穴に成りかねません。ほう、いや、玄之進どの、案内者の不調法、申訳もありませぬが、直き此の路の傍に間道がありますよ。其を参れば仔細ない、楽々と参られます。御苦労ながら、阪下へ一度お引返しを願ひませうかな。」

清三郎は流る、やうに、最う衝と下りました。

玄之進とても、身体のあがきに振抜くまいと、刀の柄前に手を掛けつゝ、願はくば抜いて切つて竹の杖でも拵へたい処なので、一議のあらう筈はありません。

「辷りましたな。」

「すべりました。」

二人は吻と息を吐いて、此から、もとの土手を、崖について、小半町あとへ引返すと、小

溝の流に一本橋が、一寸一跨ぎに架つて居ました。此処が所謂間道なので。渡つて入ると、口元は狭く、内拡がりの一廓。ぽつとほてるぐらゐの日当りの赤土で、鰒貝のやうな形のなだらかな窪地で、草処々、縁は浅く、奥は崖を築いて樹林がこんもりと高い。其処を抜けて目白台へ出らるゝのでありますが、其の周囲を環取つて、左に四軒右に三軒。

海辺だと絵に描いて、蛤が煙を噴きさうな茅葺の矮い小家がありました。いづれも非人小屋、ゑたの住居なのでありまして、唯これだけを、こぼれの宿とも呼びました。果敢さは斯る日南の中にも、北南いづれも、陰に成つて、家は穴のやうに薄暗いのでありますが、背戸から軒下を繞つて小川が流れて居ます。上水のあまりではなく、目白台に湧く清水を、次第に引いて落したので、彼方此方筧を渡したのは、此を飲水にする事と、すぐに頚かれるのでありますが、二ツばかり、何にするともなく、一抱、五月幟の飾のやうな水車を仕掛けましたのは、将軍のお成さへあると言ふ、近所のあの水車を見やう見真似に、小供たちに慰みに見せるか、大人が楽むか、いづれにも、其の時代の人情では、狐狸が、なまじゐ人間の真似をするやうで、ものゝあはれが見えつゝも、ぎしり〳〵と切歯をするやうに寂しく廻つて居たのであります。

が、此処の事で——

清い流に二三輪、はら〳〵咲いた杜若。花の紫は、薄萌黄の葉ながら、根の霞に黄金粉を刷いて、堆く、美しく見えました。

最早や鰒貝のものではありません、此の景色は、御殿の大奥に、弄ばれた貝蔽の土佐の極彩色に似て、伏屋も玉の台であります。

其の何の家も、仙人のかくれ家のやうに、日中、寂寞として居ましたつけ。

気勢がしたので、戸口に鍋釜鋳掛もの、直しの荷のある、土間に向つて、一煎坊が声を掛けました。

「あ、これ〳〵通るよ。……胸突阪は雨上りで、如何も辷つて歩かれぬ。通るよ、御免よ。構内を通るよ、此処を通して下さいよ。」

「はい。」

と声さへ、紫の面影立つ、薄暗い土間に居て、ほんのりと面皓く返事をしました。……出家の姿も見えながら、いづれ世にある三人に、身を恥ぢて、はなじろんで、我家を楯に、其まで忍んだらしいのが、一煎坊の以ての外丁寧な挨拶に、隠れおふせなかつたものと見えます。

「はい〳〵。」

と若い声で、尚ほ返事を畳んで、框に取つた三味線は、四ツ乳を白く小狗のやうに落したが、かぶり掛けた編笠は、忘れたやうに片手に取りつゝ、弱腰をすら〳〵と、結立ての島田の艶、雫も嬌態もこぼれるやうに、杜若より目覚しく媚めいた鳥追の娘が、素足の雪に緋縮緬、小流の軒へ出ました。

「何うぞお通り遊ばして。」

「通るぞ。」

と玄之進も思はず言ひます。

「通るよ。」

「お静においで遊ばしまし……」見送るやうに、慇懃に、浅黄鹿子の腰紐の小腰を屈めて会釈をしました。

「姉さん。」

清三郎が、何とした、つか〳〵と引返した、引返したと思ふと、流の岸に袴を折つて低く居て、

「あの、私に此の花を下さいませんか。」

武蔵野の歌の風情を其のまゝに、紫の一本の、一輪こゝに咲いて居て、鳥追の娘とは、狭い板一つ橋を隔てゝ、男が却つて、根占めのやうに、水の活けたる、双の花。

「えゝ、何の、まあ……」

と、顔を仰がれ目眩しさうに、颯と瞼の染まる時、美少年も、玉の如き額の汗を拭きました。

「おつしやる事はありません、お取りさないましとも……と申しました処で、水にひとりで咲きました、まあ、私のものゝやうに差上げがましくつてお恥う存じます、——あれ貴方……」

折取らうとする葉も茎も、花のゆら〳〵と流に靡いて撓ふを見て、

「根ごとお引きなさいましな。……いゝえ、それではお手が汚れませうねえ。お待ちなさいましよ、唯今。」

と、すつと入ると、急足の小刻みに、三味線の前を衝と引返して、持出づる薄刃の庖丁。幽に手尖の震へながら、清三郎の掛けた手に、杜若の茎を持添へつゝ、せめては切る葉の長かれと、情を知つた婦の優しさ。颯と水面を削るやうに横状に当てた薄刃は、若鮎の白銀の背を閃めかして、指切をするやうに。血の湧くやうに水にちらめいた紅は、揺らめく袖口だつたのであります。

「はい。」

「いゝえ。」

嗜みに持つた新い手拭を、手を清めよとて流越しに、

「はい。」と出すのを、

「いゝえ。」

手は汚れはしませんと、清三郎は、袴のあひゞきに納めました、片手に花を捧げながら。婦は爾時俯向いて、其の白地なのを啣えました。

「難有う。」

清三郎はスツと立つた、花はうつむけに持替へました。茎はまだ短いのに、其の紫の、地摺に見えたのは、水に宿つた心であります。

此の体を、一煎坊と玄之進は、遠い処に、人界、仙境、域を隔て〻、百年も経つた昔を覗くやうに、影もぼやけて、二人立つて茫然と視めて居ました。

六

それから程もありません、我家を離れた、出口に近い水車の前に、三味線を小脇に、編笠を犇と眼深に、着流しの腰のきり〻とした、絵のやうな鳥追が一人彳むで、恍惚と奥の樹立を視ながら立つて居ました。

同じ娘なのであります。

然れば、美女である筈。小屋の、関口に近い処から、美しさをたとへて、濡髪の……お町と言つて、町家、屋敷、山の手に人の知らないもの〻ない鳥追なのでありますから。

忽ち、吃驚して水を見ました。

目白へ続く崖の樹立から、瞳を水に伏せたのは、其の梢から颯と飛んで、ものが流れたやうな驚きやうでありました。

唯見ると、すら〳〵と、なぞへの水を流れて来た、杜若の花が、はつと爪立つ、お町の足許を辷つて、花を裏返しに飜ると思ふと、瀬を潜り状に、其の水車に掛つて、くるりと一つ廻りました。

まだ早咲なので、莟を解いた花の数は、数へてお町が知つて居た。——苅つて棄てる薄さへ、三日の月、七日の頃は、水に一穂も落ちはせぬ。其の人の立去つたあたりから、こゝに流れた杜若、流したぬしは知れませう。

「清三郎どの、今のはゑたぢやぞ。御身が汚れる。」

「え、汚らはしい、出世前だ。」

玄之進と諸声の、言の下に、清三郎は、思はず手を離して水に棄てた。

杜若の花は又水車に廻りました、廻りつゝ、玉なす雫を散らしたのであります。

お町は熟と視て居ました。

中肉に、清くあぶらづいた白い手を、思ふ状伸ばしたが、届けば廻つて遁げるので、取はづし、取はづす……あの鳥目は手に渡すもの、土へ投げては屈めないで受取らぬと言つた——身を締めて華奢に着瘦自慢の鳥追の、身のこなしが随意ならないので、立直つて三味線の転進で、身をすぐに屹と圧へる、と水車は留まりました。途端にリンと響いたと思ふと、三の糸がプツリと切れた。

あはれ、其の糸で、葉の乱れかゝる杜若の根を結んで、懐紙に巻添へて、乳に届くまで襟元深く、由縁の色を懐に、頤を花に埋むるばかり、瘦せた桃の樹にトンと身を凭せて、悄乎して、締つた帯の間から同じ紫の糸入を取出すと、蘂を抜くかと、かへの糸、なよ〳〵と手を挙げて、斜めに転進を巻いた時、編笠を透く濃い睫毛の、ぱつちりとした目元から、其の花に、はら〳〵と落ちた雫は玉の散るより輝きました。

此の時、大洗堰の滝の音が、谺をするかと、二つ、二つの水底の穴に落ちるやうに、どゞと物凄く聞こえました。森を越えて目白台まで屹と響いたに相違ない。

七

此の日、椿八幡の大銀杏の高い梢に、夕鴉が胡麻を撒いたやうに、バッと騒いで、日は早稲田の森に沈むだ、黄昏時の事であります。

崖添の垢離場の土手に、朦朧と立つた婦が一人、帯を手繰つて弱腰をすらりと脱ぐと、捌けて曳いた裳とともに、撫肩をするりと落す。其処に色の燃ゆるやうな姿が見えたが、其も瀬の影に奪はれると、たゞ引結ふたは腰ばかり、真白な雪の膚が、角ぐむ蘆に膝から消えて、水に次第に沈む胸に、杜若の花を抱いて居て、ふつくりと乳の裏すく流の、やがて、それも沈みました。七日月の広刃の鎌が閃いて、掻切つたやうに、痛々しくも首ばかり、頰にあてた花も黒髪の鬢はかくれて、滝が音なく、姿見を並べて掛けると、人を捕る魔の大鉛盤小鉛盤が、ざつ〳〵と鳴るのでありました。

後　編

一

十七日に成りました。

此の日、瀧不動の瀧本院に会しましたのは七人だつたさうであります。主人別当を合はせて八人、客の中には、例の一煎さんをはじめ、玄之進。玄之進は高松清三郎を伴ふて居たのであります。

お約束の点茶に続いて、別当が心入の午餉が済む。こゝで膳を引いたあとを、何うしたのでありますか、暫時別当が顔を見せなく成りました。申すまでもありません、座に主人の席が空いたのであります。ために引続いた四方山の話も、一寸霧が掛つて、薄い幕に包まれたやうに成つて、客たちは取つてつけたやうに庭を視、畠を視めながら、いゝ陽気でござる、など、今日の天気、昨日の風、秋の成熟の噂をはじめて、彼方此方にトンと灰吹を敲く音。其の蓋をきちんと仕直す人物。煙が香のやうに静に立ちますなど、何処かでカタ〳〵と歌仙が裏に成る合図のやうな蛙が鳴きます。玄之進の折目高な袴の居坐を直すのが、しゆツ〳〵と聞こえました。

処へ、——

「御免。」

と先づ更まつた声して、隔ての一枚戸の扉を開けて出ました、索伝と言ふ、手足の節くれだつた逞い別当の扮装が、羅漢のやうに目覚しい。

いや目覚しいも品によります。余りの事に一同が此は、と目を瞪りましたのは、索伝法印真裸、と申して宜しい、袖なしの肌襦袢唯た一枚に、褌ばかり。

気が違つたのかと思ふと決して然うでない。更めて仔細を聴いて、いづれも襟を正したと言ふのは、不動明王の膝下に、清浄潔白なるべき垢離場とも憚らず、人を溺らし、生命を奪ふ、大鉛盤小鉛盤に対する這個法印の覚悟なので。

よく見れば分ります。……予て用意をしたものらしく、肌着にも褌にも、漆を黒いほどに刷いて、且つ褌は二重に占込み、そして其の上から確乎と腹巻をして居ました。

いづれも、それ〲お聞及び、又御覧の通り、当不動堂は白日狐の鳴くばかり寂れました。如何なる、魔魅か、妖怪か、如法暴威を恣に仕る段、……守役の別当、拙道心外に存ずる。朝夕明王の左右に事奉り、憤怒の現相を拝するにつけても、等閑に棄置く次第には相成りませぬ。仍て、つら〱分別いたし、今日は倒に水を潜つて、怪しき淵を探りまする覚悟。

御列座、拙道は、法といひ、術と申し、更に得た処も候はねど、愚者の一得、水練だけは、聊か心得がござる。が、決して退治るなど、申しますまい。希くば、たゞ、魔障の正体を見届けたく、其の上にて又施すべき手段もあらうやに存ぜられます。

就きまして、大鉛盤小鉛盤の幻怪を探ります今日、茶に托せ、孰方をお招き申したは別儀ではござらぬ。初手は唯拙道一存、世間は固より誰方にもお知らせ申すまい、と存じましたなれども、五人七人に留まらず、もぎつて胡瓜を喫ふ如く人命を断ちます、恐ろしき怪物、もし其のまゝに一命を奪はれまして、拙道の亡骸空しく水に浮びます時、あやまつて溺れたとならば、うつけ者でも事は済みます、なれど拙道とて二つない生命の惜しさ。野武士に剝がれた体に恁やうな身支度をいたし居る。――這奴、したり顔に似非法力のひろめをば思つき、一堪もなく怪き神に肝を抜かれたと沙汰されましては、名聞がましきだけ実に心外。……偏に明王の御威徳を蔑にされます無念さに、堂守の身として、棄置かれず、故とではござらぬ、余儀なく魔の穴を見届けます、此の次第を、御列座お含みおきを願ひたう存ずる。

此とてもでござる。いや、法印、世に言ふ暴虎憑河の類、其の思つきは悪からう、朋友の効に異見をする、留まれ、とあふせらるゝならば、拙道速に留まります。願くば、微衷御推察下し置かれて、仮にも、気張るぞ、後見せう、索伝首尾よくせよ、と言のお助太刀を下さらば、身に取り此の上もない本懐……

「実は催が催し、話の会と申すのに、目の前に、其の大鉛盤、小鉛盤を控へながら、朝よりいたしまして、故と一言も魔の沙汰を申さなんだは、かやうに、不束な身支度して、覚悟のほどを御覧に入れ、其を汐に直ぐ様飛込みませうと存ずる、切詰めました考へでござつた。が、扨て人間の果敢さは、一大事と存ずるにつけて、内々ではござれども、茶も飯も、碌々口には入りませず、今以て動悸がこれで、」

と袖なしの肱、脇腹のあたりまで、太い毛のすく〳〵と生へたのが、胸を抱へて、額を撫

で、

「卑怯千万、恥入りました。」と総髪の頭をひたと俯向けました。

膝を露呈に畏つて、大漢の渋面なのが、褌一つの状態。慌てゝ見ると湯屋の番頭が戸惑をしたやうな、不状に滑稽けた形が、其の恥ぢ、且つ悄れたがために、今は却つて謹厳荘重な趣を添へたのであります。

一座は息を飲みました。

畳が一側颯と陰つて、窓越の崖の目白の森に、薄い雲がかゝつて、雲から落すやうに大洗堰が響きます。

玄之進にも沙汰をして、予て此の期待があつたゞけに、一煎坊が、先づ拱いた十徳の袖を徐に開いて、

「先達、立派な御覚悟ぢや。成程、其のまゝに差置かれては、不動尊の御威光にかゝはりませう。別しては、御公儀へ対する一廉の御奉公に成りまするな。既に人民を思召す広大なるお慈悲から、大枚のおもの入を顧みさせられず、一度は埋潰しに相成つた穴に、尚ほ潜んで、弥ケ上にも命を断つと言ふ魔障のもの、先達が此をお見届けなさる儀は、天晴れ公の御記録にも留りまする儀、無二の御忠節かと存じますよ。御公儀に於かせられても定めし御満足。」

と一座の中にも、此のくらゐな御徳川家はありません。で、御公儀と言ふ毎に、確と、堅く火鉢の縁を圧へる時、手尖と頬がぶる〳〵と震へます。

「虫が知らせるとか俗に申す、今日の会と言ふのは、実は恁うした心組のやうに、……予て

な。」

と隣席の玄之進に、頬の其のぶる〱で伝へますと、玄之進が頸いて、袴の膝を掴みながら、

「いや武士も及ばぬ、お勇ましい事だ。偏に御本懐、御成就の儀をお祈り申す。」

「重畳にござる。」と更めて総髪を下げて会釈しました時は、最早や決行の勇気が満ちて、索伝の腕は自から畳に跨つて突張つたのでありました。

「然らば……」

「あゝ、法印様、よく、お気をつけなさいまし。」

と此の時、末座から静かに、しかし心の籠つた声を掛けたのが一人ありあます。小紋の羽織、博多独鈷の袴、しつとりとした上品な人柄、目の清いのも、鼻筋の通つたのも、面長な割に心持頤の短く、ふつくりしたのも、不思議に清三郎とよく肖て居て、兄弟か、否々、面影のために若くは見えますが、年配は彼これ清三郎と父子かと思はれますほどでありますが、所謂他人の空肖、血統に何の縁もありません、彼は越の国の鍛冶の孤児。——扨て此は東都の名優、大倭一流と当時の、もの、本にも唄はれました、今も錦絵で御存じの阪東彦三郎なのでございます。

——此の話の編者は、生憎梨園の知識に乏いので、此の俳優の一代についても悉しい事は存じませんが、香、花、茶の湯、連歌、雑俳風雅の道を深く嗜んで、家も山の手に閑居して、俳号、たしか高谷高彦と言つたさうで、一煎とは予て入懇、其の茶話の会の縁から芝居の隙

を、丁ど此の座に居合はせました。

遠山瀾閣、青木一夢、福王盛翁など、言ふ、当時の風客騒人が、いづれもこゝに同席をしたのであります。

編者は、はじめ此の話に接しました時、実はせつかくの大和屋、たゞ此の席へ顔を出すだけでは飽気ない。非人廓の鳥追お町と、大洗堰の大鉛盤小鉛盤の不思議に合はせて、彦三郎の情話でも拵へましたら、嘸ぞ御婦人のお気に入つて、嬉しがられる事だらうと存じましたが……事実は然うは参りません。

しかし……お喜びなさいまし、彦三郎に一寸した見せ場があります。

其は、此の日、不動明王の尊像の前に於て、法印の面に、此の名優が、絵筆を取て、謹んで跪いて、制吒迦童子の隈取をしたのでありますから。

二

一旦挨拶を済ませますと、扨て、此の上一具、尚覚悟のほどを御覧に入れたいものがある、と言つて法印が、

「何うぞ此方へ。」

一同を、一寸した廊下づたひに本堂へ導いたのであります。覚悟々々、と重ね〳〵、如何にも事々しいやうに聞こえますが、其を言ひます索伝の態度が、如何にも謙遜で、然うまで

にせねば成らない自分の勇気決断の乏いのを深く恥入ると言つた心の見えますのが、此際、却つて軽挙妄動でない頼母しさを、人々の胸に点首かせました。けれども、渡る廊下の下へは、最う大洗堰の水の音が迫ります。それを初夏の風情とは誰の耳にも聞こえなく成りまして、九歩僅に十歩、三四間とは隔りません本堂までの間さへ、青葉に奥深く遠い処のやうに思はれたのでありました。

御目ざし爛々として射るが如く、且つ手を柔かに剣を取つた、御丈五尺と言ふ大明王の立像――左右に制吒迦、矜羯羅の両童子、焚かねど護摩の黒雲に、火を迸らして拝まるゝ、厨子は開いてありました。

こゝに焚かない護摩壇の、水の如く、冷く塵を払つた上に、一口の笛巻の匕首が、提緒を捌いて据えてある。

「此でござる。」

と法印が、丁と取つて向直ると、客は、ぴた／＼と押据えられたやうに坐に着きました。

「お武家の前で、これは些と出過ぎました。」

「いや／＼。」

目途に向はれ、玄之進が会釈を返しました時に、索伝は戒刀を左の手に、横構へに取直したのでありますが、ふと後見らるゝと言つた体で、高く御厨子を仰ぎました。――振返つて、

「親方、」

と言つて大和屋を呼びました。

「些と折入つたお願がござる。」

「私に。」

「え、お笑とあれば、それまでぢやが、手前の面を、明王の御相好に絵取つては下さるまいか。……何とも恐入つた事で。」

と御厨子を斜めに、両手を支いて畏つて、

「推参千万、罰の当つた儀ではござるが、御威徳を頂きたい。此はしかし、予々期した事ではござらぬ。偶と唯今眼が明かに成りますやうに思着きました。や、然れば如何なる魔魅変化も、一睨みにいたしくれませう。何といづれも。」

と今までになく勇立つた勢に、膝を叩いたものさへあります。

「其をぢや、何として早く思着かれませなんだ。いや、今お心着きなさつたは、御修験、貴方に不動尊のお告げでありませう。さあ〳〵親方。」

と一煎坊が促すに連れて、一同が彦三郎を熟視ると、此は黙つて俯向いて居りました。

「大和屋さん。」

「はい。」

と、未だよく顔を上げないで、

「お恥しうございます。」

と唯言ひます。

一煎坊が、

「何としてな。」

「法印様、唯いまのお思着は、此上もない結構な事でございますが、私には役が過ぎます。力が足りません。」

「否、否。」

「い、え、恁やうな場合に、余計な御辞儀や、無駄な口上を申上げるのではございません。全く手に余ります——」

漸と顔を上げて、拱いた手を解きました。

「しかし、其も、芝居をせよ、とあつて、楽屋で拵えますならまだしもでございます。此のお不動様の其処に見ておいでに成ります前で、何うして私が、勿体なくつて迚も真似は出来ません。唯、断つてとの仰せで、其の上、この未熟さをお厭ひでございませんなら、お脇立のなら写して見ませう。」

——彦三郎に最う一役ございます。——

其はあり合はせました墨と朱で、彦三郎が精神を籠めて、制吒迦の異相を隈取りますと、眼円に、面赤く、歯白く、耳蒼く、髪も自から渦を巻いて見えました索伝が、いで、膝を立て、鞘を払つて戒刀を屹と抜持ち、づいと身を起したのが格天井を抽くばかり、何となく巨人の態が備はつて、本堂傍の開扉から——其処がすぐに石壇を——むづ〳〵と踏んで下りて、大洗堰の垢離場を渡つて、ざぶ〳〵ざぶ、祭礼の荒神輿を躍出たやうに、どつと水を乱しながら、魔の鉛盤を睨んで立つ。と続いた一同が、石段の上下に——其処に脱棄てた藁草履は、反つたり、曲んだり、向ふへ飛んだり、転つたり、かびが生へたり、じと〳〵と濡れたり、乱雑に散らばつたのを、直して穿いたものもあれば、うつかり足袋跣足で出たのもあります。――蘆間擦の肩、壇の胸、開扉を覗く顔なんどを、顧みて、じろりと視たのが法印の思切つた挨拶で、横に匕首を口に啣えたと見るや否や、――大洗堰の両の滝をじだんだを踏む脚にして、崖の森の流に映る乱れた頭髪を倒に、真仰向に寝て、底ひなき二つの眼を雲に渦巻く――偉大なる妖魔の其の一個の眼の裡へ、

「吽！」

と背を高く頭上に印を結ぶと斉しく、索伝の面は化鳥のはたゝくが如く、水を嚙んで渦の中へ――

「那は。」

と背後に立つた玄之進が申しますと、

「小鉛盤で。」

と、其の時一煎坊が蘆に低く居て答へました。

此は又、飽気のないほど、やがて、すぽりと索伝の体は易々と浮いて立つて、雫も切らず面を振向け、

「浅いわい。」

と言つた、声の下に、再び匕首を口にして、

「吽！」

と結ぶ、あゝ、其の指の尖を取つて啣えはせぬか。近々と烏が啼いて、水よりは、蘆に臨むだ崖の森の、ざわ〳〵と上枝さがりに梢から鳴らす羽音。

大鉛盤は、颯と薄白い光を放つて、法印の姿は見えず、空には雲が掛りました。途端に大水車の響がどう〳〵と乱れて、もの音、人声、一町余り隔つた、其の小屋の裏岸へ、はら〳〵と出て人の立つのが見えました。

裏庭の垣には、一個きよろつく此の堂の老僕の皺面。

其の瞬間なのです。

一煎坊は咽喉が乾くか、息苦しいか、それとも或は、恁る際にも風流の嗜か、蘆の根の水を指に浸して、一掬唇を濡らしたトタンに、思はず腰刀に反を打つて、渦を凝視めて居た玄之進が、

「何だ。」

と一喝、

「其の状は。」

傍に引添ふた美少年が、唯其時、小袖をふいと投遣りに、両方懐手をして立ちました。其の風采が、此の場合に、余りだらしもなく、仇めいて、不埒に放縦に見えたからであります。

「あゝ、旦那。」

すぐ背後の壇に居て、こゝで彦三郎が清い目をして、

「間に合はねば引断るか、脱棄てるかなさいます。若旦那は、法印が驚破と云ふ時、水へお飛込みに成るお心でございますよ。」

――此の少年は、……今しがた法印が匕首を手に本堂を立ちました際に、

「若いものぢや、お相伴は何うかな。」と、半ば戯のやうに、玄之進が言懸けましたのに対して、

「可恐うございます。」と膠もなく申しました。

「弱いな。」

扉を出さうにした法印が、

「おゝ、お嗜みでござる。水泳は定めて御鍛錬。いや、知らぬ土地の水は浅うても心なく入らぬが泳ぐもの、掟でござる。」

と更めて目礼したのでありました。――

わツと上る鯨波の声。

濡蓑の如く、水草を青く身うちに絡ひましたのが、毒龍を搦んだやうに見えつゝ、蒼き釣鐘の浮いた如く、索伝は、魔の淵を――血だらけにも成らないで、夕陽に映じて顕はれる。

唯見ると、口に啣えました匕首の光と十文字に、キラリと別に一口の短剣を、半ば閉ぢた瞳で守護して、眉に捧げて立ちました。

三

生死の間に、法印が先づ沈みました小鉛盤は、思つたよりも浅いくらゐで、目の届く限り透通つて見えながら、一物のあつて瞳を遮るものもなかつたのであります。一旦浮出て、更に大鉛盤に向つて水を被ぎ、驚破沈むとすると、はじめ五六尺の間は水が微温湯のやうに暖いのでありました。次第に深く、一丈有余の間、其の冷たさ。竪に氷を割るやうで、手足はすくみ、舌は縮み、喞えた匕首も凍てつくかと思ふばかり。実に〳〵紅蓮大紅蓮も恁くやと骨髄に冷透る。……扨こそ此がために多くの人は凍え死ぬかと思ひ〳〵、身はたゞ大なる石猿の如くに成つて、水面をば、さながら叢雲のやうな高さから、づゝんづんづゝんと落ちて行く。……最後と観念しました途端に、梅が咲くやうにほんのりと爪尖から五体を包んだ。水が又一層暖く成りました。

快く、爽に、柔な湯と言つても可いくらゐで、然も滑に、撫擦られます心地がして、恍惚と蘇生る、其の間が更に二丈ばかり。底に畳敷凡そ五十丈、広々と平かな一枚の大巌の面が、銀を敷いたやうに清らかで、忽ち明く成つたのであります。だが、蹈んで立たうとすると、取つて投られたやうに辷りました。一面の青苔で、藻とも、草とも、桂とも、蓬しく、丈も長さも計られぬまで生伸びたのが、緑青の色を凝らして葉一筋動くともなく、寂然とした、其の物凄さと言つたらありません。

心積りに、丁ど大洗堰の滝の下と思ふ処が、突当り絶壁の形をなして、其処に横穴の、空洞の恰も支那の榻を一個刻んで据えた宛如なのがありました。唯其の座に、天鵞絨を重ねた状の、同じ緑の苔の、ふうわりと濃い中に、燦然として輝いたものがあつたのであります。

口では言ひますが、法印が底へ沈だのも、白銀に似た巌の畳に、足を掛けやうとするや否や、俯向けにのめつたのも、殆ど同時で、阿と亀の子這に腰が浮いて、早や鯰に化つたかと思ふ、漾ふ黒い目が、其の光りものに射られたので、ハツと見ると、まことに人の手して据えましたやうに、一口の明晃々たる短剣が坐つて居ました。

此の窟の裡の処々は、水の湧口と見えるのです。ちら〳〵と紫の美しい珠を群らして、其が、剣の刃の冴、焼、匂を、現象的に颯と散らして、水草の本末に不思議の花を咲かせた、と言ひます。

——後に清三郎が、我が求むる生命にもかへ難きものがあつて、同じ処に沈んだ時は、必ず大鉛盤の水底を湧いて玉散る紫が、杜若の花を其の瞳に鏤めたらうと想像されます、しかし其は追ての事——

四

法印索伝は、其の吐嗟に、呀、此の剣こそ人を取る、妖魔の化身、暴神の本地であらうと見て取りましたので、龍孫を握む勢で、我を忘れて柄を取ると、巌を搏つて躍上つた——煽つた水に、むら〳〵と靡く水草のうねりを打つのが、うしろを毒蛇の追ふ心地。浮出る際の可恐しさは、なか〳〵に沈む時のやうなものではなく、草の末はねば〳〵と、臀、脇を擽つて、こゝが水面と思ふ、胴中半分、巻切られたやうな気がして、江戸川の上流へ顔を出した形相は、傍で視たやうな潑剌たる驍勇の趣は思ひも寄らず、法印の身体は、ホッとして、実際浅瀬に腰を抜いたのださうであります。

――話を進めたいと存じます。

水車小屋の持主半兵衛も駆着ける。所の名主で孫兵衛と言ふのも聞伝へて参ります。此の一夕、護摩壇に其の剣――一尺一寸、塵一点の曇もない氷の名刀――を据えました本堂には、居流れる、座を籠めます、膝を詰める。……所へ近所だから水車小屋半兵衛が煮染物、酒、鯣など寄進して、宵宮のやうな其賑。婦小児も立集ひました。其の宝剣の不思議さへあるに――御婦人方に一寸内証を申しませうか、彦三郎が居たのですから。

最も、高張を点し、万燈を点けると言ふ数ではありません、燈明に蠟燭で、陰々とした裡に、何となく不動尊の眼が底光をして、其の魔の穴を出た剣がまだ水も滴るばかりでありますから、鰭のある魚でさへ、つひ近いと、もとの水へひらりと飛びます。況して凄じい刃もの、いまに手裏剣のやうに空を切つてサと飛びさうで、気の弱い人たちは、十日余の月はありながら、樹かげを盾に遠巻して逡巡する。堂の中にも、誰一人柄に近づいて見たものはありません。最も心あるものは、憶するまではなくとも、佸る剣を、むざと手にすべきではなかつたのでありませう。

時々、小間の用たしに、平八と言ふ別当の老僕が、皺びた影を大きく、ぶら〳〵と立働くのみで、多人数ながら寂寞して、何となく、犠牲を取巻いた丹波の奥の猿神の祠と云ふ趣があつたのであります。

で、座中の相談。翌日は、早速にも、寺社の司配へ法印が剣を守護して届出でる、と事が極つて、一同は月と、水と、森の影に、分れ〳〵に立帰る。

狐格子は、散行く人を時ならぬ落葉の隈に、寂しくギイと閉ります。……蘆は静に、崖暗く、流は月を走らせました。燈火も消えました。

剣は、不動尊の御厨子に納めて、ぴたりと錠を下ろして、それから法印は別当に寝たのであります。

処が翌朝。

早朝の看経をするのに、先づ御厨子を開くとゝもに、剣を見やうと、おのが守護する鍵を合はせて、静に扉を、唯見ますと、何と……明王を拝む目も眩むまで、剣は形もありません。影もない。

「や！」

と成つてから、心着いたのでは、昨夜鎖したまゝ、錠が掛つて居たのか、いま自分の鍵で開いたのか、それもうつかりして気が着かぬ。が、居ても、起つても、跪いても、覗いても、剣の失せたのは事実であります。

はツと思つて、くるりと廻つて、又覗いて、昨日拝借した制吒迦童子を、忸怩として、恥ぢて視ると、ちらりと、白い歯で苦笑をなされたやうなので、法印は二三度立続けに我が顔を、扱いて、撫で〻、とぼんとしました。

「平八や、平八や。」

……気立ましく老僕を呼ぶ声。

「へい。ふえ、。」

と言ふ、庫裡の返事を聞きながら、もどかしくて、ど〻と出るのと、向ふが来るのと、狭い廊下の中途で、充満に打撞つて、暫時、どちへも動かれず。

「平八や。」

「法印様。」

「剣がないぞ、剣が、御剣が紛失したぞ。」

御堂、別当、庫裡、物置、家捜しに捜せ、と成ると、こ〻は老僕の分別の方が偉かつた

「考へて御覧なせえまし。不動様の御厨子に錠をおろして蔵つて置いて、なく成つた剣がでがす。根ツ子、隅ツ子、棚なんかにありやう訳がごぜえませんや。」

「あ、……如何にもな。」

索伝は瞑想して、暫時して、それから二時過ぎまで本堂で護摩を修したのでありました。

やがて時刻に、……乾いたばかりの例の肌着、二重の褌、腹巻を緊と鎧つて、面の隈取に及ばず、今度は法印、白布の後鬮巻。

一思ひに大鉛盤に躍込むで、底を探ると、不思議や同じ処に、床に静なる名画を視るやうに、此が夢かと思ふまで、剣は澄まして光つて居る。

取つて難なく泳出ました。

「それだ、あゝ、恐怖えなあ。」

然もあらむと、期したる体で待ちながら、平老僕は、今更のやうに色を変へ、伸ばして待つた首を縮めて、身の雫を切る法印の裾に居つゝ、蘆の汀に蹲んだのであります。

今夜は観世捩を堅くして、水中の剣の柄穴へ透し、明王の台座の透間へ潜らし、二重に確と結んで、如法扉をひたと閉し、がちりと錠を下ろし、不安の一夜を過ごしながら、まさかにと思ふと翌朝——

「南無大聖不動明王。」

厨子を開くと、影もない！　……弱つたのは、観世捩がよろりと抜けて、台座の下に落ちて居ました。

「平、平、平や。」

「おう」

と、老僕は、もう、通口から、皺面を、黙と出し、及腰で、おつかな吃驚と言ふ体で覗いて居ました。……

「そ、そ、そりやこそだ……法印様。」

五

参詣の殆どない堂宮は、昼も空屋より寂いものです。去年一昨年引続き、往来の途絶勝だつた瀧本院の一土手は、今年分けて大鉛盤小鉛盤の多くの人を取つたゝめ、陰で噂するのさへ憚られた処へ、いよ〳〵穴の魔主が顕はれたと言ふ。……それも川牛、河太郎、聞くもおどろ〳〵しい水熊などの変化にせよ、淵を握出されて不動堂に封ぜられた時が、即ち退治られた時なのでありますから、人は安心をして然るべきだつたのに――生類ではない切もの刃物、然も鋭い刃で、あまつさへ其が自由自在に空中を飛行する、……堂の中から自から魔の穴へ帰るには空を飛ばねばなりません……とすると、辻で剃刀の落ちたのを見ても慄然とせずには居られますまい。

それが一度ならず、二度ならず。で、いつか近まはりでは聞伝へて、飴屋の太鼓について行く小児を、駆出して親たちが留めるまで、水車小屋の辺へも近づけなく成りました。屋棟へ、グサと刺つた白羽の矢ぢやありません、刺さうとして空に舞ひつゝ、絃は既に放されたのでありますから。

蛙もひそんで、蝙蝠も飛びません。明い日ながら水気を帯びて、靄の、暖くぼつと白い、水車小屋の横手なる瀧本院の土手を一人。

此の三日めの日暮前に、黒小袖に茶宇の袴した、前髪立の少年が、袖を合はせて、うつむいて静に通る。姿容の綺麗なのが凄いやうに見えました。一歩づゝ、静かに道を踏むかとすれば、ふわ〳〵雪駄の軽さうな、瞳は一方にのみものを凝視むるかと思へば、そよがぬ蘆にも揺めく衣紋。落着いたやうな、胡乱つくやうな、身を忍ぶやうにして居る、そして姿は見せないやうな香をかくせば色に出で、色をかくせば香に顕はるゝ、たとへば、咲満ちた桃桜の、風なきに人知れず散る状は、あはれ、魔剣のために的に立つ、操らるゝ犠牲の、徉徜ふかと疑はるゝ。……よし其とても厭ふまじ。憧憬るゝ身は誰も恁くこそ。高松清三郎は、ものに憑かれたやうに成つて、唯うか〳〵と来たのであります。

密と境内へ入りました。

手水鉢の傍に、芥子より蕃椒を植えたさうな、瓦囲ひの小さな花壇がありましたが、何が咲いて居ましたか、それ処ではありません。御手洗の水に杜若の影のないのを、然も本意なさうな顔して、前髪で、額を仰いで茫乎と彳みました。が、ふらりと進んで、壇へ片膝を支くと、ツト刀の鞘が伸びました、袖の紋をうつくしく絞つて、色白な片手を狐格子の扉に掛けると、内から緊はしてありながら、緩く三寸、合せ目が透きました。

唯見ると、ハツと胸を反らして退つたのであります。御本尊が弁財天、もし女体にてましまさば、立処に目が潰れたかも知れません。

焚きしめた護摩の何となく、霞を籠めた墨染の羅に包まれて、賽銭箱に、腰の半ば、蔽はれましたが、撫肩の滑かに、光ある雪、島田髷の艶、透通る脊筋もあらはに、白身のけやけき婦の背後向に坐つて居たのが、其のありさまに、不意のもの音、心を空に鬢を揺つて、驚いた状にスツと立つ。と細腰の紅を絞つて劃つた、乳房を両手でおさへ状に、掻いすくむと見えた片頬が、ふくらかな二の腕にひたとついた横顔幽に、チラリと斜に見返りました。其の鼻筋と匂やかな長い眉に、前世からのやうな覚えがあります。

清三郎は退つて、退つて、退つて立ちつゝ、ぶる〳〵と震へました。

とばかりで、扉のうちには、そよとの、もの、気勢もしません。

まさかに其とは思はれますまい。……幻か、夢か、ふと我に返つた心がすると、姿は消えつゝ、消えるにつれて、急に四辺が薄暗く成つて、黄昏の来て迫るのが目に見える。

六

其の、其処にも見える、黄昏の、本堂わきなる廊下の外の、まばらな竹垣の木戸中から、皺面を出して差覗いたは老僕どの。

夢見るやうな少年の目の行くのと、はたと合ふと、垣の外へ、大きな蝸牛が伸びた形で、恁う、其の陰に手を出して、糸瓜が化けたやうに、恁う、其の頻に招く。

此処へ、此処へ、と呼ぶのが、恁う、其のぱちくりと目で動く。

何やら其が、其処に自分の居るのが、然も可恐るべき危険に臨むで居る事を告知らせるやうに取れたので、急に慄然と可恐く成りまして、清三郎は、ハタと吸込まるゝやうに、靄ある木戸へ入りました。

「爺やさん。」

古半纏の袖を円く開いて、一歩退りながら庇ふ形に迎へた平八。

「ほう、此間の、大塚様の若旦那。」

七

「法印様は、あひにく留主でございますがね、へい、えゝ、然やうで、……矢張り、剣の事でごぜえますよ。最うね、お前様。」

と、ぼけた風にも年にも似ぬ、ものいひのきび〳〵と鉄拐な老僕で、「二度まで然うやつて水中へ刎返つたくらゐでがす、何うもこりや、人間の手ぶしにおへるもんぢやあねえ、密としてお置きなせえましつて、私が言つたんでごぜえますが、法印様は肯きませんや。続いて無事に泳いで出たんで、然した事もなく言ふやうなものゝ、はじめ大鉛盤へ飛込むまでの心を察しろ、一月や二月で覚悟の極つたやうなもんぢやない、……とね。……愈々と成つて茶の会を開いたも、内々は懇意な方にお暇乞だ。それまでにして取つて返つたものを、三井寺へ行かう、おゝ然うか、と見て居られるか。欲得や外聞ではない。あまたの人を殺した禍の根を断たうと言ふのぢや、取戻さずに置かれるか。

――此がお前様、今朝の事だよ。――

今もお話し申した通り、一昨日の晩と昨夜と、二度まで飛出された今朝なんでごぜえやす。最うお前様、底の勝手は知れて居ますから、法印様は、今日も飛込みましたがね……考へりや強勢だ。ものは三度めだ、お前様、そのくれえな通力のある剣だもの、どんな祟をするか知れたもんぢやあごぜえませんのに。――

不思議にね、又法印様が剣を握つて、無事に泳いで出ましたよ。だが、尋常事ぢやあねえてね、誰か、持つて行つて置いたやうに今度も矢張り、巌底の同じ処にごぜえましたさ。処で、首尾よく三度まで手に入つたのでごぜえやす。が、此奴を何う処置するかと成つた処で、法印様も迷ひました。すぐに日の中に御司配へ持つて行けば、それで一も二もありませんがね。何しろ其の、勝手の知れねえ飛歩行を行る可恐い刃ものでがすで、然うでもねえ、途中どんな事があつて、往来の人に怪我でもさせちやあ大変だと、心配をすると気をくれがしましてね。最でごぜえます。一層こりや今度も御堂に蔵つて置いて、空手で御司配へ出向いて、相談をして、御司配から検分があるものか、それとも途中は構はない、持参せいとおつしやるものかね。……とに角、御内意を窺はう……其の上で、と言ふ事で、其がために、へい、法印様は出掛けまして留守なんでごぜえましてね。」

「そして、剣は。」

と清三郎が訊きました。

「其でごぜえますよ。……御厨子に入れて鍵を掛けて置いてさへ飛ぶものを、それぢやあ、お前様、別当にも庫裡にもしまひ処はごぜえますめえ。平八、ぬしが持つて居ろ、俺が帰るまで。……串戯ぢやあねえや、法印様、真面目で言ふんだから、驚きましたぜ、お前様の前だがね。」

と頭を掻いて、

「串戯ぢやあねえ。――矢張りお不動様にお預りを願うより法はねえ。が、昨夜はお台座に結え置いたから魔ものめが透を得たに相違ねえんで。……勿体ねえが、ぢかづけお身体の何処か拝借しやう。然うかつて御足にも、御手にもね、いきなり結つけるのは恐多からうツて事で。お不動様が腕で以て。……それ、あの御剣に、縦に合はせて結えやう。これぢやあ、さすがに身動きも出来めえ――と此奴あ私の分別でね。――何しろ河童だ、お前様。……狐、狸、古猫なんぞ、化けても変じても、魔術を放いても、弓、鉄砲にや叶ひませんや、すぐに退治られて、化の正体をあらはしますが、昔から、此の天狗と河童の死骸に成つた話を聞かねえ、手に負へませんや。坊主、山伏、琵琶法師、……お前様の前だがね、美いお若衆なんざ天狗の化ける得手もので。鯉、大鯰、鮒、鰻で血気なものを誘込む……錦の帯だ、金簪で女を引くか、金魚と見せて小児を釣る、此が河童の腕でがしてね、対手が法印だものだから、宝刀、御剣と企みましたさ。そんな其の怪しからねえ大鉛盤の主だつて、不動様の剣に縛られては、今度こそ目ばたきだつて成るもんか。……でね。何しろ御像に触るんでごぜえますから、法印様の在所、川越の在方でございますが――其処から到来もの、新しい麻苧を、一度護摩で清めて、此を其の、私が凧の二枚糸ぐらゐに捩つて、ぎり〳〵と二重にも三重にも、剣と一所に結えて置いて、其の上で錠を下ろして、確り留守をせい平八、で以て、法印様は八ツ頃出掛けましたんでごぜえます。

だがね、や、一人に成ると心細いや、お前様。大丈夫とは云つたものゝ、対手が対手だから、何時どんな事を仕出来さうとも知れねえんで、気に成るとお前様、可厭に恁う寂寞として、朝夕聞馴れた大鉛盤小鉛盤の鳴る音が、時々、がッと遠雷のやうに、あれだ、あれでごぜいやす、真個く凄いんでござえますよ。」

清三郎は、茶会のあつた座敷の椽に、腰を掛けて聞いて居ました。

「爺やさん、では、其の剣は、唯今、御厨子の裡にありますね。」

「えゝ〳〵、あります。……あります筈で……ごぜえますがね。」

と嚔を堪へた顔色で、老僕は、くしや〳〵と鼻を撫でます。

「然うかねえ。」

と、何故か、木に竹を接いだやうな事を言ひつゝ、——前刻から話を聞くうちも、座敷越裏窓の開いた処から、うか〳〵と目白の崖を視めて居ました。十七日の茶の会の時も、実は、人目に薄茫乎と何うかしたやうに見えるまで、矢張り其処を視めて居ました。

椿八幡の大銀杏は、此の時、夕靄に高く包まれて、梢は雲を漕ぐ帆柱のやうに差覗かれます。

偶と思出したやうに、

「お爺さん、私は実は拝見に参りました。」

「何を、あの剣をでごぜえますかね。」

「此間の晩のね、あの時だつて、手に取つて、焼匂鉄色を拝見したかつたのでございます。けれど、お老人もおいでだし、然るべきお人が多いのに、こんな若輩で居て差出がましくつて、つひ遠慮をしました。今日ね、其の事を言出して、玄之進様にお暇を願うと、主人は可厭な顔をしました。御機嫌が悪かつた。……余計な事だけれども、私は刀鍛冶の倅で、矢張り親の職を覚えたいのに、主人は能役者に成れと言ふので、――気に入りません。けれども、あゝした不思議な剣だから、どんな鍛がしてあるか、話のたねに、それも聞きたい。……真似でも其の道にたづさはつたものだから、私が何か珍らしい事を見出すかも知られないと言ふ気があつて、満更でもないから、行つて参れと、主人に許されて出て来ました。こんなに暮方に成つて、気の毒に存じます。」

「何、お前様。おゝ、そんな事でお邸が出憎くつて。道理こそ御参詣にやあ、些と暮過ぎると思ひましたよ。」

「否、それは、……邸はもつと早く出ました。けれど、少々道草をしたものだから。」と正直に言つて、些と疲れた色をした。何を隠さう、清三郎は此処へ来るより前に、目白の崖の非人廓を志したのでありました。が、一人唯不動堂の法印にも、腹を探られやう、面羞さに、知つた道の、此処を通らず、杜若の花の咲く処へ、といつかの帰道だつた目白台を心当てに、小日向の方から廻つては、幾度も人に尋ねました。――目白の抜道、目白の抜道――恁う摑んで振廻はされるやうに、あち此方を、ぐる〳〵捜歩行いたが、遂に尋ねあぐんだ、め、廻り廻つて不動堂へ来たのであります。

今思へば、椿八幡、と言つて聞けばすぐに知れたものを、と清三郎も口惜く思つたに違ひない。恋は心の暗まぎれ、道に迷ふのなぞは何でもない。

「それぢやあ、錠が下りて居て、法印様がお留主では、拝見は出来ますまいね。」

「や、若旦那。それは大事ごぜえません。――御厨子の鍵は、恁うやって、」

襟のよぢれた懐中に――

「預かつ居るほどでごぜえましてね。……ありやうは留主の中に、二度三度も開けて見るのが役目なんで、実の処は、老僕、本堂で番をしろ、でごぜえましたが、薄気味が悪くつて寄りつけませんや。……お前さんさへ、魔のことを御承知の上で御覧なさりや、老僕もそれだと勇気がついて御案内が出来ますんでね、こりや私も御奉公に成りますが、何でごぜえますかい、それぢや愈々行つて御覧なせえますかね。」

「何うぞ……。」

「廊下は最う暗うごぜえます、お待ちなせえやし、灯を。」

と、本堂へ行けば、いくらもある蠟燭を、先へ一人は不気味と見えて、提灯出して、燃さし一挺。

八

　清三郎は掠めて咳を二度ばかり。

むざと通るは憚るべき、美女の白身を、其処に幻とも弁へぬまで、ちらと視たのでありますから。

「はつ。」

と老僕が、廊下を先へ立つた足を蹎立てました。

「はてな。」

「何、お爺さん。」

「ひやりと来たでね。もし、此の板敷が濡れて居やせう。」

「否。」

「はてな。」

と鰌を突くやうな腰つきで、屈んで蠟燭を、ちよろ〳〵と、

「お前様は足袋を穿いて居なさるから分らねえ、確にひやりと感じます。」

と老実に怪訝な顔で、

「もし、年効もごぜえませんがね、お前様、一つ此の灯を持つて、先へお立ちなすつて、」

と後退りで、

「これがね、狐狸の類なら驚きはしませんや。若い時は小博奕の一つも打つたものでござんすが。」

と低声で呟くのを、聞きながら、清三郎は先へ立つて、静と本堂へ入る時、蠟燭を袖に囲

ひました。燈に照る袖の色は、一段優に見えました。

唯、賽銭箱の前、と見ると、はたと袴の膝を折つた。

吃驚して、

「若旦那！」

「こゝは少し濡れて居る。」

「わあ、剣がない。」

と仰天して、平八の呼んだ時、清三郎の手の蠟燭は、金魚のやうに、畳に落ちて、ちらりと泳ぐ。

垢離場の扉も、夕風颯と開いて居る。

能舞台の憶病口に似た其処へ、衝と肩を斜かひに、壇に片膝を支いた時、目の下の蘆をひらりと行く、白鵞のやうな純白な、女の膚を見たのであります。

「あ。」

と言ふ間も最う遅い、つゝじの影の消えるやうに、色ある裾から水に散つて、早や大鉛盤に沈みました。

大小を取つて突出し状に、清三郎は駆下りました。目にも留まらず衣類を脱ぐと、すつくと立つた皓体に、すら〳〵と血の満つるのが、朱の刺青に見えました。

森を離るゝ、月は満月。

向ふ岸の蘆間にかゝつた、色めく衣は、渠の目に、杜若の花、咲乱るゝ。

九

「はアい。」

と糸のやうに瞪きました、目よりも細い、……濡髪のお町の声。

と共に、幽な身悶する。お町は平八の膝に仰向けに抱かれました。其の唇のあたりまで、裾を包んで、胸に、清三郎の紋着を着て居るのであります。

其の袖、肩に引添ふた、美少年は素裸にして。

平老僕は半ば夢中。

「大、大、大丈夫。お不動様の前でがすぞの。何事も憂慮ねえ、はて、微塵もねえ。の、濡れて気味の悪いものはあらうけれど、我慢しなせえ。其奴は姉さん、お前さんが、気が判然としたあとで、自分の手で始末をしなせえ。可かね、私なんざあ、目を瞑つて饒舌つて居やさあ。」

「はい、」

と纔に、又、うと〳〵と目を睡る。

「お爺さん。何、何うしやう。」

「心配ねえ、御覧なせえ、髪もまだ壊れ切らねえ、びつしよりと島田のなりで崩れて居まさ。陽気は可うがす。……確乎なせえよ。」

「確乎、確乎なさいよ、姉さん。」

「はい。あ、」

と云つて、わな〳〵と震へました。

「あれ、貴方。」

「ちよつ、恥しい事あねえ。恥かしがる事あねえ、いま、そんな場合ぢやねえ。此の方がね、姉さん、此の若旦那がね、大鉛盤から助出して下すつたんだよ。命の親だ、神様だ、矜羯羅童子だ、人間ぢやあねえ、恥かしがる事はねえ。」

お町は其の声も聞えぬやうに、思ふまゝには得出来ぬ瞳を、たゞ、心をたゞ、身をたゞ、清三郎の目に打込むやうに、熟と、瞼に含ませて凝視めて居ました。

「貴方、貴方のお手が、こんな身体に。」

「静として、〳〵。」と老僕が圧へて申します。悶へる胸を鎮めるやうに。

「私の身体に、お触りなさいますほどだつたら、こんな事はいたしません、申訳はありません、水から出ましたお刀を、二度も三度も、三度まで、拝借をしましたのは私なんでございます。」

「おゝ。」と老僕が呻りました。

「爺やさんは御存じでございませう、御近所の、汚れた女でございます。私たちが近よりますと、水も濁ります、燈の色も暗く成ると世間の人に言はれます。——其の汚れが洗ひたさ、血統の血を浄めたさに。……毎日、毎夜、——え、寝られません、寝られません、睡られません、夜半にも、水垢離を取つて拝みますうち、水の底から剣が出て、お不動様の御厨子の裡へ納まりましたと聞きますと、何神様か枕頭に、夢のお告がありましたやうに、あの成田の御堂にお籠りして、御利益をおうけ遊ばした、祐天様を思ひました――」

　老僕は唯、引入れられて頷きました。

「あなたは、御経を覚えたさに、口の中へ剣を呑んで悪血をお吐き遊ばす。私は恋の叶へたさに張切れさうな乳を裂いても、濁つた血を洗はうと、御本堂へ忍びました。堪忍して下さいまし、盗人と、おなじやうに、私が鍵を開けました。親どもが鋳掛屋ゆゑ、見やう見真似に存じて居ります。剣を袖で抱きましても、胸を開けて、あの、此処へ、熟とつけて居ましても、血が湧くやうで熱いばかり、冷く清く成りませんのは、血が浄まつて恋しい方にまだ逢へません験と思つて。……塩断茶断はしたけれど、親たちが断食は許しませんもの、せめて、剣を抱いたまゝ水垢離を取りませうと、身体を水に沈めて居ますと、早く此処が、あの、此処が、自分で、切つて、切りたくて〳〵手でむしるほど心が忙きます。最う一度お目にかゝりたさに、生命に未練がありますものを。まだ突きも切りも出来ません。出来ないでは留められません、すぐにも切つて、切裂いて、血の洗ひたさ、片時も我慢が出来ないのに、切れば生命がなくなります、何うしやうもなく成つて、剣を水に落しました。

　おなじ思を昨夜、一昨夜、二度までしましたのでございます。

　前刻は思ひがけもなく、一生に唯一度、あ……あの時と二度でござんす。……盲目の目の開きましたやうに、あなたのお顔が拝めました。」

老僕はきよとんとして、清三郎の顔を見たのであります。

「最う思ひおく事はない、此の上未練はお恥かしい、深望みをしましては罰が当ると存じまして……」

「や、それで遁げながら、飛び出して、大鉛盤へどぶんかい。当事もない、そんな事に、何だ、何だ、何だまあ。」

と独言のやうに言ふうちに、老僕の片手が、胸ぐるみ肩を抱き、片手で頸を擡げたなりに、濡髪の島田は摺って、何時の間にか、清三郎の膝の上へ、枕させたのでありました。

ひよこりと立つて、半纏を、又清三郎の白い肩に背後から被掛けながら、

「どりや、最う一つ、心のあた、まる薬を煎じて来ますぜ。」

と、小博奕打つた粋な老僕は、堂も寺も呑込んで、壺を読んで立ちました。

お町は、濡綿のやうに柔かに、ぐつたりとして居ました。……精根を尽したいまの言葉に、又気が遠く成つたのでありませう。

はツと気がついたか、身をすくめて、

「あれ、貴方。」

「確乎なさいよ。」

「お身体が汚れますよ。」

「馬鹿な。」

と思切つたやうに、潔く言ひました。

「否、貴方はあの杜若を、すぐにお棄てなさいました。」

と、凝視めた涙に、紫の色はなけれど、瞳を紅い露が散る。

少年は、思はず確乎と肩を抱いて、

「高松清三郎一生の過失——堪忍して下さい、娘さん。」

と歯で刻んで言ひました。

「え丶、真個に、」

「あなたよりか……恋しくつて、可懐くつて、あれから、よくは寝られません。私こそ。」

と衝と寄せる少年の頰を、今は早や、お町が含んで吸ふやうに、

「あなたのお傍に、お婢に、」

「何、」

「それぢや、せめて、お妾に、」

「い丶や、夫婦だ、妻だ。女房だ。」

「嬉しいねえ。……臨終のきはに。」

と仰向けなるま丶島田をば、少年の胸にすりつけ〳〵、小袖を透す胸の波を、世を揺るやうに打たせました。が、じつとして、莞爾と、

「お幾歳でござんすえ。」

「十七。」

お町は颯と色を染めて、

「まあ、」

「あなたは、」

顔をば、白蓮の莟のやうに、片頬に、ツと背けつゝ、

「私は二十……二十一……あれ、見ないで、極が悪い……若旦那。あなたは、此間見ましたより、一層少くてお可愛い。」

と言ふ下に、まつ毛が開いて、瞳が上づる。

「苦しいかい。」

「……いゝえ。」

と言ふ声も消える。

「何うしたえ。」

「こ、こゝが、少し苦しい。」

とわな〳〵と震へる腕を、白々と曲げて、小袖の上から胸を教へる、爪も爪血、白魚の血汐。

「前、前刻、水へ入ります時、思切つて突きました。迚も及ばぬこと、存じて、最う未練のないやうに。……今まで、もの、言へましたは、お不動様の御利益でござんす。一念の凝つたのが、あなたのお言葉、お情で、いま暖く弛むと思ふと、身が解けるやうに、だく〳〵と……あれわく……血が流れる、おどきなさいよ、あれ、汚れます。あなた汚れます。あなたが汚れる、ゐたの、非人の、血に汚れる。」

衣を刎ねると、乳の下に、鮮血の玉清水。大鉛盤の底にして、満月の影深く、水は玲瓏として、然も幻の光澄みたるに、白銀の床、碧なす琅玕の窟の中に、湯具も珊瑚の薄桃色して、魔の椅子に眠りつゝ、胸に剣を抱いて居ました。其の玉なす乳房に接した時の、清三郎の瞳には、此の凝つて結べる碧血が、一輪の紫の杜若の花に見えたのでありました。

「何が汚れる。……そ、その血を。」

と清三郎は、身悶しつゝ、手を手に縋るお町をひしと抱きしめて、唇の色のさめぬ間に、湧出づる胸の血を、口にうけ〳〵、呷々々とばかり飲みました。がツくり膝に倒れた時、面の雪に照映ゆる、氷の如き剣の刃を、縦に含むで、切尖から、血のかたまりを吸ひました。

此時、含んだ唇に、舌に、匂、……錵、焼、金色、剣の鍛を神会しました。……則ち水底の巌は細工場、窟は吹鞴、椅子は鉄床、湧く紫の玉ちる湯加減、迸る血の火加減、色も心も恋人を、其のまゝに鍛へなす、神の教か、魔の手の名工、当時第一の刀鍛冶。清三の訓を其のまゝ名告に、みづから非人と銘打つた、巨匠、非人清光は、此の少年でありました。

十

荒地山、荒地中山、杣山、野坂。帰山。鬼ケ嶽、鯖江、鯖波、杉津、匹田。湯尾峠、木の芽峠。峰をかさね、嶽を積み、谷を畳み、巨木は天に柱して、崖は巌を削ります、近江越前の国境の、九十九折なる山路、杣路、羊腸としてある中に、近江の国から上り上つて、椿井峠、橡木峠を、虎杖へ出て府中（今の武生）へ越えます、其の間、名にし負ふ雪の絶所、中の河内の建場茶屋へ――

五月の太陽、午の時過ぎに、――柳ケ瀬を朝立ちした……春からづゝと、京都近国をめぐり歩行いた帰路の、越前万歳が、才蔵づれにて休みました。

「いや、えらいわ。道ぢや。」

で、どかと床几に上胡座をしたのが、ふと真向ひの床几に、武家方の老人一人、合羽は萎れ、衣類は褪せて、半生の経歴の、其のほども思はるゝ、額の皺深く、白髪の薄きが、菅笠を傍に、手に杖を支いたまゝ、吻として憩つて居たのに心着くと、風俗のみすぼらしいのを見侮る様子なく、気のいゝ万歳。狭い茶屋ゆゑ其の泥草鞋が、真正面に老人に近いので、ひたと恐縮をいたしました。

「此は何とも……峠越の難渋に、汗を掻きましたのが目に入りましたげで、むさいものを何とも早や、お武家様、真平。」

と蹲ひますと、老人は畳みさうに胸を折つて、

「これ、お手を上げなさい、……御挨拶痛入る。……何の然やうな事を、武家でも構ふ事はないが、第一武家ではありませんよ。」

と声は若くて言ひました。

「は、とに角、安心いたしました。なれど、御無礼は御無礼、更めておわび申します。へ、え、お武家様ではございませぬかな。」

「職人ぢや。」

「お職人。……異な御串戯を、わはゝゝゝ。」

と、お商売だけ愛嬌があります。

仰山な笑ひ方に、老人も頬の皺を緩く解いて、

「串戯ではありませぬ、職人ぢや、鍛冶であります。」

「御職が、鍛冶。……あの、」

と言つて、傍の、そりへがしの才蔵と、一寸顔を見合はせました。

「もしや刀の……や、それでは、もしや……失礼ながら、清光様ではございませぬかな。」

「何うして御存じか。」

と白い眉を、鼻筋へ寄せました。

「何と、何と、何と、此は〱大先生。」

と万歳が又膝を折ると、今度は才蔵もともに、蹲んだのでありました。

「都をおたちなさいまして、故郷へお帰りぢや、と諸国の噂専ら、昨夜の泊でも承りました。」

「恥い事ぢや、汗が出ます。」

茶店には少女が一人、茶盆を持つたま、呆気に取られ、山のぬしのやうな老夫婦が、店さきへ出て、此の時手を支いたのでありますから。

「思はずお目に懸りましたは、下僕、一生の面目。」

「お言を頂きまして、へい、恐悦にございます。」

と才蔵も慎んで言ひました。

「お刀は、諸国お大名の御秘蔵、われら式が拝見の折とてもござりますまい。なれども、其をお鍛へなされます、老先生に御意を得ましたれば、おのづから身の守護、諸国遍流のわれら、向後は道中安泰と存じます。麓の霧も晴れませうぞ。」

老人はうつむく額に、杖の尖を当てました。

「さて、眩い……人間おだてには乗るものぢや、旅と思へば尚ほ乗りたい。お言葉ゆゑにお見せ申さう。」

老人は腰につけた汚れた鬱紺の風呂敷から、無雑作に、白鞘の短刀を取出しました。

「太夫、気に入つたら進ぜませう。」

殊勝なり、万歳。心得がありました。ぴたりと納めて押戴きました時。

「何、何とおつしやる。」

「故郷への土産に一口打つた、太夫は同国、誰に進ずるも同じ事ぢやよ。」

「え丶〳〵。老先生、万歳ゆゑに尾籠を申すと思召しますな。百金二百金では手に入りませぬ、お刀を、何として。身分相応と申す事がござります。お礼の真似が成りませぬ。」

「お堅いな。私も家業、太夫も家業、礼をせいで心持が悪いなら、一さし此処で舞ふて下さい。茶屋の人たちも寂しさうな。私も寂い、如何ぢやな。」

二人は筧で手を清めて、鶴の大紋の衣裳を更め、烏帽子を頂き、謹んで其の白鞘を帯びました。

感謝の涙に声も濡れつ丶、

「才蔵やあ。」

「太夫様。」

……徳若に御万歳とうや、
　　ありがたかりける君が代に……

越の秘曲を舞ひはじむる。

「酒を下され。」

どぶろくを茶碗にして、非人清光、六十九で。

「山家は春ぢやな。」

其処に、街道の山の裙に、此の茶店の、物置らしい納屋があつて、鍋釜も見えました。屋根にかざして桃の花のをくれ咲。横手の崖の巌を削つて、せん〳〵と落つる清水の流に、杜若が二三輪。

スッと立つた、美い鳥追が、庭常の花にすいて、しなやかに、手を鳥追笠に、浅黄の紐に凄いほど色の白い、嬋娟たる顔を上げて、舞ひ澄ます万歳を見た、眦を、熟と清光に向けて莞爾すると、老人も莞爾として微笑みました。

が、鼓の音に、桃の花のちら／＼と、素袍を翻す山風に、清光の又落涙した時、鳥追の姿はふつと消えて、谺に響く、あの幽なる渓河が、琴にあらず、琵琶にあらず、三味線の音〆を伝へました。

編者解説

東 雅夫

このちくま文庫から、二〇〇六年〜一一年にかけて毎夏、全十八巻で刊行された〈文豪怪談傑作選〉は、怪奇幻想文学作品に特化した単一作家のアンソロジー・シリーズとして、かつてない規模の試みとなった。

編者として今にして思うに、アンソロジーという形式そのものについても、いささかなりと寄与するところがあったのではないかと自負している次第である。

このほど新たにスタートする〈文豪怪談ライバルズ！〉は、担当編集者の交替を機に、まったく新たなコンセプトで、企画・編纂・刊行される新シリーズである。

今回は作家単位ではなく、毎回特定のテーマを決めて、近現代の日本文学作品から、その分野を代表する名作佳品を集結させることとなった。すなわち〈刀〉〈鬼〉〈桜〉——いずれも日本幻想文学の根幹に関わる重要なテーマであると考える次第。

心より御愛読をお願いしたい。

さて、一巻目のテーマは〈刀〉――刀剣にまつわる幻想と怪奇の物語である。

日本国における〈三種の神器〉のひとつである神宝〈草薙剣〉このかた、大変に根の深いテーマであり、神話・伝説の昔から現代のホラー作品にいたるまで、無数の傑作怪作を生んできたテーマでもある。

近年では、ゲームに発してマルチメディアな展開を示している〈刀剣乱舞〉シリーズでも、おなじみだろう。かく申す私自身も過去に、双葉文庫のアンソロジー『怪談と名刀』（本堂平四郎著）や、雑誌『幽』第二十九号の特集「刀剣怪談」など、〈刀剣乱舞〉と微妙にリンクする企画を手がけてきた。

特に『怪談と名刀』の奥付は、二〇一四年の十二月十四日――おりしも〈刀剣乱舞〉が大ブレイクする直前の時期であり、決して著名ではない明治生まれの作家・本堂平四郎の初復刻企画にも拘わらず、同書は売れ行きの面でも、かなりの健闘を示して驚かされたものだ。〈刀剣乱舞〉の大ヒットで顕在化した新しい刀剣ファン――とりわけ若い女性たちの熱意と熱気については、私自身が二〇一七年、山形の致道博物館で開催された刀剣イベントにトークゲストで呼ばれた際、大いに実感したところである。展示の際の因縁が囁かれる銘刀をめぐり、その不思議を実体験された学芸員さんと対談させていただいたのだが、最前列に居並ぶ刀剣女子の皆さんの、ただならぬ熱気に気圧され、おお、これが噂に聞く……と感慨を催すことしきりであった。

それでは早速、収録作品の解説に移ろう。作品選択の基準はただひとつ――妖しく、美しく、謎めいた短篇を！　これに尽きる。

赤江瀑「草薙剣は沈んだ」（角川ホラー文庫『夜叉の舌』所収）

目下刊行中の創元推理文庫版〈赤江瀑アラベスク〉全三巻で、思いがけず積年の野望の一端が叶えられたのだけれども、本書の巻頭を飾るのは、戦後幻想文学の大いなる匠（たくみ）のひとりが綴った、非在の名刀をめぐる綺譚である。

一九八三年に泉鏡花文学賞を受賞した『八雲が殺した』に先立って、小泉八雲の事績と作者の郷里・下関ゆかりの平家伝説を扱った力作（一九七五年刊の『美神たちの黄泉』所収）。なんとも面妖な（そしてリアルな）幻視のくだりを経て、最後の最後に、日本史上にも稀な名剣の来歴に言及されるわけだが、その真姿は神秘の霧に鎖されたまま、である。

ちなみに角川ホラー文庫版『夜叉の舌』は作者自選による恐怖小説集だが、粗選は私が担当した。編者にとって実質的な赤江瀑アンソロジー第一号となった想い出深い一冊である。

宮部みゆき「騒ぐ刀」（新潮文庫『かまいたち』所収）

作者の時代小説には、ときに健気、ときに男勝りな、ヒロインたちが大活躍する。現在、継続進行中の大河連作〈三島屋変調百物語〉に繋がる流れだが、そんなお嬢さんたちの姐御格に位置するのが〈霊験お初捕物控〉の主役のお初。人には視（み）えないモノを感知する能力に長けた町娘のお初が、相棒役の与力見習い・古沢右京之介とタッグを組んで怪事件に挑む。

「騒ぐ刀」は作者の最初期短篇集『かまいたち』所収の一篇で、〈捕物控〉以前のお初のサスペンスフルな活躍を識ることができる得がたい作品である。

『かまいたち』の作者による「あとがき」から、本篇に関わる部分を引用しておこう。

〈私は、「迷い鳩」と「騒ぐ刀」で扱っている根岸肥前守鎮衛という歴史上の人物と、この人の残した『耳袋』という書物とに、現在でもたいへん興味を抱いておりまして、長篇もしくは連作短篇という形で作品を取り上げてゆきたいと願ってはいるのですが、それでも、今後は、この二作を書いた当時とは違った形で取り組んでみたい。そこで、いたずらに、このまま連作という形で続けるのではなく、一度区切りをつけたいというふうに考えたという次第です〉……思うにこれは、本篇に寄せる作者の深い愛着を感じさせる一節であるまいか。

　ちなみに右で作者も触れているとおり、〈御奉行様〉こと根岸肥前守とは、有名な江戸の怪談奇談集『耳袋』を著わした根岸鎮衛その人であり、作者の言葉どおり、お初のシリーズは総て、この『耳袋』からモチーフを借りている。本篇のもとになったのは「怪刀の事」という短い話。編者は以前、『幽』第六号の特集「江戸の怪」で、宮部みゆきvs京極夏彦対談を企画した際、『耳袋』から七つの物語を宮部さんに選んでいただき、それを京極氏に小説化していただくという物好きな企画を勘案したことがある。ちなみに京極氏が「怪刀の事」を書き改めた「気のせい」は、短篇集『旧談』に所収。

皆川博子「花の眉間尺」（創元推理文庫『結ぶ』所収）

当代切っての小説の匠たちが、持てる奥義を遺憾なく披瀝する競演は、さらに続く。

皆川博子のアクロバティックな「花の眉間尺」を、より存分に味わい尽くすためには、その原話を描いた魯迅の「剣を鍛える話」（竹内好訳／ちくま文庫『幻想小説神髄』所収）を併読されるのが好いかも知れない。その粗筋は「花の眉間尺」にも記されているが、実際、ミナガワによる紹介に嘘偽りはない、まあ、とんでもない物語なのである。思えば、端を志怪書の祖『捜神記』に発し、魯迅を経て、ミナガワに到る、この東アジア全域を股に掛けたかのごとき奇異なる刀剣物語、心して御賞味賜わりたく……。

加門七海「女切り」（ハルキ・ホラー文庫同名書所収）

エロティックが滴るような、奇異なる刀剣綺譚を、もう一話。

鋭利な刀剣の鋒に揺らぎ顕つ、あえかな女身のまぼろし……〈鎌倉の暗い切り通しの奥、彼の家は木立の陰に隠れるように建っていた〉。

かれこれ三十年の昔になる、銀色のドーム型をした仮設上映館で観た、とある幻妖映画の場面場面を想起させるような、仄暗く妖しげな館を舞台に、骨董さながらな鈍色の物語が、ゆるゆると展開されてゆく。作者のただならぬ刀剣愛を、随処に滲ませながら……。

〈安田登　童子切安綱といえば、酒呑童子を斬った刀ですよね。

加門七海　ええ。私、元々鬼びいきで、特に酒呑童子が好きなんですけど、前に東京国立博物館の常設展に童子切安綱が出た時に、伝説にふさわしい刀かどうか見てやろうと見物に行ったんです。まだ刀剣ブームも何もない時期だったから、展示室には誰もいませんでした。本当に一人で常設展の日本刀コーナーに入っていくと、ある一振りがものすごい存在感を醸し出している。案の定、それが童子切で。正直、見た瞬間「怖い」と思ったのは確かなんですけど、酒呑童子派の私としては負けちゃいかんと思って（笑）、半分強がりつつ「本当に酒呑童子を斬ったのだとしても、ガラスケースに入れられたらもう何もできないだろう、ざまあみろ」と心の中で悪態をついた瞬間に意識が飛んだんです。数秒だったとは思いますけど、気づけばガラスケースに手をついて膝立ちになっていました。あの時はさすがにゾーッとしましたね〉（『幽』第二十九号「刀剣怪談」所収の鼎談「文学・芸能と刀剣の妖異」）

日夏耿之介「古刀譚」（中央公論社『随筆集　聴雪廬小品』所収）

血臭ただよう刀剣怪談、それもどうやら実話めいた骨董絡みの話を、あの碩学・日夏耿之介が書いていたとは……ちくま文庫で昨年刊行されたゴシック復権のための両アンソロジー（『ゴシック文学入門』『ゴシック文学神髄』ともに東雅夫編）で、黄眠道人の毒気に充てられた読者には意外に思われるやも知れない。しかしながら、これは紛れもない事実。晦渋な文体で英国浪漫派の深秘を探る碩学は、一方で古風な小説風の戯文体を駆使して、奇異なる物語の世界に悠然と遊ぶひとでもあった。さりげない調子で開陳される、曰く付きの刀剣怪談の妖しさたるや……あたかも「女切り」の世界を地で行くかのようでもあって……。

東郷隆「にっかり」(文春文庫『戦国名刀伝』所収)

銘刀ならではの奇瑞と天下人(てんかびと)の奇縁は、名だたる戦国大名たちが多かれ少なかれ有するものだが、これは太閤関白・豊臣秀吉にまつわる名剣〈にっかり青江〉の物語である。西行法師による有名な人造人間創出譚である初期短篇「人造記」(直木賞候補作)以来、一貫して幻想と怪奇の世界を描き続ける作者には、『明治通り沿い奇譚』や『そは何者』など、多くの記憶に遺る雄篇がある。また刀剣や兜に関して該博な知識を有する作者は近年、『妖しい刀剣 鬼を斬る刀』や『妖しい戦国 乱世の怪談・奇談』(共に出版芸術社)など、初心者にも分かりやすい刀剣と怪談の関連書を手がけていて、大いに注目されるところだ。

井上靖「幽鬼」(新潮文庫『楼蘭』所収)

秀吉と来れば、先年の大河ドラマで面目一新した明智光秀も!——正調の刀剣譚とはいささか趣が異なるものの、ここで異色きわまる破格の一篇を紹介しよう。

歴史小説の巨匠・井上靖は、豹変した光秀による主君・信長殺しの謎にひたひたと肉迫し、ついには光秀に取り憑き、その行く手を惑わす執念き(しうね)〈怨霊〉たちの存在に想到する……。

これは乱世ゆえに可能となった、一読迫真の集団幽霊譚である(東郷の『妖しい戦国』も参照を!)。

「蛇か、剣か」（『播磨国風土記』「讃容の郡」より）東雅夫訳（『幽』第二十九号に掲載）

尋常ならざる刀剣の霊異を描いた最古の一例として、『風土記』に記載された、この「中川の里」にまつわる短い物語を挙げておこう。これは剣と蛇とが同一視された物語としても、次の「八岐大蛇」の条とならぶ史上最古の一例といってよかろう。永らく土中に埋められても決して錆びることなく、その剣を所有する人々をすべて、祟り殺さずにはおかない、凄まじい霊異の物証として……。

「八岐大蛇の執念」（『平家物語』「剣巻」より）同右

何故その剣は「雨の叢雲の剣」と呼ばれ、水気を身に纏ってやまないのか……それは剣と同一視される水の霊獣「八岐大蛇」の凄まじい怨念の所産ゆえ……日本国の基を成す三種の神器のひとつに数えられる神剣には、世にも恐るべき秘密が秘められていたのである。冒頭の赤江瀑作品と相呼応して読まれるべき、『平家物語』の驚くべき秘章〈剣巻〉……。

「赤い蛇」（柳田國男『遠野物語拾遺』より一四二、一四三、一四四話／筑摩書房版『柳田國男全集』所収）

はるかに歴史を降っても、蛇＝剣であった太古の記憶は、決して失われることはない……かのように見える。柳田國男が『遠野物語拾遺』の中に拾いあげたこれら三つの例が、そのことを民俗学的にも傍証しているといえよう。なお『遠野物語』正篇とは異なり、『拾遺』

の文章には、佐々木喜善らの原文が、多く形を留めているといわれる。

「淡路屋敷の宝刀」（佐久教育会編『佐久口碑伝説集・北佐久編』所収）

民話探究の世界からも一例を挙げておこう。かつて戦時中、文豪・佐藤春夫が疎開したことでも知られる長野県・佐久の地に伝わる口碑伝説集から抜いた本篇にも、蛇＝剣の伝統が息づいているのである。ちなみに筆者は『幽』の刀剣特集に際して同地をつぶさに探訪したが、件（くだん）の〈淡路屋敷〉の墓所や水辺の情景が、かつての面影をかすかに留めていることに一驚を喫したものである。おそるべし長野、水辺の里よ……。

本堂平四郎「有馬包国」（双葉文庫『怪談と名刀』所収）

その古書との出逢いは、まったくの偶然だった……。本堂蟹歩（平四郎の筆名）著『怪談と名刀』羽澤文庫刊、昭和十年十一月発行。未知の著者と書名。本を開けば――「亀海部」「卒塔婆月山」「秋葉長光」「黒姫有常」……見覚えのない固有名詞が、全部で五十一篇、ずらりと居並んでいるではないか。それらが刀剣に関わるものと気づいて俄然、興味を抱き調べ始めて（刀剣ブームが起こる少し前の話）……双葉文庫のアンソロジー『怪談と名刀』に結実することとなった。今回は民間伝承系の話柄から、稀代の大河童が活躍する「有馬包国」を抜いた。お愉しみいただけたら、幸いである。

大河内常平「妖刀記」（戎光祥出版『九十九本の妖刀』所収）

『怪談と名刀』の著者・本堂平四郎は、自らも近代の剣豪にして反骨の警察官であったわけだが、〈刀剣作家〉という呼称が近現代において最も相応しいのは、やはりミステリー作家の大河内常平だろう。近年の刀剣ブームに際して、さっぱり大河内の名が挙げられないことに、私はいささか疑念と義憤に駆られたものだが、日下三蔵氏編纂の『九十九本の妖刀』（戎光祥出版）に接して、やや溜飲を下げた次第。まあこれにはタイトル・ロールの映画化作品を、リアルタイムで鑑賞しているか否かも関係している気がするのだけれども……。肉づきのよろしい美女を血の生贄に捧げて鍛刀するという、悦ばしき妖奇の沙汰よ！

泉鏡花「妖剣紀聞」（岩波書店版『鏡花全集』別巻所収）

さて、本書の掉尾を飾るのは、御存知、泉鏡花である。ちくま文庫版〈文豪怪談ライバルズ！〉では、収録作家に関して、いろいろと仕掛けてゆく心積りであるのだが、その筆頭に掲げるべきは〈鏡花復権〉――同じちくま文庫で過去に〈泉鏡花集成〉全十四巻（種村季弘編）も出ている作家を、今さら復権とはこれいかに⁉　だが、実は鏡花には、大変に優れた名作であるにも拘わらず、諸般の事情でこれまで復刊が難しかった作品が、いまだかなりの数、存在するのである。それらの中から、とりわけヲタク心を揺るがさずにはおかない幻の名作佳品を、今回のアンソロジーでは積極的に採りあげてゆく所存。乞御期待！

今回の中篇「妖剣紀聞」――水も滴る（実際に水に潜って滴っているが……）美青年と、

あえかな美女のカップル、杜若（かきつばた）のゆかしきあしらい、お不動さんの怪異な奇瑞……刀剣アンソロジーを編むに際して、絶対に欠かすことのできない、これは不朽の逸品である。
ちなみに鏡花の故郷・金沢の笠舞地区には、名高き刀匠〈非人清光〉ゆかりの地蔵尊が、今も祀られていて（次頁写真参照）、編者にとっては馴染み深い散策コースとなっていることを、最後に申し添えておこう。

二〇二一年七月

名工「加州清光」の清廉な生涯を偲ばせる顕彰碑。笠舞地区の静かな住宅地に建てられている。

顕彰碑から徒歩５分ほどの「笠舞地蔵尊」。亡くなった難民たちの無縁仏を供養するために祀られたという。

井上靖（いのうえ・やすし）1907-1991　小説家。1936年『流転』で千葉亀雄賞を受賞。毎日新聞記者を経たのち、1950年に「闘牛」で芥川賞を受賞。その後も読売文学賞、野間文芸賞、毎日芸術賞ほか受賞歴多数。76年、文化勲章受章。著書に『敦煌』『あすなろ物語』『しろばんば』などがある。

柳田國男（やなぎた・くにお）1875-1962　民俗学者。農商務省に勤務後、貴族院書記官長を経て朝日新聞入社。勤務の傍ら全国各地を旅し、1909年に日本最初の民俗誌『後狩詞記』を発表。その翌年に『遠野物語』を刊行した。『海上の道』『蝸牛考』『石神問答』『民間伝承論』等著書多数。

掛川亀太郎（かけがわ・かめたろう？）？-？　詳細不明。長野県佐久市に本拠地のある一般社団法人・佐久教育会編集による、当地の口頭伝承を集めた書籍『佐久口碑伝説集・北佐久編』（1978年刊行）へ「淡路屋敷の宝刀」を語り下ろしている。

本堂平四郎（ほんどう・へいしろう）1870-1954　警察官、実業家。1890年、出身地である岩手県で巡査として採用されたのち、1908年警視庁警視に。その後、赤坂・新宿等の各警察署長を歴任。退職後は実業界で活躍。文筆家としては、俳句、歴史、刀剣研究、犯罪実話等の著作を残した。

大河内常平（おおこうち・つねひら）1925-1986　小説家、刀剣鑑定家。1950年、「別冊宝石」掲載の「松葉杖の音」でデビュー。刀剣研究家、軍装収集家としても知られ、著作にもその知識が反映されている。『不思議な巷』『地獄からの使者』（「松葉杖の音」改題）『九十九本の妖刀』『黒い奇跡』等著書多数。

泉鏡花（いずみ・きょうか）1873-1939　小説家、戯曲家。1890年に上京、一年余りの放浪寄宿生活を経て尾崎紅葉門下となる。95年、「文芸倶楽部」掲載の「夜行巡査」「外科室」で認められ、文壇に独自の地歩を築いた。代表作に「高野聖」「草迷宮」「歌行燈」「婦系図」「天守物語」など著作多数。

■著者紹介

赤江瀑（あかえ・ばく）1933-2012　小説家。1970年「ニジンスキーの手」で小説現代新人賞を受賞し、デビュー。『オイディプスの刃』で角川小説賞、『海峡――この水の無明の眞秀ろば』『八雲が殺した』の両作品で泉鏡花文学賞を受賞。『獣林寺妖変』『罪喰い』『金環食の影飾り』『月迷宮』など著書多数。

宮部みゆき（みやべ・みゆき）1960-　小説家。1987年「我らが隣人の犯罪」でオール讀物推理小説新人賞を受賞し、デビュー。山本周五郎賞、直木賞、吉川英治文学賞のほか多数の文学賞を受賞。著書に『火車』『理由』『模倣犯』『ブレイブ・ストーリー』『さよならの儀式』『きたきた捕物帖』などがある。

皆川博子（みながわ・ひろこ）1930-　小説家。1973年「アルカディアの夏」で小説現代新人賞を受賞。直木賞、本格ミステリ大賞、日本ミステリー文学大賞のほか受賞歴多数。2015年、文化功労者に選出。著書に『薔薇忌』『死の泉』『開かせていただき光栄です』『U』『夜のアポロン』などがある。

加門七海（かもん・ななみ）？-　小説家、エッセイスト。学芸員として美術館に勤務したのち、1992年『人丸調伏令』でデビュー。『祝山』『怪談徒然草』『墨東地霊散歩』『霊能動物館』『着物憑き』『お咒い日和 その解説と実際』、「怪談えほん」シリーズ『ちょうつがい きいきい』など多数の著書がある。

日夏耿之介（ひなつ・こうのすけ）1890-1971　詩人、英文学者、翻訳家。『黒衣聖母』他の詩集で独自の「ゴスィック・ローマン」詩体を確立し、『ポオ詩集』『ワイルド全詩』他の訳詩集や『明治大正詩史』等の研究書等著書・翻訳書を発表。黄眠道人、夏黄眠、聴雪盧主人等の別号は三十以上にのぼる。

東郷隆（とうごう・りゅう）1951-　小説家。國學院大學博物館学研究助手、編集者を経て作家に。『大砲松』で吉川英治文学新人賞、『狙うて候 銃豪村田経芳の生涯』で新田次郎文学賞、『本朝甲冑奇談』で舟橋聖一文学賞受賞。『定吉七番』『そは何者』『真説 真田名刀伝』『妖しい刀剣　鬼を斬る刀』など著書多数。

■底本一覧

赤江瀑「草薙剣は沈んだ」／『夜叉の舌　自選恐怖小説集』角川ホラー文庫、一九九六年

宮部みゆき「騒ぐ刀」／『かまいたち』新潮文庫、一九九六年

皆川博子「花の眉間尺」／『結ぶ』創元推理文庫、二〇一三年

加門七海「女切り」／『女切り』ハルキ・ホラー文庫、二〇〇四年

日夏耿之介「古刀譚」／『随筆集　聴雪廬小品』中央公論社、一九四〇年

東郷隆「にっかり」／『戦国名刀伝』文春文庫、二〇〇三年

井上靖「幽鬼」／『楼蘭』新潮文庫、一九五九年

東雅夫訳「蛇か、剣か」／『播磨国風土記』「讃容の郡」より訳出

東雅夫訳「八岐大蛇の執念」／塚本哲三編『平家物語』（有朋堂書店、一九二九年版）所収「剣巻」より訳出

柳田國男「赤い蛇」（『遠野物語拾遺』より一四二、一四三、一四四話）／『柳田國男全集』（第二巻）筑摩書房、一九九七年

掛川亀太郎「淡路屋敷の宝刀」／『佐久口碑伝説集・北佐久編』佐久教育会編、一九七八年

本堂平四郎「有馬包国」／東雅夫編『怪談と名刀』双葉文庫、二〇一四年

大河内常平「妖刀記」／日下三蔵編『九十九本の妖刀』戎光祥出版、二〇一五年

泉鏡花「妖剣紀聞」／『鏡花全集　別巻』岩波書店、一九七六年

本書は、ちくま文庫のためのオリジナル編集である。

本文表記は、原則として新漢字を使用し、旧仮名遣いについては発表時の表記を優先した。また、読みやすさを考慮し、振り仮名を補った箇所もある。

本書収録の作品には今日の人権意識に照らして不当・不適切と思われる語句や表現が含まれるものもあるが、著者が故人であることと作品の時代的背景及び文学的価値とにかんがみ、そのままとした。

宮沢賢治全集（全10巻）

宮沢賢治

『春と修羅』、『注文の多い料理店』はじめ、賢治の全作品及び異稿を、綿密な校訂と定評ある本文によって贈る話題の文庫版全集。書簡など2巻増巻。

太宰治全集（全10巻）

太宰治

第一創作集『晩年』から太宰文学の総結算ともいえる『人間失格』、さらに『もの思う葦』ほか随想集も含め、清新な装幀でおくる待望の文庫版全集。

夏目漱石全集（全10巻）

夏目漱石

時間を超えて読みつがれる最大の国民文学を、10冊に集成して贈る画期的な文庫版全集。全小説及び小品、評論に詳細な注・解説を付す。

芥川龍之介全集（全8巻）

芥川龍之介

確かな不安を漠然とした希望の中に生きた芥川の全貌。名手の名をほしいままにした短篇から、日記、随筆、紀行文までを収める。

梶井基次郎全集（全1巻）

梶井基次郎

「檸檬」「泥濘」「桜の樹の下には」「交尾」をはじめ、習作・遺稿を全て収録し、梶井文学の全貌を伝える。一巻に収めた初の文庫版全集。（高橋英夫）

中島敦全集（全3巻）

中島敦

昭和十七年、一筋の光のように登場し、二冊の作品集を残してまたたく間に逝った中島敦——その代表作から書簡までを収め、詳細小口注を付す。

山田風太郎明治小説全集（全14巻）

山田風太郎

これは事実なのか？ フィクションか？ 歴史上の人物と虚構の人物が明治の東京を舞台に繰り広げる奇想天外な物語。かつ新時代の裏面史。

ちくま日本文学（全40巻）

ちくま日本文学

小さな文庫の中にひとりひとりの作家の宇宙がつまっている。一人一巻、全四十巻。何度読んでも古びない作品と出逢う、手のひらサイズの文学全集。

ちくま文学の森（全10巻）

ちくま文学の森

最良の選者たちが、古今東西を問わず、あらゆるジャンルの作品の中から面白いものだけを基準に選んだ、伝説のアンソロジー、文庫版。

ちくま哲学の森（全8巻）

ちくま哲学の森

「哲学」の狭いワク組みにとらわれることなく、あらゆるジャンルの中からとっておきの文章を厳選。新鮮な驚きに満ちた文庫版アンソロジー集。

沈黙博物館　小川洋子
「形見じゃ」老婆は言った。死の完結を阻止するために形見が盗まれる。死者が残した断片をめぐるやさしくスリリングな物語。（堀江敏幸）

星間商事株式会社社史編纂室　三浦しをん
二九歳「腐女子」川田幸代、社史編纂室所属。恋の行方も友情の行方も五里霧中。仲間と共に「同人誌」を武器に社の秘められた過去に挑む!?（金田淳子）

つむじ風食堂の夜　吉田篤弘
それは、笑いのこぼれる夜。――食堂は、十字路の角にぽつんとひとつ灯をともしていた。クラフト・エヴィング商會の物語作家による長篇小説。

通天閣　西加奈子
このしょーもない世の中に、救いようのない人生に、ちょっぴり暖かい灯を点す驚きと感動の物語。第24回織田作之助賞大賞受賞作。（津村記久子）

この話、続けてもいいですか。　西加奈子
ミッキーこと西加奈子の目を通すと世界はワクワク、ドキドキ輝く。いろんな人、出来事、体験がてんこ盛りの豪華エッセイ集！（中島たい子）

君は永遠にそいつらより若い　津村記久子
22歳処女。いや「女の童貞」と呼んでほしい――。日常の底に潜むうっすらとした悪意を独特の筆致で描く。第21回太宰治賞受賞作。（松浦理英子）

アレグリアとは仕事はできない　津村記久子
彼女はどうしようもない性悪だった。すぐ休み単純労働をバカにし男性社員に媚を売る。大型コピー機とミノベとの仁義なき戦い！（千野帽子）

まともな家の子供はいない　津村記久子
セキコには居場所がなかった。うちには父親がいる。うざい母親、テキトーな妹。まともな家なんてどこにもない！　中3女子、怒りの物語。（岩宮恵子）

こちらあみ子　今村夏子
あみ子の純粋な行動が周囲の人々を否応なく変えていく。第26回太宰治賞、第24回三島由紀夫賞受賞作。書き下ろし「チズさん」収録。（町田康／穂村弘）

さようなら、オレンジ　岩城けい
オーストラリアに流れ着いた難民サリマ。言葉も不自由な彼女が、新しい生活を切り拓いてゆく。第29回太宰治賞受賞・第150回芥川賞候補作。（小野正嗣）

冠・婚・葬・祭　中島京子

人生の節目に、起こったこと、出会ったひと、考えたこと。冠婚葬祭を切り口に、鮮やかな人生模様が描かれる。第143回直木賞作家の代表作。（瀧井朝世）

とりつくしま　東直子

死んだ人に「とりつくしま係」が言う。モノになってこの世に戻れますよ。妻は夫のカップに弟子は先生の扇子になった。連作短篇集。（大竹昭子）

虹色と幸運　柴崎友香

珠子、かおり、夏美。三〇代になった三人が、人に会い、おしゃべりし、いろいろ思う一年間。移りゆく季節の中で、日常の細部が輝く傑作。（江南亜美子）

星か獣になる季節　最果タヒ

推しの地下アイドルが殺人容疑で逮捕!? 僕は同級生のイケメン森下と真相を探るが——。歪んだピュアネスが傷だらけで疾走する新世代の青春小説！

ピスタチオ　梨木香歩

棚（たな）がアフリカを訪れたのは本当に偶然だったのか。不思議な出来事の連鎖から、水と生命の壮大な物語「ピスタチオ」が生まれる。（管啓次郎）

図書館の神様　瀬尾まいこ

赴任した高校で思いがけず文芸部顧問になってしまった清（きよ）。そこでの出会いが、その後の人生を変えてゆく。鮮やかな青春小説。（山本幸久）

マイマイ新子　髙樹のぶ子

昭和30年山口県国衙。きょうも新子は妹や友達と元気いっぱい。戦争の傷を負った大人、変わりゆく時代、その懐かしく切ない日々を描く。（片渕須直）

話虫干　小路幸也

夏目漱石「こころ」の内容が書き変えられた！ それは話虫の仕業。新人図書館員が話の世界に入り込み、「こころ」をもとの世界に戻そうとするが……。

包帯クラブ　天童荒太

傷ついた少年少女達は、戦わないかたちで自分達の大切なものを守ることにした。生きがたいと感じるすべての人に贈る長篇小説。大幅加筆して文庫化。

うれしい悲鳴をあげてくれ　いしわたり淳治

作詞家、音楽プロデューサーとして活躍する著者の小説&エッセイ集。彼が「言葉」を紡ぐと誰もが楽しめる「物語」が生まれる。（鈴木おさむ）

ちくま文庫

刀文豪怪談ライバルズ!（かたなぶんごうかいだん）

二〇二一年八月十日　第一刷発行

編　者　東　雅夫（ひがし・まさお）
発行者　喜入冬子
発行所　株式会社　筑摩書房
東京都台東区蔵前二―五―三　〒一一一―八七五五
電話番号　〇三―五六八七―二六〇一（代表）
装幀者　安野光雅
印刷所　株式会社精興社
製本所　株式会社積信堂

ISBN978-4-480-43757-0　C0193